バンクーバー朝日

日系人野球チームの奇跡

テッド・Y・フルモト

Ted. Y.Furumoto

文芸社文庫

本書を、バンクーバー朝日の歴代の選手たちと、彼らを支えた家族、スタッフ、ファン、
そして最愛の父に捧げます。

主な登場人物

宮本松次郎　バンクーバー朝日初代監督。『馬車松』の愛称を持つ熱血漢。
鏑木甚蔵　日本人街の顔役で朝日の生みの親。チームを陰で支える。
児島基治　数少ない日系人成功者。朝日のスポンサー兼マネージャー的存在。

テディ古本　負けん気の強い速球派ピッチャー。ミッキーを兄のように慕う。
ミッキー北山　北山三兄弟の長男でピッチャー。チームの精神的支柱。
ヨー梶　北山三兄弟の次男でキャッチャー。幼いころ梶家に養子に行く。
エディ北山　北山三兄弟の三男。トムに次ぐ長距離打者として活躍する。
ジョー里中　テディの幼なじみ。事故で隻腕になりピッチャーへ転向する。
ジュン伊藤　長身を活かした不動のファースト。野球を熟知した監督の相談役。
ケン鈴鹿　背は低いが俊足で、『スモールベースボール』を牽引する。
トム的川　数少ないスラッガー。児島商会で働きながらチームに参加する。
トニー児島　チーム一の守備センスを持つサード。児島基治の甥。
ハリー宮本　選手兼2代目監督。チームに『スモールベースボール』を徹底させる。

目次

プロローグ

〜二〇〇二年五月十四日〜

二〇〇二年五月十四日、カナダ・トロント。

当時『スカイ・ドーム』と呼ばれていた世界初の開閉式ドーム球場が、夜空に向けてその名のとおり大きく開かれている。照明によって浮かび上がった球場に、この日も多くの野球ファンが詰めかけていた。

平日火曜日の夜にもかかわらず、試合直前のスタンドは大変な盛り上がりを見せている。大半の人たちは、この球場を本拠地とするトロント・ブルージェイズのユニフォームやTシャツに身を包む。あちこちから贔屓選手の名前を叫ぶ声が響き、会場の雰囲気を盛り上げていた。

一方、ビジター席にも、三千五百キロ離れたアメリカ西海岸の街シアトルから、マリナーズのファンが押しかけている。この日は、今シーズン初めて地元トロント・ブルージェイズがシアトル・マリナーズをホームに迎えての三連戦、そのオープニングゲームが予定されていた。

よく見ると、スタンドにはやけに日本人の顔が多い。野茂英雄がドジャースに移籍した一九九四年から、メジャーリーグを観戦する日本人は多くなったが、この日は特にあちこちから日本語が聞こえていた。

そんな日本人ファンから、一斉に歓声があがる。

センター後方にあるアストロビジョンに、ちょうど両チームのスターティング・メンバーが発表されたのだ。

マリナーズのトップバッターは『ＩＣＨＩＲＯ』。

言わずと知れたヒーローの名前に、日本人ファンは大興奮だ。スターティング・メンバーにこそ名前はなかったが、マリナーズには他にも二人の日本人選手が在籍している。ブルペンに控える『ＤＡＩＭＡＪＩＮ』こと、クローザーの佐々木主浩投手。そして『ＳＨＩＧＧＹ』の愛称を持つセットアッパー長谷川滋利投手だ。

彼らだけでなく、メジャーリーグで活躍する日本人選手は、洗練された技術と戦術で、目の肥えた地元ファンからも愛されている。日本人が積み上げてきた『ブレイン・ベースボール』は、すべての野球ファンを唸らせていた。

北米、特にシアトルとは遠く離れた東海岸に住む日本人にとって、これだけ一度に日本人選手のプレーを楽しめる機会は少ない。わざわざ日本から観戦に来た熱狂的なファンと合わさって、球場は早くも興奮に包まれていた。

ところが試合開始時間がいよいよ間近に迫る中で、突如場内にアナウンスが流れ始めた。それまでざわめいていたスタンドが一斉に静まる。

それは、これから試合前のセレモニーが行われるという放送だった。

実は、日本人選手を擁するマリナーズとの対戦にあたって、ブルージェイズは、日本とカナダにゆかりの深い、往年の日本人選手による始球式を予定していたのである。スタンドにやたらと日本人が多いのは、マリナーズの日本人選手だけが目当てではなかったのだ。

場内アナウンスが終わると、スタンドの注目を浴びながら五人の男たちがグラウンドに姿を現した。厳かな雰囲気の中、記者席のカメラマンたちが望遠レンズを彼らに向け、一斉にフラッシュをたく。いずれもかなりの高齢者だった。

五人の日本人はマウンド近くまで歩を進め、そこできびすを返すと大きく息をついた。背は低く、手脚は高齢ということもあって驚くほど細い。かつて野球選手だったとは思えない体格だったが、マウンドに立った瞬間、彼らの目つきが大きく変わった。

ようやく戻ってきた――

彼らの目にうっすら涙が浮かぶ。

半世紀ぶりにスタジアムに戻ってきた喜びが、涙となって溢れていた。

その感動が身体をもタイムスリップさせるのか、先ほどまでとは打って変わって軽やかに投球モーションに入った。その細い腕を振りかぶる。そこには、野球が好きで好きでたまらない、かつての名選手の姿があった。

彼らの手から、大きな弧を描いてボールが放たれる。

トロントの夜空の下で、白球が宙を舞う。

フラッシュが明滅し、時が止まったような錯覚に陥る。

次の瞬間、張り詰めた静寂を切り裂いて、ドームはスタンディング・オベイションの拍手と歓声の渦に包まれた。

始球式の大役を果たし終えた彼らは、緊張から解き放たれてホッとしたように笑顔を見せている。律儀に一礼して観客に向かって手を振りながら歩き出す彼らに、スタンドからふたたび、温かな拍手と歓声が送られた。

ホームプレートのそばで、イチロー、佐々木、長谷川の三選手が彼らを迎えた。五人は、孫のような年齢の日本人スター選手たちを、さも自分たちの誇りだというように、手を握り言葉を交わす。一方、大リーグで成功を収めた彼らの表情からは、いずれも八十から九十歳代だという、自分たちよりずっと年上の老人たちに対する、親しみに満ちたいたわりと尊敬の思いが浮かんでいた。

場内アナウンスがふたたび彼らを紹介する。

『伝説のチーム・バンクーバー朝日のヒーローたちです！』

アナウンスに合わせ、スタンドから盛大な歓声が上がる。日本人だけではない。スタンドに詰めかけた野球ファンすべてから、惜しみない拍手が送られていた。

かつて、日系人に対する差別や排斥運動の嵐が吹き荒れていたカナダで、人種の違いを超えて、多くの人々を熱狂させた日系人野球チームがあった。その名は『バンクーバー朝日』。この老人たちこそ、数少ない生き残りメンバーだったのである。

当時の日系人にとって朝日は憧れの存在であり、日系人と敵対していた白人さえもがそのプレーに敬意を表したという。

しかし、朝日は人気、実力ともに絶頂にあった一九四一年、突然の解散を強いられる。以来、その栄光の歴史は、時間の彼方に次第に忘れ去られ、わずかな人々によって語り継がれる伝説となっていた。

その解散から六十年の時を経た始球式。この夜、もはや失われようとしていた朝日の伝説が、五人のＯＢの登場によって、スカイ・ドームを埋めた大観衆の前にふたたび甦ったのである。

数万人の拍手を聞きながら、彼らの心は時空を超えておよそ百年前のカナダの西海岸へと戻っていく。

一九〇七年、バンクーバー。

パウエル・ストリートにある貧しい日本人街の片隅で、日系人野球チーム『バンクーバー朝日』の伝説は始まった——。

イニング1

～一九〇七年九月七日～

とてつもなく巨大で獰猛な獣が、地鳴りのような声で吠えたてながらテディに襲いかかってきた。全身が真っ白で、目は青々と光り、たてがみが金色に輝いている。テディは逃げだそうとしたが、恐ろしくて足が動かない。

殺される――。

そう思った瞬間、とっさに口から漏れた言葉は英語の「ヘルプ・ミー！」ではなく、日本語の「助けて！」だった。

けれども、恐怖が喉を塞いで、肝心の声が出ない。助けを求める言葉が喉に詰まり、息を吸うことも吐くこともできない。

（助けて、お父さん、助けて、お母さん）

声には出さず、心の中で必死になって叫ぶ。叫べば叫ぶほど苦しくなっていくというのに、恐ろしい獣はますます近づいてくる。

（助けて、助けて、助けて……）

苦しくなって目が覚めた途端、自分がいつもの日本式のベッド、つまり布団の中に寝ていることにテディは気がついた。

「夢か……」

安心できたのは一瞬だけだった。次の瞬間、夢の中で聞いた獣の叫び声が遠くのほうから聞こえてきたのだ。いや、聞こえてくるだけではなく、その声はどんどんテディの家に近づいてくる。

「お母さん！」

母親を呼ぶ声はすんなりと口から出た。そして、テディが叫んだ時、幸いにも母親はすぐ隣にいて、目覚めたテディをギュッと抱きしめてくれた。

「お母さん、何なの？　これ、何の音なの？」

テディは獣の叫び声のするほうを指さした。けれども、母親はテディと同じくらい不安そうな顔をしているだけで、何の説明もしてくれない。

「お母さん、これは何なの？」

もう一度尋ねると、母親の代わりにそばにいた父親が答えた。

「暴動だ――」

父親は吐き捨てるようにそれだけ言うと、テディに背を向けて、ふたたび二階の窓から外の様子を眺めた。

「ボードー?」

七歳になるテディには『暴動』という日本語の意味が分からない。けれども、その理解できないものが自分たちに近づいて来ていることだけはテディにも分かった。夢の中で襲いかかってきたあの巨大な獣、白い肌に青い目、金色のたてがみを持ったあの獣の名前がボードーなんだ、とテディは思った。

その時、遠くのほうでパーンという音がした。この音なら一度どこかで聞いたことがある。テディがそう思ったのと、「あいつら銃を撃ちやがった」と父親が吐き捨てるように言ったのが同時だった。

ボードーはピストルを持っているのだ。

獣の叫び声だと思っていたものが、実は何百人という人間の叫び声だということが分かったのは、それから数分後のことだった。彼らは口々に、けれども同じ言葉を呪文のように繰り返し叫んでいた。

「キル・ザ・ジャップ!」と――。

両親よりも英語がよく分かるテディには、その言葉の意味ならすぐに分かった。

やっぱりボードーとは夢の中で見た獣のことだったのだ。とてつもない憎悪が大きな一つの塊になって、テディの家を目指して襲いかかろうとしている。それは、白い肌、青い目、金色の髪の巨大な群衆だ。その群衆がジャップを、日本人を、つまりテディやテディの両親を、そしてこの日本人街に住む日系人を殺そうとしているのだ。

「おまえは忠義《ただよし》を連れて、ここから出て行け。裏口からなら、まだ逃げられるはずだ」

テディの父親が母親に向かって小さく叫んだ。

「あなたはどうするの?」

「このまま何もせずに殺されてたまるかよ。あいつらに大和魂を見せてやる」

「馬鹿なこと言わないで」

「馬鹿はおまえだ。じっとしてたら、あいつら、何をしやがるか分かったもんじゃない。さっき、中国人街に様子を見に行ったタケシさんが言ってただろ。白人どもが中国人街の商店街を無茶苦茶にして、店にあるものを手当たり次第に盗んじまったらしい」

「だったら、白人たちもそれで気が済んだんじゃないの?」

「気が済んだ奴らが、日本人街まで押しかけてくるかよ」

父親はこれ以上、母親に何を言っても無駄だと思ったのだろう。第一、時間が惜しい。こんなところで妻と言い争っている場合ではないのだ。そこで、今度はテディに命じた。二人を一刻も早くこの場から立ち去らせなければならない。

「忠義、おまえが母さんを守って、山田さんの家まで連れて行け」

「僕が？」

「そうだ、おまえがお母さんを守るんだ」

それは無理だとテディは思った。僕はまだ子どもだ。子どもが大人のお母さんを守れるはずがない、守ってもらうのは僕のほうだ。そう思ったのがテディの顔色に出たのだろう。父親はテディの顔を正面から見つめると、両肩を掴んで言い放った。

「おまえならできる。おまえも日本男児だ。大和魂で白人からお母さんを守ってくれ」


カナダ西海岸の都市・バンクーバーは、バラード湾を挟んで南北二つに分かれている。その南地区、バラード湾南岸近くを、全長三キロメートルほどのパウエル・ストリートが東西に走っている。

日本人街は、南北約四百メートル（東へイスティングス通りとレイルウェイ通りの間）、東西約五百メートル（メイン通りとプリンセス通りの間）の小さな街だった。

メインストリートとなるパウエル街の両側には、三階建ての建物がずらっと軒を連ねている。たいていは一階が店舗、二階と三階は宿屋や貸し部屋になっていて、そのほとんどを日系人が切り盛りしていた。

レンガ造りの西洋建築が、何百メートルも途切れずに並び建つ。精米店、製麺店、豆腐屋、かまぼこ店、料亭、食堂、銭湯に結納店。さらに、洋服店、病院、クリーニング店、理髪店、ドラッグストア、カフェ、菓子店、板金工場、教会などなど……。

店舗が並ぶ表通りは、日系人と日本語で溢れている。その横を、荷物を積んだ馬車が頻繁に行き交っていた。一歩裏道に入るとそこは住宅街で、日系人が故郷にいるのとまったく同じ暮らしを営んでいるのだった。


そんな日本人街の中心には、デモやお祭りなど、大勢の日系人が集まる時には必ず使われるパウエル球場がある。テディの家はそのすぐ真横で旅館を営んでいた。

父親が避難先に指定した山田さんの家は、南へ三百メートルほど行ったところにある。家を出たテディは母親の手を引き、パウエル球場の横を走り抜ける。目に飛び込んできたのは、数時間前とはまったく違う日本人街の様子。ボードーを迎え撃つ準備で騒然としていた。

要所要所をバリケードで封鎖し、街角の屋根にバケツで石やレンガを運び上げている。暴徒の動きを把握するために偵察が通りを走り回り、街角の屋根には見張りが上っている。連絡係が日系人の家を一軒一軒回っていた。そんな男の一人が、テディと母親を見つけて遠くから声をかけてきた。

「女子どもは家の中でじっとしてろ。決して外に出るな。男は武器を持って集まれ！」

その大きな声に脚がすくむ。しかしテディは父親に言われた目的地に向けて必死に走った。横にはパウエル球場が広がっている。テディはその日の昼間も、ここで同じ日系二世の子どもたちと野球を〝遊んだ〟ことを思い出していた。

野球を〝遊ぶ〟時のメンバーはいつも決まっている。北山三兄弟の長男のミッキーがピッチャーで、次男のヨーがキャッチャー。三男のエディと古本家のテディは交互にバッターボックスに入る。今のところたった四人だけのチームだ。

ミッキーはテディよりも七歳上の十四歳である。七歳のテディにとってはちょうど倍の年齢になる。子どもの時の七歳という年齢差は大きい。当人たちの感覚では、ほとんど大人と子どもくらいの違いだ。

そのミッキーの投げる球を、その日テディは三本もいい当たりをした。最初にセンター辺りにまで打球を飛ばした時は、打った瞬間にキャッチャーミットを構えていたヨーが「ああ〜っ」と落胆の声を漏らしたのがテディにも聞こえた。

二本目をまたセンター方向に打ち返すと、ミッキーは一番下の弟のエディに命じて、センターを守らせた。ピッチャーが長男のミッキー、キャッチャーが次男のヨー、センターが三男のエディという具合に、北山三兄弟がグラウンドの中央のラインを占め、一番年下のテディに向かって本気で挑んでくる。

さすがにそのあとは、テディはほとんどミッキーのボールにかすりもしなかった。

たまにバットに当たっても、ボールはミッキーの前にボテボテと転がっていくだけだ。

ミッキーが投げ、テディが空振りをする。ミッキーが投げ、テディがまた空振りをする。ミッキーが投げ、テディのバットがかすかにボールに触れ、キャッチャーフライになる。そんなことが何度も繰り返された。

「おい、もういい加減にやめようぜ」

ミッキーが言っても、テディは絶対にやめようとしない。

七歳の子どもが持つには不似合いの、長い大人用のバットを、ホームランバッターを気取っているつもりか、グリップギリギリで握っている。そのため、何度も本気でフルスイングしていると息が上がってきた。それでもテディはゼイゼイと息を吐きながら「あと一球だけ」と言って、バッターボックスから出ていこうとしなかった。

「これで最後だぞ」

そう言ってミッキーが投げた球を、ついにテディのバットが芯でとらえた。センターを守っていたエディの頭上を遥かに越えたボールは、そのまま大きくバウンドしながら球場の外へと飛んでいった。たった一つしか持っていないボールをエディは必死になって追いかけていく。

ミッキーは呆れたような顔をして、

「テディ、おまえはしつこい奴だな」

と言った。

「だけど、俺はしつこい奴が好きだよ。まるでおまえは俺みたいだ」

テディはずっと密かにミッキーに憧れ、ミッキーのことを尊敬していた。いつかミッキーのような人になりたい、それがテディの夢だった。

そのミッキーから「おまえは俺みたいだ」と言われたのだ。それはテディが生まれてからまだ七年にしかならない生涯の中で、最高の褒め言葉だった。

だからその日は、テディにとって生涯で最高の日のはずだったのだ。

それなのに、そんな嬉しいことがあった日の夜に、まさか「ボードー」が起こるなんて……。


山田さんの家に行く道すがら、テディは何度も振り返っては未練がましくパウエル球場を見た。昼間、あそこで僕はミッキーの球を打ったんだ、と思いながら。

そのたびにテディが立ち止まるので、母親はテディの手を引っ張らなくてはならなかった。

「テディ……忠義。おまえが私を守ってくれるんじゃないの」

「お母さん、僕、テディでいいよ。友だちも皆も僕のこと、テディって言うし」

そうだ、ミッキーも、ヨーも、エディも皆、自分のことをテディと呼ぶ。テディのことを忠義と呼ぶのは、お父さんたち一世の大人たちだけだ。

「ダメよ、テディだなんて。お父さんが嫌がるから」

父親の権威にことよせて、母親が息子を叱った。

「なんでお父さんは僕が『テディ』だと嫌なの？」

「テディなんて名前、カナダ人みたいだからよ」

「だけど、ここはカナダだよ」

「そう、ここはカナダよ。でも、私たちは日本人なの。だからカナダでも日本人らしく生きなくちゃいけないのよ。分かったわね、忠義」

テディが何か言い返そうとした矢先、ようやく山田さんの家に辿り着いた。


〝臨時指令部〟と化していた山田さんの家の中は、テディの家よりも騒然としていた。狭い室内に、日本人街に住む顔なじみの男たちが二十人近くいて、全員が鉢巻きを締め、足ごしらえも頑丈に殺気立っている。

ある者は手に棍棒《こんぼう》を持ち、またある者は長い板きれを肩に担いでいた。休暇でたまたま日本人街の安宿に長逗留している若い漁師も少なくなかった。血気盛ん、漁で鍛えた彼らは、日本刀を脇に差した者たちとともに、暴徒との交戦がまっさきに予想される最前線に陣どった。

テディから見たらお爺さんにしか見えない最年長者などは、驚いたことに抜き身の日本刀をぶら下げていて、その場の人たちの注目を集めていた。

それに気をよくしたのだろう。

「これで奴らを叩き斬ってやる」

勇ましいお爺さんは目の前に敵がいるかのように、気合いもろとも日本刀を振り下ろした。

「うわっ！」

ギリギリのところに日本刀を振り下ろされた男が思わず飛び退く。

「おお、すまん。もうちょっとで白人の代わりにおまえを叩き斬るところだった」

「冗談じゃねえよ、爺さん」

その場にいた全員が一瞬だけ和やかな笑いを漏らした時、山田さんの弟のタケシさんが、

「爺さん、そいつはやめとけ」

厳しい声で言った。

「悪かったって言ってるじゃろ。わしは同胞を斬り殺すほどもうろくはしておらん」

「そうじゃなくてさ、いくら相手が白人でも、殺すのはまずい」

「どうしてだ？　あいつらはわしらを殺す気だぞ。おまえにも聞こえるだろう、あの

忌々しい声が」

老人が窓の外を指さしたが、そんなことをいちいち言われるまでもなく、白人たちが叫ぶ「キル・ザ・ジャップ！」の声は嫌でも耳に入ってくる。

中国人街を叩き壊した奴らは、日本人街の入口すぐそばにまで、怒声とともに迫っていた。

「英語がろくに分からんわしにでも、あれくらいの英語は分かる。やつらはわしらを殺す気だ。だったら、こっちも相手を殺す気でいかないと、返り討ちに遭うぞ」

「確かにあいつらは俺たち日系人を殺すつもりなのかもしれない。だけどなあ――」

とタケシさんは悔しそうに壁を殴った。

「それでもあいつらを殺すのはまずいんだよ。あいつらはカナダの白人で、俺たちはカナダの日系人だからな」

「同じ人間じゃないか！」

老人が吠えた。

「わしらは何もしてない。ただこのパウエル街の日本人街で平和に静かに暮らしてるだけじゃ。それなのに奴らがいきなり襲いかかってきた。降りかかる火の粉は払わなけりゃならん。そうだろうが⁉」

「ところが、向こうはそうは思ってないんだよ」

「なぜだ？」

「俺たち日系人が安い賃金でよく働くからだよ。白人は日系人に仕事を奪われて怒ってやがるんだ」

「だからって……」

老人が言い返そうとした時、部屋の奥のほうで女たちに何やら指示をしていた若い男が振り返りざまに怒鳴った。

「そうじゃない‼」

男は若いくせに立派なヒゲを鼻の下とあごと頬にびっしりと伸ばしている。

「今、暴動を起こしてる連中が怒っているのは事実だ。奴らが俺たち日系人に仕事を取られて怒っているのも事実だ。だが、それだけなら、いつもみたいに、街ですれ違いざまに俺たちに『ジャップ、ゴー・ホーム』と言って喧嘩を売ればいい。そうして無抵抗の日本人を好きなだけ殴るなり蹴るなりすればいい。カナダの警察は白人の味方だ。日本人をどれだけ痛めつけても白人は罪に問われない。白人は俺たちを殴り放題だ。殴りたいだけ殴れば鬱憤《うっぷん》は晴れる。暴動まで起こす必要はない」

「だったら、なぜ奴らはわしらを襲うんだ？」

老人が刀を振り上げながら若いヒゲの男に尋ねた。

「排日運動は金と票になるんだよ。あいつらはあいつらで、操られてるだけだ。だから、今、そいつが言ったように、あいつらを殺すまではしなくていい」

そう言うなりこの若い男は女たちに向かって、

「早く飯を炊け」

と怒鳴った。テディはその声の激しさにびっくりして思わず母親に抱きついた。

「俺たちはこれから一晩中戦うんだ。男も女もな。男は武器を持て。女は握り飯を作れ」

「おい、ちょっと待て。そこのヒゲ面」

「何だ、爺さん？」

「今、おまえ、白人たちも操られているだけだと言ったな。だったら、誰があいつらを操っているんだ？」

「後でゆっくり話してやるよ。白人たちをぶちのめしてからな」

「今、言え。わしは日本人だ。日本人には誇りがある。間違ったことはしないという誇りがな」

「爺さん、今は時間がないんだ」

「わしは大和男児だぞ。悪くない奴をぶちのめすような卑怯な真似ができるか。わしにも手助けしてほしいんだったら、誰が悪いのかわしに分かるように説明しろ」

「あんたは本当に糞爺ぃだな」

若いヒゲ男は老人を睨みつけると、それまで作業していた手を止めて叫んだ。

「誰が正しくて、誰が悪いのか、教えてやる」

とはいえ、事の起こりを正確に説明するのはとても難しい。対立の発端は三十年前にまで遡るのだった。

*

そもそもの始まりは、明治時代半ばの日本はまだ貧しかった、ということに尽きる。

しかも、当時は長男が親の財産の全てを受け継ぐのが常識だったから、農民であれば田畑を、漁師であれば舟を、長男が独り占めしてしまう。次男以下の男たちは一生長男に使われて働くか、それが嫌ならどこかに働きに出なくてはならない。

しかし、農民の次男がどこかよそで農業をしようにも、そんな土地がおいそれとあるはずがない。それは他の職業でも事情は同じである。彼らは生まれ育った土地を出て、どこかよそで働くより他なかった。とはいえ、都会に出たところで、どれだけの成功が望めるのか分からない。

ならば、いっそのこと外国で――

そう考えたのは肉体と勇気しか資本を持たない男たちだった。言うまでもなく、彼らは地方の次男、三男、四男たちであった。

彼らはアメリカ、ブラジル、ハワイなどへ移住して、そこで仕事を探した。カナダもまたそうした移住先の一つだった。

旅客飛行機などない時代だから、日本からカナダへは船で行く。船が着くのは当然のことながら、日本からはまだしも近いカナダの西海岸である。このことがカナダに移住した日本人たちに幸運をもたらした。

カナダはアメリカと同様、東海岸から都市作りが始まった国だ。アメリカ人たちがフロンティアを求めて西へ西へと開拓していったように、カナダ人もまた開発の手を西へと伸ばしていった。

日本人が仕事を求めて海を渡ったのが十九世紀末から二十世紀にかけてのことで、その頃のカナダの西海岸はまさにそこを都市に仕立て上げようとしている真っ最中、つまり建築ラッシュの時期だった。

豊富な山林を背後に控えたカナダ西海岸では、その山林から伐採した木材を都市予定地に運びおろし、製材した材木で家屋を建てていく。こうしてできあがった街がバンクーバーだ。その頃、もっとも人手を必要としたのが製材所であり、そこでの作業は言葉が通じない外国人にでもできる仕事だった。

日本から仕事を求めてカナダへやって来た日本人たちは、距離的に日本に最も近いカナダの西海岸の街バンクーバーに到着する。すると、そこでは英語をまったく話せない人にもできる仕事が、日本人を待っていたのである。

もしもカナダへの移住が五十年早ければ、そこはただの漁村でしかなかった。五十年遅ければ、建築ラッシュは終わっていただろう。一九〇〇年前後にバンクーバーに渡った日本人が幸運だったというのは、そういう意味でもある。

こうした日本人たちは『出稼ぎ』のつもりでカナダに来ていた。だから、よく働く。おまけに日本が世界レベルで見てまだ貧しかったのが幸いした。日本とカナダでは物価が格段に違うおかげで、カナダに住む白人にとって低賃金の仕事でも、日本人にとってはかなりの高収入となる。ならば余計に働く。

けれども都市開発がある程度の段階にまで達すると、仕事もそう際限なく出てはこない。それなのに、噂を聞いてカナダへやって来る日本人の数は、徐々にではあるが、確実に増えてきた。必然的に地元の白人と日本人の間でトラブルが発生した。

「白人の仕事を日本人が奪っている」

と言うのである。

白人労働者は日本人を憎んだ。時には暴力までふるったが、それくらいのことで金を稼ぎに来ている日本人がカナダから出て行くはずがない。

これに目をつけたのが政治家である。

今の段階では日本人を〝合法的〟にカナダから追い出すことはできない。そもそもバンクーバーでは日本人はすでに貴重な労働力となっているのだから、日本人を追い出したりすれば、バンクーバーの経済基盤がおかしくなってしまうだろう。

そこで政治家は排日運動を組織した。

「日本人があなたたちの仕事を奪っている。日本人をカナダから追い出そう」

政治家がそう言えば、バンクーバーで働く白人の労働者たちは喜ぶ。彼らは間違いなく次の選挙でこの政治家に投票するだろう。この政治家が排日組織を作って会員を募集すれば、喜んで会員になり、会費すら払う。

排日運動は票と金になるのだ。カナダの政治家にとっては。

政治家たちは有権者である白人労働者を煽った。スローガンは『ホワイト・カナダ(白人のためのカナダ)』である。

二十一世紀の今日なら、これだけあからさまに人種差別を表に出したスローガンなど口が裂けても言えないが、二十世紀初頭のカナダではこの差別発言は諸手を挙げて歓迎された。

一八九五年、バンクーバーのあるブリティッシュコロンビア州はひとつの法案を可決した。日系人は帰化しても、選挙権を与えられないとする選挙法の改正案である。その少し前には、日系人が仕事に就く場合、仕事によってはカナダに帰化しなければならなくなっていた。

帰化が必要だという条件をつけて職場を制限する。そのうえ、帰化しても市民として当然の権利を主張する機会を絶つ。それが嫌ならここには来るな、ここから出て行けというのだ。

カナダはあくまでも出稼ぎ先であり、最後は日本に落ち着いて暮らす。日系一世の大半はそのつもりだったから、カナダに帰化するのはずいぶん抵抗があった。といっても、飯のタネには代えられない。そこで、覚悟を決めて帰化してみた。ところが、他のカナダ国民であれば当然の権利が、日系人には認められない。

ここまで露骨な排斥と差別に、日系人の失望と怒りは大きかった。

一方白人からすると、日系人は仕事を奪う敵というだけではなかった。どこか得体が知れない、不気味な存在でもあったのだ。

いつでも一ヶ所に固まって暮らす。どうやら英語を話す気がないらしい。外の社会と交わろうとしない。子どもは学齢期になると、母親とともに日本に戻って義務教育を受ける。そうして、今度は出稼ぎ労働者として再びカナダにやってくる。さもなければ、日本人街の日本語学校で徹底した日本人教育を受ける——。そんな日系人はいつまでたっても、本物のカナダ国民にはなれない。彼らと友好関係を築くのはしょせん無理だ。そう白人は感じたのである。

事が文化や生活習慣の違いとなると、さらに問題は複雑になった。

日系一世は、日本での生活をそのままカナダに持ち込んだまま、いつまでも変えようとしなかった。たとえば毎日の食事である。味噌、米から鍋、釜まで日本から運び、食事は必ず漬物、煮魚、味噌汁といった具合である。

日系人にとって、それはごくごく当たり前のことだったろう。しかし、文化やしきたりを異にし、日系人への疑心暗鬼を募らせる白人にとって、それは単なる食習慣の違いだけでは片付かなかった。同じ人間の食べ物としては受け入れがたい、忌むべきものに映ったのだ。

鮭が多く獲れるバンクーバーでは、多くの日本人も漁やキャナリーと呼ばれる缶詰工場など、鮭に関わる仕事に就いていた。鮭は日本でもごく一般的で人気の食材だ。白人が紅鮭しか食べない中、銀鮭やマスノスケ（キングサーモン）、アキアジ、筋子も大切な商品、食料だった。

ところが白人にはそれが異様に映った。ネコしか食べない筋子を日本人が米飯にかけて食べていると嫌悪感を露わにする。

生活習慣の違いは徐々に亀裂を生み、仕事の奪い合い、賃金の問題などと合わさって憎悪へと膨らんでゆく。そこに目を付けた政治家の煽動で、白人と日系人の対立は一触即発の状態にまで陥っていた。

そんな中、決定的な事件が起きる。

直接の引き金になったのは、隣国アメリカにおける排日運動だった。

一九〇〇年、可決されはしなかったが、日系人の市外追放を求める法案がサンフランシスコ議会に提出される。また一九〇五年には、カリフォルニア州で東洋人排斥会が結成された。

カナダに先駆けて、アメリカではカリフォルニア州に端を発した日系人排斥の動きが他州にも広がりを見せていた。

一九〇七年二月のことである。

アメリカ政府は、ハワイ、メキシコ、カナダなどから、移民がアメリカ本土へやってくるのを禁止したのだった。それが、アメリカ本土をめざす日系移民を狙い撃ちにした水際作戦であるのは明らかだった。

アメリカ本土をめざす日系移民はまずハワイに上陸する。そしてハワイで仕事がないと、アメリカ本土へ渡るのが一般的なコースだったからである。とくに一八九〇年頃から、賃金水準の高いアメリカ本土へ渡航する日系ハワイ移民の数が増えていた。

突然、アメリカ本土への渡航を禁止された日系ハワイ移民は、そこで仕方なくカナダに渡るようになった。

こうして毎月のように、ハワイから三百人近い日系人を乗せた船がバンクーバー港にやってくるようになる。それは排日感情が高まっていた白人たちの恐怖心を、さらに煽ることになった。

「このままでは、この国は本当にジャップに乗っ取られてしまうぞ！　なんとか打つ手はないのか？」

事態は一触即発の状況だった。排日運動のリーダーたちは、運動の拡大を促す決定的な機会を探っていた。そこへおあつらえ向きの事件が起きたのである。

七月二十四日。

例によって、ハワイから日系人を乗せた船がバンクーバー港に到着した。

ただ、その船に乗っていた日系人の数は、それまでとはケタ違いの千二百人近かった。たった一日で、これだけ多数の日系移民がバンクーバーに上陸するのはかつてなかった。

排日運動家は、好機到来とばかりに露骨なまでの排斥活動に着手した。ブリティッシュコロンビア州の検事総長はその代表格だった。

彼はそんなはずのないことをよく知りながら、州議会でおおよそ次のような嘘の報告をしたのだった。

「千二百人くらいで驚いてはいられない。調査したところでは、今年だけでも五万人の日系移民がやってくるはずだ」

彼は念には念を入れるつもりで、もうひとつ嘘を塗り重ねた。

「まもなく日本の移民長官がバンクーバーにやってくる。大量の日系移民の受け入れ態勢を整備するのが目的だと聞いている」

実は日本の移民長官というのは、外務省通商局長の石井菊次郎という人物だった。バンクーバーを訪れるのは、日系移民の実態視察が本当の目的である。

当時、バンクーバーに住んでいた白人は七万人程度だった。いくらなんでも、検事総長がそんなでたらめを言うはずはない。そう思っているものだから、白人社会はすっかりパニックに陥ってしまった。

もう一人、この機に乗じて排日運動の拡大を謀ろうとした中心的な人物がいた。それは、アメリカ・シアトルに住む男で、排日運動を商売にしている煽動者だった。

彼は日系移民問題で揺れはじめたバンクーバーに、自らやってきた。そして、現地の排日運動家と手を組み、バンクーバーにも東洋人排斥会を結成するのである。

州知事をはじめ議員、医師、弁護士、事業家、教会や労働組合関係者など、ブリティッシュコロンビア州の有力者から一般人にいたるまで、数千人が排斥会の会員に名を連ねた。

これが八月初旬の出来事である。

そして今日、九月七日――。

バンクーバー東洋人排斥会は、石井菊次郎のバンクーバー来訪にぶつけて最初のデモを計画していた。

デモの出発地となった市中心部の公園には、昼過ぎくらいから徐々に人が集まり始めた。出発時間の夕方までには、その数は五千人を超えていた。

会のお偉方を乗せた馬車を先頭に、その後を手に手にプラカードを持った大群衆が続いて行進が始まった。

デモ隊の主力は約四千人の労働者である。カナダの労働者が、いかに日系人移民の被害をこうむり、その排斥に懸命になっているかを日本の移民長官に見せつけようと、労働組合が特別に招集をかけた労働者たちである。

デモ隊はやがて市役所に到着した。午後七時から市役所ホールで排日をテーマに演説会を開き、最後は日系人排斥決議で締めくくる予定になっていたのである。

しかしデモ隊の人数が多過ぎてホールに入れたのは一部だった。入れない者は演説会が終わるのを外で待った。ところが演説会は延々と続く。排斥決議が行われたのはもう明日になろうかという時刻だった。

市役所の外に放置されたデモ隊は、一時間もすると手持ちぶさたになった。

そこへ一人の男が躍り出るようにして群衆の前に立った。シアトルからやってきた排日運動家だ。

群衆の扱いはお手のものである。

「東洋人を追い出せ！　ここは白人のパラダイスだ！」

派手なアジ演説をひとしきりぶつと、最後にそう叫んだ。イライラが募っていたデモ隊の心はいとも簡単に操られてしまった。

自分たちは、なぜここにこうしているのか。デモ隊の参加者は、ようやく本来の目的に目覚めたような気になった。そして一斉に排日運動家のアジ演説に呼応した。

「そうだ。あいつらを追い出すんだ！」

「そうだ。ここは俺たちのパラダイスなんだ！」

群衆はシュプレヒコールの雄たけびを上げると、再び隊列を組んで行進を始める。いつの間にか、シアトルからやってきた男に率いられた過激な排日運動家の一派が行進を先導していた。

場は、魔女狩りの一団を思わせる異様な熱気を帯び始めていた。市役所に着くまでは、行進そのものを楽しんでいる風もあったデモ隊は、いまやすっかり様子が違ってしまっていたのである。

市役所ではお偉方たちの演説会が、まだまだ終わりそうになかった。外で待っているはずのデモ隊が、まさかこんなことになっていようとは。市役所の中には、そんなことを知る者は誰もいない。

デモ隊は市役所から北に進路をとり、東ペンダー通りにある中国人街に近づいていた。その少し先には日本人街がある。

　群衆の先頭が中国人街に辿り着いたその時、興奮したデモ隊の一人が石を投げた。薄明かりの中、ガシャンという音を響かせて中華料理店のガラスが割れた。

　期せずしてそれが、〝一斉攻撃〟の合図になった。たちまち群衆のあちらこちらから石が飛び始める。あたりは物が壊れる音やデモ隊の罵声、喚声で騒然となった。

　群衆はもはや制御不能の暴徒と化していた。中国人はみな家の中に引きこもったまま、誰一人として抵抗しようとする者はいない。暴徒の乱暴狼藉がやむのをじっと待つだけだったのである。

　デモ隊は中国人街を行ったり来たりした。そうして目についたものをあらかた壊してしまうと、満足したようにしばらく息をついた。そこへまた、排日運動家の絶叫が聞こえてきた。

「本当の敵はジャップだ。ジャップを殺っちまえ！」

　夜の八時半過ぎだった。暴徒は長大な生き物が地を這うように、今度は日本人街に向かって怒涛のように流れていく。

　中国人街から三百メートルも北上すれば、パウエル通りの日本人街である。

　暴徒の群れは日本人街の西の端までやってくると、角地にあった商店めがけて投石を始めた。舗装されていない通りには、石がゴロゴロしている。それを手あたりしだいに拾っては、次々に投げつけるのだからたまらない。

最初の標的をメチャクチャにして気勢をあげたデモ隊は、怒声をあげ投石を繰り返しながら日本人街を東に進んだ。

日系人は突然の襲撃になにがなんだか訳が分からない。そうこうしているうちに暴徒は日本人街を往復して、もと来た道を中国人街のほうへ戻っていった。

これがつい一時間前のこと。

いったん引いた白人たちが、今度はさらに膨れ上がって攻めてくるかもしれない。日本人街はまさにそんな鬼気迫る状況に陥っていたのだった。

＊

「なるほど、よく分かった」

政治状況に疎い老人が、説明を聞いて納得したのか、そう言ってうなずく。しかし手にした日本刀を離すことはなく、むしろさらに殺気を張らせて立ち上がった。

「結局、あれだな、わしらを襲ってくる白人たちもかわいそうと言えばかわいそうな連中なんだな。だが、降りかかる火の粉は払わなきゃならん」

老人は持っていた日本刀をクルリと回して上下を入れ替えた。刃が上に、峰の部分が下になる。

「武士の情けだ。斬り殺すのだけは勘弁してやろう。全員、峰打ちで叩きのめしてやる」

その言葉が合図になったのか、その場にいた全員が一斉に「おう!」と叫んだ。

テディはその間、ずっと山田さんの家の部屋の隅にいて、大人たちの話を聞いていた。目覚めた時、全身にまとわりつくようだった恐怖はもう消えている。大人たちの話は半分も理解できなかったが、テディにとって肝心なことだけは分かった。自分たちは悪くないということだ。

「僕たちは悪くない」

声に出してそうつぶやくだけで、テディは怖くなくなった。自分たちが正しかろうが、悪かろうが、今まさに白人たちが襲いかかってこようとしている状況には何の変わりもないが、まだ七歳のテディにとって恐怖心が消えたということが何よりも大事なことだった。

それなら、自分もこの戦いに参加する勇気が持てるからだ。

この間にも白人の暴徒たちは着々と日本人街に向かって進んできていた。

彼らは、さっき中国人街を襲撃したばかりだ。中国人街は日本人街と隣接している。日本人をやっつけるための前哨戦としては、地理的にもそして人種的にもぴったりだった。何しろ中国人は日本人と同じアジア人なのだ。カナダ人から見れば、日本人も中国人も外見上は何の違いもない。

カナダ人たちに街を襲われても、中国人たちは家の中に引きこもったまま、誰一人として抵抗する者がいなかった。

「意気地なしのチンクめ」

そう言いながら、カナダ人たちの暴徒は目につく商店をことごとく破壊し尽くした。彼らは中国人のことを『チャイニーズ』と呼ばずに『チンク』と言う。日本人のことを『ジャパニーズ』と言わずに『ジャップ』と呼ぶように。

言うまでもなく、どちらも蔑称である。

テディが母親と避難した山田さんの家は、人の出入りがさらに激しくなった。暴徒たちは二回目の襲撃でも、この商店のある角を曲がって日本人街に侵入するつもりに違いないと見たからだ。

ただの雑貨屋でしかない山田さんの家では、二十人も人が集まればごった返して、人が揉み合うように右往左往するばかりである。それでなくても全員が殺気立っているところへ、足の踏み場もないとなっては、何かの拍子に肩と肩がぶつかったというだけで、怒鳴り合う。白人と一戦を交える前に、仲間内の日本人同士で喧嘩が始まりそうな気配だ。

「おい、このままだとこの家に人が集まるばかりで、埒が明かん。誰か一人作戦参謀を決めて、そいつに指示を出させろ」

日本刀の老人が誰に言うともなく叫ぶ。

「だったら、爺さん、おまえさんがやりな。年の功だ」

「そうだ。そうすりゃ、爺さんは俺たちに命令だけ出して、俺たちが白人たちと喧嘩しているところを、後ろで高みの見物ができるぜ」

男たちが一斉に笑った。はるばる海を渡って見知らぬ異国までやって来た男たちは、皆例外なく度胸が据わっている。だから、こういう危急の場合でも平気で冗談が口から出た。

「馬鹿者！　わしを見くびるな。わしだって、白人どもをやっつけたくてウズウズしてるんだ。わしは作戦参謀なんて柄じゃない。何しろ自慢じゃないが、わしは喧嘩は強いが、頭のほうはからきしでな……あっ、そうだ」

「どうした？」

「さっき、わしらに色々と説明してくれた男がいただろ。あのヒゲの男だ。あいつはどこにいる？」

「俺のことか？」

さっきのヒゲ男が奥のほうで手を挙げた。

「ああ、おまえだ。おまえが作戦参謀をやれ」

「作戦参謀？　何だって、俺が」

「さっきの説明といい、この状況でもおまえはずいぶん冷静だ。だから、おまえがこれからの喧嘩の指示を出せ。嫌とは言うなよ。いちいち断ったりしてる暇はないんだ」

老人がヒゲの男を睨みつけてニヤリと笑った。相手に嫌とは言わせない口調だった。

「分かったよ、爺さん。皆もそれでいいのか？」

そう言ってヒゲの男は不敵に笑うと、周りから「頼むぜ参謀長！」と賛同の声が上がった。

「分かった。いいか、今から俺の言うことをよく聞いてくれ。男で腕っ節に自信のある奴は、適当な武器を持って外に出ろ。そして、白人たちが近くまでやって来たら、一斉に奴らをその武器でぶちのめせ。だけど、いいか？　やつらが近づいてくるまでは自分たちから一歩も動くな。こちらから出て、あいつらをやっつけちゃいかん」

「どうしてだ？　俺たちは白人なんか怖くないぞ」

右手に大きな棍棒を持った男が怒ったような声で聞く。

「まあ任せてくれ」

ヒゲの男はそれだけ言うと、今度は台所のほうに怒鳴った。

「女たちの中で手の空いた人はいないか？」

「いるよ」

そう言って台所から出てきたのは山田さんの奥さんだった。そのあとから同じくらいの年頃の女性が三人続いて現れる。

女たちも家の奥に隠れているだけではなかった。炊き出し係や救護係を買ってでた。ガラスビンに砂を詰め、次々に男たちに手渡している者もいる。

「よくぞ私たちを呼び出してくれたね。女だって白人たちをやっつけたくてウズウズしてたんだよ。さあ、言っておくれ。私たちは何をすればいい？」

「ちょっと危険かもしれないが、あんたたちは表に出て手で握れるくらいの大きさの石をたくさん集めてきてくれ。幸い道は瓦礫や石ころだらけだから、石はいくらでもあるだろう」

「それで？」

「屋根の上に運ぶんだ。そうして、白人たちがやって来たらそれを奴らめがけて投げろ。日本刀なら近くの敵しか相手にできないが、石なら遠くにいる敵でもやっつけることができる。それに、石ならコツさえつかめば女子どもにでも投げられる」

「こうやって投げればいいのかい？」

ヒゲ男の目の前にいた女が、下から両手をすくいあげるような身振りをして見せた。

「そうじゃない。それじゃあ、石が遠くまで届かないから、相手に当たらない。石っていうのは、こういう風にして投げるんだ」

　男は右手で石を持っているというイメージで、右手を大きく後ろに振りかぶり、それと同時に左足を高く上げた。そして足を地面に下ろしながら、右手を前に振り下ろす。それはやけに綺麗なピッチング・フォームだった。

「こんな風にやってみろ。そうすれば、下手投げよりも遠くまで投げられるし、うまくすれば相手に打撃を与えて、敵の数を減らすことができる。けれども、そんなことで敵を全滅させられるはずがない。石をかいくぐってやって来る奴らは何十人といるだろう。そういう奴らが近くまで来たら――」

　とヒゲ男は男たちのほうに向き直り、

「あとはあんたたちの出番だ。持ってる武器で好きなだけ奴らをぶちのめしてやってくれ。ただし絶対に殺しちゃいかん。そんなことをすれば禍根《かこん》を残す。あくまでも威嚇するだけだ」

　それだけ言うと、その場にいた者たちは「おう！」とだけ応えるや、男たちはテディの家に向かい、女たちは裏口から出て道路へ石を拾いに飛び出した。残ったのは、ヒゲの男と老人とテディだけだった。

「おまえ、やはりわしが見込んだだけあって、人を使うのがうまいな」

「おだてなくたっていいさ」

「これまでにも、同じようなことをしたことがあったろう？　人を束ねて戦ったことが」

「まさか。喧嘩の参謀なんて生まれて初めてだよ」

「戦うったって喧嘩ばかりじゃないぞ。バットとボールで戦うことだってある。おまえ、野球の監督をやってたな？」

「何で分かるんだ？」

「馬鹿にするな。学はないが、こう見えて人を見る目はある。あのフォームを見ればそれくらい分かるさ。それより、おまえ、よくよく考えたら、見かけん顔だな」

「一ヶ月前にバンクーバーに着いたところだからな。つい最近まで古本さんの旅館にいて、それまでの間ずっと古本さんの奥さんに世話になっていた」

「ふうん、どこから来たんだ？　和歌山か？　それとも滋賀か？」

老人が聞いたのは、カナダにやって来る日本人の中で和歌山と滋賀の出身者が圧倒的に多かったからだ。

「いや、俺はハワイから来たんだ」

「ハワイ？　また妙なところから来たんだな」

そんな話をしている時、台所から、

「馬車松さん」

というテディの母親の声が聞こえた。

「御飯を炊いたよ。あと、ついでに鮭も焼いたから、鮭のおにぎりを作るわね」

「鮭のおにぎり？　何だって、こんな時に鮭なんだ」

馬車松と呼ばれたヒゲの男がテディの母親に聞き返すと、そのやりとりを聞いていた老人がおかしそうに笑った。

「おい、馬車松とかいうの。おまえ、さすがにバンクーバーに来て間がないと見えて、この土地のことを知らんな。白人どもと喧嘩する時に食うのに一番相応しいのは鮭のおむすびなんじゃよ」

するとと、台所のほうからこの状況に似合わない陽気な女たちの笑い声が聞こえてきた。

女たちは台所で銀鮭を焼き、握り飯を作っていく。日本から遠く離れたカナダでは、ふんだんに獲れる鮭よりも梅干しのほうが貴重品である。だから、鮭のおにぎりがカナダではもっとも簡素な非常食なのだ。

そこへ男たちが順番に飛び込んで、両手に一つずつ、ついでに口にも一つおにぎりをくわえるや、ふたたび表に飛び出していく。ある者はふたたび家にとって返して武器になりそうなものを取りに戻り、ある者は最前線へと向かう。

手の空いた者はあちこちから石を集めてテディの家に運んだ。石は馬車松に指示されたとおり、屋根の上に山のように積まれていく。

「どれだけ石を積み上げても大丈夫だぞ」

と下からテディの父親が叫んだ。

「屋根が壊れる気遣いはない。何しろありがたいことにカナダの材木は頑丈にできてるからな」

けれども、そのカナダの材木と同じくらい頑丈なカナダの男たちが、日本人を痛めつけるためにやって来るのだ。

階下では投石をくぐり抜けてやって来た白人を叩きのめそうと、日本刀を構えた老人を先頭に数十人の男たちが、手に手に武器を持ってじっと前方を睨みつけている。テディはその彼らの背後に隠れるようにして潜り込んだ。

「来たぞ」

誰かが叫んだのと、白人たちの言葉にならぬ叫び声が聞こえたのが同時だった。

誰にも咎められず物を破壊するのが楽しくて仕方ないのだろう。歓声のような叫び声をあげながら、けれどもその喜びの声には似つかわしくない物騒な武器を手に手に持った白人たちが、日本人街を目指して押し寄せてきた。

ガシャーーン！

ガラスが粉々に砕ける音と「キル・ザ・ジャップ！」のシュプレヒコール、そして白人たちの迫る足音が、地鳴りのように響いてきた。

「俺たちの街が――」

破壊されていく街を目にし、日系人から悲しみの声が漏れる。

「あいつら絶対に許さねーぞ！」

そう言って、屋根に上った男たちが投石をはじめた。

この争いの前哨戦とでも言うべき数時間前の中国人街での暴動の時は、中国人は一切カナダ人に手向かいをしなかった。そのため、中国人街は白人たちの思うがままに破壊され尽くした。その驕りがあったのだろう、白人たちはまさか日本人が反撃してくるとは思ってもいなかったので、いきなりの投石にたちまち攻撃の手がひるんだ。

そこへさらに何十個もの石が投げられる。

何人かの白人の体に石が当たり、地面にうずくまった。真夜中のことであり、日本人たちがいるところからは距離があって見えないが、白人の中には出血している者もいるようだった。

その様子を見て、一瞬日本人たちの投石の手がひるんだ。

けれども、白人側は仲間が怪我をしたことで却って怒りに火がついた。何しろ白人たちの大半は、中国人街で強奪してきた酒でしたたかに酔っている。

「キル・ザ・ジャップ！」

誰か一人がひときわ大きな声で叫ぶと、それに唱和するかのようにあちこちから「キル・ザ・ジャップ！」の声が上がった。日本人の耳にはその声が獣の雄叫びのように聞こえる。

白人たちは地面に倒れた仲間をそこへ放置したまま、ジワジワと向かってきた。さすがに今度は屋根の上から投げられる石に気をつけてはいるものの、退こうという気は欠片もないらしい。

けれども日本人の男たちはひるまなかった。どちらにしても石を投げるだけで相手をやっつけられるとは最初から思っていない。

日系人は負傷者が出ると、それを担いで後ろに下がる。入れ替わりに、日本刀を手にした男を先頭に、新たな一隊が次々に突撃していった。

「ほほお、カナダ人もなかなか男気があるじゃないか。よしよし、相手にとって不足はない。わしが一刀両断にしてくれる」

日本刀を持った老人が一歩前に出ようとした時、

「お爺さん。一刀両断はダメだって、さっき言われたところだろ」

そう言いながらテディの横を通り抜けて、前に進み出たのが北山三兄弟の長男ミッキーだった。背中に背負っていた袋の中身を地面にぶちまけると、投げるのに手頃な大きさの石が山のようになった。

「何だ、おまえは。北山のところの長男坊じゃないか。おまえは上に行ってろ」

「どうしてさ？」

「ここは大人の男が戦う場所だ。子どもはこんなところをウロウロするな」

「俺はもう十四だ」

「だから、子どもだと言ってるじゃろう。子どもは女どもと一緒に屋根の上に行け。屋根の上なら安全だ。そこから石を投げろ」

「屋根の上からじゃあ、投げにくくってしようがないんだ」

「石を投げるのに投げやすいも投げにくいもあるか」

「それがあるんだよ」

ミッキーはこちらに押し寄せてくる白人たちの群衆を指さした。屋根の上から降りかかる石をものともせずにこちらに向かってくるのは、よく見ると分かるが、彼らに勇気があるからだけではない。ほとんどの石が彼らに当たっていないのだ。

そもそも女子どもの手で投げて届かせるには、まだ白人たちとの間に距離がありすぎた。うまく遠くまで投げることができた石も、彼らの体の横をかすめてしまう。これでは効果のある攻撃にはなっていない。

「あれじゃダメなんだ。もうちょっときちんと狙って当てないと」

「生意気なことを言うな。おまえだって、これだけ離れてる相手に石を当てるのは無理じゃろ」

「まあ見てなって。それよりもお爺さん、ちょっと邪魔だからどいててくんないかな。振りかぶる時邪魔になるんだ」

そう言うと、ミッキーはちょうど野球のボールくらいの大きさの石を一つ選んだ。そして、昼間パウエル球場でテディを相手にやってみせたようにゆっくりと振りかぶり、綺麗なオーバースローで右手に持った石を投げた。

そこから白人の集団がいる場所まで、距離で言うとキャッチャーからセカンドベースくらいだろうか、それくらい離れたところが白人の群衆の最前列で、その中央で棍棒を持ってひときわ獰猛そうに吠えている大男の右の肩に、ミッキーの投げた石が当たった。

「オーッ！」

テディがいるところにまで聞こえるほど大きな苦痛の声を上げると、この白人の大男は持っていた棍棒を落とし、右肩を押さえて地面にうずくまった。

「どうだい？　右肩を狙って投げたから。右肩の骨を折れば、相手は武器を持てなくなる。そうしたらもう二度と攻撃はできない」

「右肩を狙っただと？　嘘をつけ。あんなに離れているのに、狙って相手の肩に当たるはずがないだろうが」

「年寄りっていうのは疑り深いなあ」

　ミッキーはふたたび、さっきと同じ綺麗なフォームで石を投げた。すると、今度はさっきの男よりもさらに奥にいた男にその石が当たった。やはりさっきと同じ右の肩に。その白人もさっきの男と同様、右手に持った武器を地面に落とし、右肩を押さえたまま地面にうずくまった。

「すごい！」

　テディが思わず叫ぶと、ミッキーが振り返った。

「何だ、テディ、こんなところにいたのか」

「ミッキー、すごいよ！」

「すごくはないさ。だって、おまえは昼間、俺が今投げたのと同じボールをセンターまで打ち返したんだぞ」

　そう言って、ミッキーはまた大きく振りかぶると石を投げた。やはり遠く離れた白人の右の肩に石が見事に命中する。

「テディ、石をもっとじゃんじゃん持ってきてくれ。俺が石を投げている限り、あいつらを一人もこの側へ寄せつけないから」

「うん！」

　そう言ってテディは背後へ走った。けれども、本当はずっとミッキーの側にいて、ミッキーが石を投げているところを見ていたかったのだ。テディはミッキーのことが誇らしかった。

ガシャンというガラスの割れた音がしたかと思うと、どこからか日本語で「いてえ」と言う声が聞こえてきた。

どうやら、今度は白人が日本人の真似をして、こちらに向かって石を投げてきているらしい。

ガシャン、ガシャン。

続けざまにガラスの割れる音が聞こえたと同時に、石がテディのいるすぐ近くの壁にぶつかったが、テディはそんなことは少しも気にならなかった。

暴動はまだ終わっていない。白人たちはどんどん石を投げてくる。けれども、そんなことなど忘れて、テディは今度ミッキーと〝遊ぶ〟時のことだけを考えていた。

テディはカナダで生まれカナダで育った日系二世だ。二世たちは日本語と英語をたやすく混同する。「野球をする」を意味する「プレイ・ベースボール」の「プレイ」をそのまま「遊ぶ」という日本語に直訳しても違和感を感じない。だから、彼らは「野球をする」ことを「遊ぶ」と言う。

テディは暴動の最中に心の中で誓った。

「次、ミッキーと〝遊ぶ〟時は、ミッキーが本気で投げた一番速いボールをホームランしてやる」

けれどもその機会は永久にやって来ないのである。だが、そのことをこの時のテディはまだ気づいていない。

形勢は誰が見ても明らかだった。

日系人の決死の覚悟とよく組織された波状攻撃に、白人暴徒はバリケードを突破するのさえ難しい。日本人街の入口付近でジリジリ押し返され、ついに耐えきれず中国人街に向かって逃げだした。

あとには地面に叩きのめされた暴徒がうめき声をあげている。それをようやく駆けつけた騎馬警官隊が保護、収容した。

撃退された白人暴徒は、屈辱感も手伝って怒りは収まらない。しきりに日本人街に攻め入ろうとした。けれども、武装した鉢巻き姿の男たちが徹夜の厳戒態勢をしいて、日本人街の入口を固めている。なかなか近づけない。そのうえ、騎馬警官隊が暴徒の鎮圧に乗りだす。いつしか暴徒たちの闘争心は萎えて、そのうち散りぢりになって姿を消してしまった。

暴動は日本人の圧倒的な勝利で終わる。日本人は凱歌を揚げ、自分たちの街を守り抜いたことを喜んだ。

ところが、暴動には勝っても、その後、政治的に日系人は一気に追い込まれていく。事態を重く見たカナダ政府は、暴動の損害賠償に応じた。これにより日系人は、要求額に対して満額回答に近いか、それ以上の補償を手にした。

ただし、バンクーバー暴動の本当のツケはその後回ってくる。いざとなると命を惜しまず、一致団結して白人暴徒に立ち向かった日系人。非難されるべきは暴徒たちで、それにひきかえ日系人のふるまいは勇敢だった。そう考える白人もいた。しかしそれはひと握りの白人に過ぎなかった。

結局、「日系人は野蛮で好戦的な人種だ」という歪められたイメージが、白人の間に広まっていくのである。

「こんな危険な人種の移民を、いつまでほうっておくつもりだ！」

大半の白人は日系人の実態を知らない。それだけに日系人移民に対する恐怖心、不信感はとどまるところを知らなかった。

日系人と白人社会との摩擦に手を焼いていたカナダ政府が、この機会を見逃すわけはなかった。

暴動から半年後の一九〇八年一月。カナダの強い圧力があって、日本はカナダとの討議で移民を大幅に制限せざるを得なくなる。これを日本側との折衝にあたったカナダの労働大臣の名前をとって『レミュー協定』という。それは事実上、カナダが日系人移民の新たな受け入れを拒絶したのと同じことだった。

締め付けは年を追うごとに厳しくなり、ついに一九二八年には年間百五十人にまで制限されてゆく。

出稼ぎ移民が減って、家庭持ちの定住移民が急増するにつれ、日系社会の性格もしだいに変わっていく。日本人街では、カナダ生まれの二世たちが育っていた。

テディたち二世にとって、カナダは生まれ故郷であり、それ以外の国を知らない。一世たちのように帰る場所はなく、どんなに差別と排斥が激しくても、そこで生きていくしか術はなかったのだ。

そんな状況の中、カナダの日系社会に、日系人であることの誇りを満たすシンボルを待ち望む声が強くなってゆく。

自分たちはどんなに蔑まれても誇りを失いたくない。人として、日本人としてのプライドを持ちたい。

その手段として、カナダでも日本でも、絶大な人気を誇るスポーツに白羽の矢が立つのは必然だったのかもしれない。

イニング2

～一九一四年初冬～

この頃、カナダに隣接するアメリカでは大リーグがすでに存在していたが、カナダでは野球のプロ・システムはまだはっきりとは確立されておらず、アマチュア、セミプロ、プロの境界線がはっきりと引かれていなかった。

この事情は日本でも同じで、二十世紀初頭の日本にはまだプロ野球はおろか東京六大学リーグすらない。日本で最初のプロ野球チーム、現在の読売ジャイアンツの前身である大日本東京野球倶楽部が設立されるのが一九三四年である。一九一三年頃の日本では、野球はアマチュア一色であった。

とはいえ、そのアマチュア野球の華とも言える高校野球大会ですら、その頃はまだ始まっていない。高校野球大会の前身である全国中等学校野球大会の第一回が開催されたのが一九一五年のことだ。

日本と同様、カナダではまだプロ・システムは発展途上の状態ではあったが、隣国のアメリカにならって、メジャーリーグの下部組織であるプロ球団らしきものはあった。また、それに匹敵する強さを持つセミプロ球団も存在した。

中でもバンクーバーはことさら野球の人気の高い街だった。

土曜、日曜ともなるとバンクーバーのあちこちで、野球に興じる大人や子どもたちの姿が見られた。職場や地域ごとのアマチュア・チーム、プロやセミプロの選手がいるチーム、そして少年クラブのチームなどがあった。街の有力者は、強豪チームを集めてリーグを組織し、観戦料をとって試合を興行した。

強くなってリーグに参加するのが、多くのチームの目標になった。プロもアマチュアも、選手たちはできるだけ上位の人気リーグでプレーしたいと願った。そこで活躍する選手はヒーローとなり誰からも一目置かれる存在となる。


日系人排斥暴動から六年。ようやく落ちつきを取り戻しつつある日本人街であったが、差別と排斥は暴動後にさらに激しくなり、苦しい状況に追いつめられていた。

そんな中、暴動を指揮した日本人街の顔役たちが、この野球熱に注目しないはずはなかった。

ある日、会合で集まった商店で、誰からともなく話が出たのである。

「俺たちで日本人だけのチームを作って、白人チームと戦おう」

「優勝して、白人どもを見返すんだ！」

差別と貧困、排斥の中で、彼らが戦える舞台は実力がすべての世界、野球だけだった。

提案はまたたく間に全員の賛同を得て盛り上がってゆく。

お金は皆の寄付でなんとかしよう。

今すぐは無理だが、数年後には優勝を目指せるチームになれるように、若く有望な選手を集めよう。

トントン拍子で話が進む中、問題になったのが、誰を監督にするかだった。

「強いチームは作りたいけど、俺たち誰もちゃんと野球したことなんてないな」

「ああ。子どもらと遊びで、球投げて棒切れで打ったことがあるくらいだ」

そんなやり取りが続く中、手を挙げたのが暴動の時に日本刀を振りかざしていた老人・鏑木《かぶらき》甚蔵《じんぞう》だった。

「俺に心当たりがある。任せてくれ」

鏑木老人は日本人街の顔役である一方、整体院を開いており、凄腕の整体師として近隣では有名だった。

翌日、その整体院に馬車松こと宮本松次郎《みやもとまつじろう》が、痛めた腰を揉んでもらおうと自分からやってきたのだ。暴動以来、二人はどこかウマが合い、どちらからともなく相談し合う仲になっていた。鏑木は絶好の機会とばかりに切りだした。

「なあ馬車松」

「なんだ?」

「昨日、街の会合があってな。俺たちで野球チームを作ろうってことになった」

「ほ～。皆食うや食わずの状況だってのによくやるね」

ひとしきり鏑木がチーム方針を説明する。腰を揉まれて呻きながら、馬車松は話を聞いていたが、最後に一言つぶやいた。

「いったい誰が引っぱっていくんだ」

「おまえさんだよ」

それを聞いたとたん、馬車松は施術台の上で身をよじり、鏑木老人を振り返る。

「俺が?」

「そうだ。この街で顔が利き、体力があり、なにより野球を知っている男。わしにはおまえしか思いつかん」

「いや、でも……俺だってそんな大層な教育を受けたわけじゃないぞ」

「いいんだよ。いま必要なのはなりふり構わず突き進む力だ。おまえさんにぴったりだろ。なあ馬車松」

いつにない鏑木老人の迫力に、さすがの馬車松も気圧される。これは排日暴動の夜、日本刀を振りかざしていた時以来の雰囲気だった。

「馬車松、いま、このバンクーバーの日本人は苦しんでる。移住者の数も減らされ、選挙権もなく、仕事も給料も締めつけられてる。このままだと生活だけじゃなく、心も荒んでいくだろう。ただ、わしたち大人はいい。一世は自分で選んでこの国にやってきたんだからな。

　でも子どもたちは違う。生まれた時からカナダに居て、気づけばこんな苦しい毎日だ。彼らがまっとうに育つには誇りがいる。日本人だってやればできるんだっていう誇りがな。

　馬車松、それを子どもたちに教えてやってくれ。強いチームを作って、皆を喜ばせてほしいんじゃ」

　いつもぶっきらぼうな男のまっすぐな言葉に、馬車松は声を失う。

　自分にも仕事はある。衣料食品店を切り盛りするのも大変な状態だ。

　しかし鏑木の、いつになく真剣な眼差しを見ていると、固辞の言葉は自然と喉の奥へと引っ込んだ。言葉少なだが、鏑木が考え抜いた末の願いだということが伝わる。

　その様子を見て、馬車松の中ですでに腹は決まっていた。

　できるできないじゃない。やるしかない。

「鏑木さん、分かったよ」

その日から、馬車松の選手探しが始まる。それは『馬車』の名前に恥じない、精力的な動きだった。

監督に就任した馬車松がもくろんだのは、カナダの上位リーグに参加し、バンクーバーの強豪チームと勝敗を競り合えるチームを作ることだった。しかも、選手は日本人だけ、と決めている。

「そうしろ。そのほうがいい。まずは日本人は日本人だけのチームを作り、一度きちんとカナダ人に勝たなくちゃいかん」

馬車松にそう力説したのは鏑木老人だった。

「何しろわしたちはまだ一度もカナダ人に勝ったことがないんじゃからな。ならば、一度はきちんと勝ってみたいじゃないか。日本人が勝てば、カナダ人のことを許してやれる。じゃがな、今はまだ日本人はカナダ人に負けたままだ。負けてるほうが勝ってるほうに握手の手を差し出しても、それはただ相手にこびているだけじゃ。こちらから握手の手を差し出すのは、わしらが勝った時でなければならん」

馬車松にはまた違う言い分もあったが、鏑木老人の言いたいことも理解できた。それに馬車松は鏑木老人とはまた違う意味で、日本人の力を見極めたいという思いもあった。

カナダにいる日本人の多くが、日本に居場所がなく、仕方なく新天地を求めてカナダへ渡ってきている。だが、馬車松はそうではなかった。日本よりももっと広い場所で力を試してみたかったのだ。それと同時に自分が日本人であるという誇りは人一倍持っている。その日本人が他の国の人たちと渡り合って、どれだけの力を発揮できるのか。それは馬車松自身が一番知りたいことでもあったのだ。

だから、馬車松は新チームを結成するにあたって、選手は日本人のみということにこだわった。それもただの日本人の寄せ集めであってはいけない。カナダ人に勝つチームでなければならないのだ。

そう考える馬車松は、チームは最初から少数精鋭でいこう、と決めていた。バンクーバーは大きな街だが、そこに住む日本人は全体の一割にも満たない。その中で野球ができる人間は限られているだろうし、さらに野球が巧い人間となるとさらに限られてくる。日本人だけで強いチームを作ろうとすれば、少数精鋭にならざるを得ない。選手の数を絞るというのは、権威を振りかざして門戸を狭くするという意味ではない。数あわせのためだけに下手な選手を入れるようなことはしない、ということだった。

馬車松はチーム作りに最低三年はかかると見ていた。

その三年間の間に選び抜いた選手を徹底的に鍛えれば、カナダ人を相手にしても負けないチームを作ることができる。そのためには、チームの選手は将来のある子どものほうがいい。

馬車松は監督に就任してすぐ、チームの柱にしたい選手の顔を思い浮かべていた。彼はすでに二十歳くらいで、子どもを中心に集めるという方針からは外れるが、人望のあるそいつを引き込めれば、噂が噂を呼んでバンクーバー中の日系人から有望な選手が集まると踏んだのだ。

そこでこの日、馬車松はその子がいつもたむろっているパウエル球場にやってきた。彼はとっくに学校を卒業し、仕事を持っている。勤め先がどこかは知らないが、仕事が引けた夕方にはやってくるだろう。

日本人街の中心にあるパウエル球場は、球場とは名ばかりの、土と石ころと雑草だらけの原っぱともつかないグラウンドだ。それでもそこは日本人街に住む野球少年たちにとってはかけがえのない場所だった。

バンクーバーには他にも球場はあったが、日本人街の中にあるというのが、日系人たちにとってパウエル球場に特別な思い入れを抱かせることになった。パウエル球場はバンクーバー在住の日系人にとって夢の球場だったのである。

ところが馬車松が球場に来てみると、まだ陽も高く、人もまばらなグラウンドで日本人の男の子二人がとっくみあいの喧嘩をしていた。というか、片方がもう片方に一方的に殴りかかろうとしていた。

「やめろよ。やめろって――」

「うるさい。おまえなんか」

そう言いながら、なおも相手を殴ろうとしているのはテディだった。止める人がいないのをいいことに一方的に相手をやっつけようとしている。

「おまえたち、何やってんだ。やめろ」

思わず二人の間に入る。テディはまだ完全に大人にはなりきっていない子どもらしさを残した華奢な体つきのくせに力が強い。馬車松がテディを相手から引き離そうとしても、なかなか離れようとしない。

それをなんとか引き離すと、馬車松はテディともう一人の男の子を交互に睨みつけた。

「どういうわけで喧嘩になったのか、俺に教えてもらおうか。なあ、テディ」

馬車松はバンクーバーに来た当初、テディの両親が経営する旅館に泊まっていたので、テディとは顔なじみだ。けれども、もう一人の男の子はその日初めて見る顔である。

「ジョーが……」

テディが相手の男の子を指さした。

「僕を嘘つきだと言ったんだ」

「そいつはよくないな」

馬車松はあっさりとテディの味方をした。そして、わざと神妙な表情を作って、そのジョーという男の子に言った。

「君はジョーっていうのか。俺はテディのところにしばらく厄介になってたことがあるんだ。だから、テディのことはよく知っている。テディは嘘をつくような奴じゃないぞ」

「でも、テディは嘘をついたんだ」

「じゃあ、テディはどんな嘘をついたんだ？　俺に言ってみろ」

「『世界一球の速いピッチャーは誰だか知ってるか』ってテディが言うから、『それはニッポンズの里中選手だ』って僕が言ったら、テディは『あんなの大したことない。僕だったら、あんな奴の投げるボール、簡単にホームランにしてやる』って言うんだ」

「それは嘘というよりもホラだな。もしくは自信過剰というやつだ」

馬車松は嬉しそうに笑った。

「だけどな、ジョー、それはあながち嘘だとは言えないんじゃないかな。だって、テディが大人になって、野球選手になれたら、その時ニッポンズの里中からホームランを打つかもしれないじゃないか」

「そんな先の話をしてるんじゃない」

ジョーは馬車松を睨みつけた。さっきテディと喧嘩をしていた時は押される一方に見えたが、この子もけっこう気が強いみたいだ。

「テディはニッポンズの里中選手よりも速い球を打ったことがあるって言うんだ」

これには馬車松も驚いた。

馬車松もニッポンズの里中のピッチングは見たことがある。というか、日本人街に住む日系人でニッポンズの試合を見たことがない者などおそらく一人もいないだろう。

ニッポンズは結成されて五年目の野球チームである。それまでにもバンクーバーにいくつもの野球チームはあったが、このニッポンズは他のチームとはまったく違う特徴を備えていた。

メンバーが全員日系人だったのだ。

ニッポンズが結成された一九〇八年は、排日暴動の翌年である。あの戦いで白人たちに勝ったことによって、〝愛国心〟に目覚めたバンクーバー在住の日本人たちが日本人だけのチームを作り、今度は喧嘩ではなく野球で白人たちをぶちのめしてやると、まさに馬車松たちが今やろうとしていることを、一足先に実現しているチームだった。

おかげでニッポンズはチームを結成するや、たちまち日本人街での人気者になった。

子どもたちにとってニッポンズの選手はヒーロー的存在である。

今はまだ白人の強豪チームと五分五分で戦えるほど強くはないが、それでもそんじょそこらのアマチュアのチームが敵うレベルではない。そして、里中という投手はそのニッポンズのエースなのである。

馬車松の見るところ、里中はコントロールがあまりよくはないが、間違いなくチーム一の強肩の持ち主で、速球で押しまくる投手だった。

テディはその里中よりも速い球を打ったことがあると言うのだ。

「テディ」

馬車松は神妙な顔でテディに話しかけた。

「俺はおまえのことをよく知っている。だから、おまえが簡単に嘘をつくような奴じゃないってこともよく知っている。そのおまえが、里中よりも速い球を打ったことがあるって言うんだから、それは本当なんだろう。じゃあ、その球を投げたのは誰だ?」

「ミッキーだよ」

テディは馬車松の目を見据えるようにして言った。

「僕はミッキーの球をホームランしたことがあるんだ」

思わぬところから出てきた名前に、馬車松はドキッとした。

チームの柱にしようとスカウトしたい選手こそ、そのミッキーだったのだ。

「ミッキーというと、北山さんのところの三兄弟の長男の、あのミッキー北山のことか？」

馬車松はとぼけて聞いた。

「そうだよ」

暴動のさなか、ミッキーはあれほどの距離にいる白人めがけて、正確に石を投げていた。そのフォーム、強肩、そしてなによりも緊迫した状況にも動揺しない肝っ玉に驚いていた。彼なら、間違いなく良いピッチャーになる。

バンクーバーの日本人街の総人口は、その頃で一万人近かったが、馬車松は北山さんのことはよく知っていた。自分の店のお得意様の一人だったのだ。

その北山さんのところにはミッキーを筆頭にヨー、エディという三人の息子がいて、つい最近二男のヨーが望まれて同じ日本人街に住む梶家に養子に貰われたことも知っていたし、この三兄弟はとても仲がよく、ヨーが養子に行ってからも、三人がしょっちゅう一緒に遊んでいることも知っていた。

ミッキーがここで野球をしているのを見たこともある。

「ミッキーの球か……」

馬車松は断定を避けるような曖昧な声を出した。

馬車松が見る限り、ミッキーはあの年齢にしては恐ろしいほどコントロールがいい。

年下の連中相手にはほとんど投げたことはないが、時折見せるカーブの切れにも驚くべきものがある。

ミッキーは恵まれた天分を持っている、それは馬車松も認めていた。

だからこそチームに入れたいと思っている。

だが、ミッキーにはピッチャーとして一つだけ大きな欠点がある。球がそれほど速くないのだ。

暴動の時、あれほどの強肩を見せていたというのに、ここ最近、配達途中にパウエル球場を通りかかった際に見かける彼の球には重さがなかった。

もしも、あの制球力と鋭いカーブに加えて速球を投げることができたら、ミッキーは間違いなく素晴らしいピッチャーになれるだろう。だから、馬車松は一度だけミッキーに尋ねてみたことがある。

あれは一年ほど前のことだったか、やはり配達途中の馬車松が仕事をさぼって子どもたちの野球を見ていた時のことだ。

あまり速球を投げないのは、どこかをかばっているみたいだと訊くと、そんなのは気のせいだと笑ってかわされてしまったのだ。何だかピッチング・フォームのことには触れてほしくないみたいだな、とその時馬車松は思った。

そのミッキーの球をテディは打ったことがあると言う。それはあり得る話だと馬車松は思った。馬車松はテディのバッティングも見たことがあったからだ。

テディはまだ十三歳でしかないが、彼もまたその歳に似合わぬ野球センスを持っていた。同世代の男の子が投げる球はテディにはまったく問題にならない。その程度の速さの球ならば、テディがバットをひと振りするだけで、まるでボールがバットに吸い付いていくかのように、綺麗にミートして、正確にセンター方向へと打ち返してしまう。

そのテディであれば、そして相手がミッキーで、あのさほど速くもない球ならば、しかもそれが変化球ではなくただのストレートなら、ホームランを打ったとしてもまったく不思議ではない。

だから、それはいい。そのことでおそらくテディは嘘をついていない。

問題は、そのミッキーの投げる球をテディがニッポンズの里中よりも「速い」と言ったことだ。

テディくらいのバッティングセンスがあれば、ピッチャーの投げる球の速度を見誤るはずがない。そもそも、球の速度を見誤っていたら、そのボールをバットにミートすることはできない。

「どういうことだ？」

馬車松は相手が子どもだということも忘れ、真剣な口調でテディに聞いた。

「ミッキーの球が速いっていうのは？」

「どうもこうもないよ。ミッキーの投げる球は世界一速い。ただ、それだけだよ」

そう言うなり、テディはプイッと顔を背けるや、そのまま家に向かって走って行った。そういうところはまだテディは子どもだ。自分の言いたいことをきちんと言葉にして説明することができない。ましてや、議論の相手が大人であればなおさらだ。

グラウンドには馬車松とジョーという男の子が残された。

「ジョー、君は里中選手が好きなんだな」

「うん、大好きだよ。だって、僕のお兄ちゃんだもの」

「何だ、そうだったのか。だったら、里中選手の味方をするはずだ。ということは、君のフルネームは」

「うん、ジョー里中っていうんだ」

そう言ってジョーはニカッと笑った。テディとはまたひと味違う不敵な笑顔だった。こういう負けん気の強い顔は、ピッチャーに向いてるなと馬車松は思った。そこでジョーに聞いてみた。

「君のポジションは？」

「まだ決まってないんだ」

「だったら、ピッチャーをやるといい。お兄さんがピッチャーなんだから、いろいろ教えてもらえるだろうし」

「ダメだよ」

「なぜ？」

「ミッキーがピッチャーだし、テディもピッチャーをやりたいって言ってるし、もうこれ以上ピッチャーをやる人は要らないんだよ」

「そんなことはないさ。チームにピッチャーは二人じゃ少ないくらいだ」

「そうなの？」

「ああ。ピッチャーというのは恐ろしく体を消耗するからね。だから、選手生命だって短いんだよ」

そう言った馬車松は自分の言葉がテディたちの未来を言い当てているとは、この時はまだ気づいていない。

結局この日は、いくら待ってもミッキーが現れることはなかった。


それから三日と経たないうちに、テディが言った言葉の謎が解けた。

馬車松はいつものように腰を揉んでもらおうと、鏑木のところを訪ねたのだ。

選手集めを頑張っているが、まだ一人も集まっていないことを報告する。

施術を受けながら、センスのありそうな子がどこかにいないか話し合う。

ところが段々と鏑木の治療が激しくなると、馬車松の口から苦悩の声が漏れ始めた。

「痛い痛い痛い痛い痛いっ！」

馬車松の叫び声が鏑木老人の六畳の居間にこだまする。

「うるさい。これくらい我慢しろ」

鏑木老人は上半身裸でうつぶせになった馬車松を押さえつけながら怒鳴りつける。

「我慢も何も、おい、麻酔か何かないのか？」

「馬鹿者、揉み療治に麻酔を使う奴がいるか。そら、あとはここを揉めば終わりだ」

「痛い‼」

馬車松は鏑木老人が敷いた布団の上で、浜辺にあげられた鮭のようにのたうった。

「何という情けない奴だ。それでも日本人か」

「痛いものは痛いよ。それに、俺はどっちかって言うと、痛みには強いほうなんだぜ。その俺が痛いって言ってるくらいだから、これは鏑木さんの腕が悪いからじゃ……あっっっ！」

「うるさい奴だ。何が痛みには強いほうだ。おまえなんかよりも子どものほうがずっと我慢強いわ」

「こんな痛いのを我慢できる子どもがいてたまるかよ」

「何を言う。北山のところの長男坊は、これよりも辛い療治を受けても、一言も痛いとは言わなかったぞ」

「北山のところの長男坊？」

　馬車松は鏑木老人の手を払いのけて、ムクリと起き上がった。

「それはミッキーのことか？」

「違う。あいつの名前はそんな変な名前じゃない。確か、ハツなんとか、そうそう初《はつ》次郎《じろう》だ。あいつは北山初次郎と言うんじゃよ」

「その初次郎のもう一つの名前がミッキーなんだよ」

「日本人のくせに何がミッキーじゃ、カナダ人じゃあるまいし」

「仕方がないだろ。あいつらはこれからもずっとカナダで暮らしていくんだ。鏑木さんたちと違って、カナダ人ともつきあっていかなくちゃならない。こっち風の名前くらい認めてやってくれよ」

「まあ、いい。あいつは根性があるから、変な名前をつけていても許してやる」

「何なんだよ、その根性があるっていうのは？」

「だから、さっきも言ったじゃろう。あのミッキーという小僧はな、怪我をして、わしが療治をしてやったんだ。その時、一言も痛いと言わなかったぞ。おまえさんとはえらい違いだ」

「怪我だと？　ミッキーがか？　いつのことだ？」

「六年前だ」

「六年前と言うと？」

「もう忘れたのか。排日暴動の時だ」

「あの時にミッキーが怪我をしたのか？　そんなこと、俺はちっとも知らなかったぞ」

馬車松が知らないのも無理はなかった。

排日暴動が起きた時、ミッキーは戦いの最前線にいた。襲いかかってくる白人に石を投げていたのである。

ミッキーのコントロールはその頃から精度が高く、しかも今の何倍も球威があったため、投げた石は相手の右肩に正確に当たり、なおかつ相手が二度と武器が持てないくらいのダメージを与えた。

ところがそれがよくなかった。

攻めてくる白人側にしてみれば、あちこちから石が飛んでくるものの、確実に自分たちに当たるような石を投げてくるのは、一ヶ所からだけだ。そのことに気づいた白人の一人が、ミッキーを指さして怒鳴った。

「あいつだ。あいつさえやっつければ、他の石は怖くない。あいつを狙えっ！」

白人たちは仲間がやられたお返しだとばかりに、今度は彼らが石を拾い上げると、一斉にミッキーめがけて投げ出した。いくらミッキーの投げる石が百発百中だといっても、何十人もの人間が自分めがけて石を投げてきたのであれば、たまったものではない。

　幸いにも白人たちはコントロールが悪かったから、ほとんどの石は外れたものの、それは十分威嚇にはなった。

　このままここにいては危ないと思ったミッキーが、ひとまず安全な場所に隠れようとしたその時、白人の投げた大きな石がミッキーの体に当たった。当たった場所が、ミッキーがさっきまで狙いを定めていたのと同じ右肩だったというのは何とも皮肉なことであった。ミッキーはピッチャーで、しかも右投げなのだ。

「それで、ミッキーは肩を痛めたのか」

　馬車松は鏑木老人に聞いた。もう自分の腰が痛むことなど忘れてしまっている。鏑木老人は無言でうなずいた。

「で、怪我の具合はどうだったんだ?」

「幸い、骨は折れてなかったよ」

　鏑木老人は言った。こちらも馬車松の腰を揉むことなど忘れている。

「だが、筋をひどく痛めていたから、もう二度と前と同じように力を入れることはできんじゃろうな」

「そんな……」

馬車松はその瞬間、ミッキーと交わした会話を思い出し、自分がとてつもなく残酷なことを言ってしまったことに気がついて呆然とした。

「鏑木さん、ミッキーはただの選手じゃない。ピッチャーなんだ」

「ああ、知っている。わしは野球が好きだからな、子どもたちがやってる野球も時々見ている。ミッキーの投げる球は速かったぞ。わしが知る限りでは、あいつほど速い球を投げる投手はおらん」

「今のニッポンズの里中よりもか？」

「あんな奴、ミッキーと比べたら問題にもならんわ。おっと、いかん、いかん、日本人同胞の悪口を言ってしまった」

「そうか」

これでようやく馬車松はすべてのことが腑に落ちた。テディは嘘をついていなかったのだ。

けれども、今はテディよりもミッキーのことが気になった。

「ミッキーはもう前みたいには投げられないのか？」

「そうだな。無理をすれば、投げられるかもしれん。だが、投げられるとしても三、四球がいいところだろう。それ以上本気で速い球を投げたら完全に肩を壊して、今度は普通にボールを投げることもできなくなる。それは間違いない。わしが太鼓判を押す」

「くだらん太鼓判を押すな」

「す、すまん」

馬車松は悔しかった。自分が石を投げて白人を攻撃することを言い出さなければ、ミッキーは怪我をせずにすんだのだ。だから、「これは俺の責任だ」と馬車松は声に出して、鏑木に言った。それまでの勢いもどこへやら、すっかりしょげてしまった馬車松に鏑木老人も何と言ってよいか分からない。

しばらくの沈黙のあと、ふたたび馬車松が鏑木老人に聞いた。

「だけど、ミッキーはその時どうしてすぐにその場から離れなかったんだ？　あいつくらいの運動神経があれば、そんなに簡単に白人たちの投げる石ころなんかに当たるはずがないんだが」

「うむ。ミッキーは自分の口からは絶対に言おうとしなかったが、どうやら子どもをかばって石を避け損なったらしい」

「子どもを？」

「ああ。ミッキーが逃げようとした時、ちょうど真後ろに子どもがいて、その子に石が当たりそうになったんじゃ。それで、その子どもをかばおうとして……」

「ミッキーがかばおうとした、その子どもというのは？」

「古本の旅館の倅だ。たしか忠義とか言ったな」

「テディだ――」

「そうか、忠義はテディと言うのか。そのテディをミッキーがかばったのはいいが、テディに心配をさせまいとして、しばらくの間、怪我をしていたのを隠していたのがよくなかった。そんなことをすれば怪我が悪化するだけだ」

「そうか」

「すまん」

鏑木老人は馬車松に頭を下げた。

「調子に乗って日本刀を振り回してるよりも、子どもたちを守ってやるべきだった。わしはいい年をしてそんなことも忘れていた。これ、このとおり、謝る」

「あんたが謝るようなことじゃないよ。悪いのは俺だ」

「いや、それを言うなら、悪いのは白人たちだろう。あいつらが暴動さえ起こさなければ、ミッキーは……」

鏑木老人は今さらのように悔しげに畳を拳固で殴りつけた。

「何だったら、わしは今からでもミッキーの仇を討ちに、白人どもをやっつけに行ってもいい」

「そいつはやめとけ。そんなことをしたら、また暴動が起こるだけだ」

「そうだな。それに本当に仇を討ちたいと思っているのは、わしよりもミッキーのほうだろうしな。だけどな、あの子は我慢強い、いい子だから、そういうことを一言も言わんのじゃよ」

「白人に敵討ちか」

馬車松は腕組みをして考え込んでしまった。もうすっかり腰は痛くなくなっていた。もしかすると鏑木老人の揉み療治の腕は、かなりよいのかもしれない。けれども、その腕をもってしてもミッキーの肩は完治しなかったのだ。

その翌日、馬車松はふたたびパウエル球場に姿を現した。

店では衣料品を扱っているので、馬車松はその風貌に似合わず、普段は他の日系人の男たちよりもずっと洒落た身なりをしている。バンクーバーの日本人街の中では、なかなかの伊達男と言っていい。

ところが、その日の馬車松のいでたちは、軍服かと見まごうばかりの丈夫一点張りの木綿服に、足元は靴ではなく何と地下足袋を履いていた。

ちょうど子どもたちがパウエル球場に集まる時刻だったので、日本人街で野球が好きな子どもたちはすでにそこでキャッチボールなどをしている。その中にミッキーの姿を見つけた。

馬車松はグラウンドにミッキーがいるのを確かめるとニヤリと笑い、「おおい、皆」と声をかけた。

一斉に振り向いた子どもたちが、馬車松の姿を見てこれまた一斉に吹き出した。馬車松の格好がおかしかったからではない。馬車松の風貌にその格好があまりにも似合っていたのだ。

「馬車松が乞食みたいな格好をしてる」

「いや、馬車松だから馬方なんじゃないかな」

子どもたちの大半は日系の二世だ。彼らの親世代である一世たちと違って、カナダで生まれ育った二世たちは、家でこそ日本語を喋るものの、一歩外に出れば英語を使うことのほうが多い。このままでは、子どもたちが日本語を喋れなくなってしまうと嘆く親たちまでいるほどだ。そうした不安を解消するために、排日暴動の前年の一九〇六年に日本人の子弟だけを対象にした日本語学校が設立された。だが、それでも二世たちの日本語離れに歯止めをかけることは難しくなっている。

ところが不思議なことに、子どもたちは悪口の語彙だけは豊富に持っていた。

「だけど、いくら馬方といってもずいぶん間抜けに見えるよ」

「馬車松じゃなくて、馬鹿松だな、あれは」

馬車松は子どもたちの悪口が聞こえていても怒りもしない。まるでそれが自分に向けられた声援であるかのように、嬉しげに愛嬌を振りまきながら、ニコニコとミッキーのいるところまで歩いて行く。

「よう、ミッキー、久しぶりだな」

「そうでもないよ。日本人街は狭いからね。昨日も一昨日も配達してるあんたを見かけたよ」

ミッキーは馬車松には素っ気ない。以前ピッチング・フォームを指摘されたことが気になっているようだ。けれども馬車松はそんなミッキーの態度など無視して続けた。

「だけど、このグラウンドで会うのは久しぶりだ」

「まあね」

「俺はな、ミッキー、おまえにいいことを教えてやろうと思って、今日はやって来たんだ」

「ふうん、何だよ、それ。もったいぶらずに早く教えてよ」

「変化球の投げ方だ」

「なんだ、そんなことか」

ミッキーは不貞腐れたように答えた。

少年たちは二人のやりとりを無視してグラウンドに散らばっていった。

「別に変化球なんか、これ以上投げられなくていい」

念を押すかのようにミッキーはもう一度馬車松に言った。

「俺はもうカーブを投げられるし」

「確かにおまえのカーブは切れもいいし、しかもカーブを投げてもストレート並にコントロールもいい」

「だったら、これ以上変化球を覚える必要なんてないじゃないか」

そう言って、ミッキーは座っていた草むらから立ち上がろうとしたが、馬車松がシャツの裾を引っ張って無理矢理ふたたび座らせた。

グラウンドでは、子どもたちが四人対五人で行うミニ試合が始まった。テディのいるのは四人しか選手がいないほうのチームだ。テディなら二人分のプレーができるということなのだろう。

「もしもおまえがこのまま草野球で日本人だけを相手に野球をやり続けるので満足なら、今のままのピッチングでも問題はないだろう」

馬車松はテディが最初のバッターを三振にしとめたところを見ながら言った。

「だけどミッキー。おまえ、本当にそれでいいのか？　悔しくないのか？」

「何が？」

「鏑木さんから聞いた」

馬車松は言いにくそうにミッキーに言った。本当は触れたくない話だが、これを言わなければ話が前に進まない。

「ミッキー、おまえは怪我をしてから、前みたいに速い球を投げられなくなったんだってな」

ミッキーは黙ったまま返事をしない。

「悔しくはないか?」

それでもミッキーは返事をしない。

「おまえに怪我をさせたのは俺だ」

「違うよ」

ようやくミッキーが口を開いた。

「いいや俺だ。俺が白人たちに石を投げるよう指示を出さなかったら、あんなことにならなかった。だから悪いのは俺なんだ。恨むんだったら俺を恨め」

「悪いのは白人たちだ」

「そうか。だったら、その悪い白人たちに敵討ちをしたいとは思わないか?」

するとミッキーがふたたび不敵な笑顔を見せた。

「敵討ちだって?　おじさん、俺はクリスチャンだぜ」

「おまえが?　クリスチャン?」

馬車松は口では驚いたふりをしたが、本当のところ、それほど驚いたわけではなかった。

日系人の一世たちはともあれ、カナダで生まれ育った二世たちは、白人に差別されながらも、文化的にはカナダに同化しつつある者も多い。それにキリスト教の教えの基本は、平等と愛と自由である。全ての人間が平等であるとするキリスト教の教えは、常に白人に差別されている意識のある日系人の耳に心地よかった。

おかげでキリスト教は着々と日系人の間でも信者を増やしつつあった。ミッキーがその一人だとしても何の不思議もない。

けれども、馬車松はわざとミッキーを揶揄するかのようにつぶやいた。

「だけど、おまえはクリスチャンには見えないな」

「ふん」

ミッキーはかたわらの草むらにペッと唾を吐いた。

「クリスチャンにしてはずいぶん柄が悪い」

けれどもミッキーは馬車松の言葉にとりあわない。

「クリスチャンは復讐なんてしないんだ。暴動のあと、牧師さんにそう教えてもらった」

生真面目な顔で言った。

「『汝、右の頬を打たれれば、左の頬もさしだせ』ってやつだな。だけどなミッキー」

　馬車松はわざとミッキーを見ずに言った。目の前のグラウンドでは、テディが二番打者をピッチャーゴロに打ち取ったところだった。そのゴロをテディが見事なフィールディングでキャッチして、ファーストを守っているジョー里中に投げた。ジョーは日本人街の子どもたちによくいるようにグローブを持っていない。それでも少しも臆せず素手でテディの速い送球をキャッチした。これで2アウトだ。

「それは暴力を振るわれても、暴力で返してはいけないってことだろ？　暴力以外の方法でなら敵討ちをしてもキリスト様も許してくれるんじゃないかな？」

　馬車松はミッキーに聞いてみたが、ミッキーはふたたび貝のように口を閉ざしてしまった。そこで、馬車松は話題を変えた。

「おまえ、ニッポンズの試合を見たことがあるか？」

「日本人街に住んでいる日本人で、ニッポンズの試合を見たことのない奴なんていないだろ」

　ミッキーは不貞腐れたように言った。

「じゃあ、おまえも見たことがあるんだな？」

「まあね」

「ニッポンズをどう思った？」

「別に」

「強いと思うか？」

「さあ」

ミッキーの返事はにべもない。馬車松は追い打ちをかける。

「日本人街に住んでる日本人は皆、ニッポンズはカナダで一番強いチームだと思っている」

そう言うと、ミッキーはふたたび黙りこんでしまった。けれども、馬車松はそんなことなど気にせず話を続けた。

「だけど、俺はそうは思わない。もちろんニッポンズはいいチームだとは思うし、俺も日本人の端くれだから、日本人だけで作ったニッポンズというチームを応援している。でも、いくらそのチームが好きだからって、現実と希望を混同しちゃいけない。それなのに、日本人はそういう間違いをしょっちゅうする」

グラウンドではテディのいるチームの攻撃になった。ジョーとテディがバットを奪い合っている。この期に及んでどちらが一番最初に打席に立つかでもめているのだろう。この前の喧嘩の時はジョーが一方的にテディに押されていたが、今回はジョーも負けていない。どうしてもテディよりも先に打席に立つつもりのようだ。そんな二人の様子を見ながら「排日暴動の時だって、そうだ」と馬車松は続けた。

「あの時、日本人は白人たちに勝ったと思った。いや、思っただけじゃなく、今でも排日暴動は日本人の勝ちだったと信じている日本人のほうが多いくらいだ。何しろ、俺たちは一致団結して白人たちをやっつけたんだからな。しかも、その後のカナダ政府の処理の仕方が、日本人を喜ばせた。

悪いのは白人で日本人は被害者だからと、カナダ政府から日本人に賠償金が出た。当たり前と言えば当たり前の話だが、相手は白人贔屓のカナダ政府だ、まさか俺たち日本人が請求した賠償金をほぼ全額、何も言わずに払ってくれるとは、俺たちですら思ってもいなかった。

可哀想なのは中国人だよ。中国人街を滅茶苦茶に破壊された中国人のほうが、日本人街よりも被害が大きかったのに、彼らは請求した賠償金をほとんど払ってもらえなかったんだからな。

それを知った日本人街の日本人たちは思った。『中国人たちは白人たちに手向かいもしなかった。だが、俺たちは白人と戦った。だから賠償金を貰えた。つまり俺たちは白人に勝ったんだ』と。

ミッキー、おまえもそう思うか？　俺たちは排日暴動で白人たちに勝ったのか？」

いきなり馬車松が話題を変えたので、ミッキーは戸惑った。そして、何だかよく分からないまま、うん、と言う代わりに首を縦に振った。

馬車松はそれを、ミッキーが「イエス」と答えたのだと解釈した。

「俺はそうは思わない」

即座にミッキーはレミュー協定ってのを否定した。

「おまえだってレミュー協定ってのを知ってるだろう？」

「あんまりよくは知らないけど、たしかカナダに来る日系人の数を制限する法律だ」

「そうだ。俺たちはあの暴動の時、何のために戦ったんだ？　日本人の権利を守るためじゃないのか？　だけど結果はどうだ。結局あの暴動のせいで日本人は前よりもカナダに来づらくなった。つまり、日本人は喧嘩には勝ったが、政治的には負けたってことだ。その日一日の喧嘩に勝つことと、これから何十年も影響力を持つ政治に負けることとどちらの勝敗のほうが大きいと思う？」

「そう言われるとそうだね。日本人街の皆はカナダ人に勝ったつもりになってるけど、本当はカナダ人に負けたんだ」

ミッキーはボソボソと言った。

「野球だって同じことさ」

馬車松はさっきまでの気難しそうな顔から、一転していつもの人なつっこい顔に戻って言った。

「日本人街の連中がニッポンズを応援するのはいい。この前、ニッポンズは白人のチームと試合をしてかなりいい勝負をした。それで喜ぶのもいい。いつかニッポンズは白人のチームに勝つこともあるだろう。だけど、たった一度や二度、白人のチーム相手に勝ったからといって、それでニッポンズは白人のチームに本当に勝ったことになるのかな？」

「ならないね」

今度はミッキーもはっきりと答えた。

「野球っていうのは一試合一試合が大事ではあるけど、一番肝心なのはシーズンを通してどうやって試合を積み重ねていくかってことだ。試合に勝つことも大事だけど、最終的にはそのリーグの中で優勝することのほうがもっと大事なんだ。三振をたくさんとるよりも、その回をゼロ点で抑えるほうが大事なように」

「さすがだ、ミッキー。それじゃあ、チームがリーグ優勝するためにはどうすればいいと思う？」

「一試合を確実に勝つ瞬発力だけじゃなく、何試合も続けて勝つ持久力もチームには必要だ」

「じゃあ、チームに持久力をつけさせるのに一番必要なものは何だか分かるか？」

馬車松にそう聞かれて、ミッキーは一瞬黙ったが、やがてボソリとつぶやいた。

「投手力だ」

「なぜ投手力が一番肝心なんだ？」

「一試合だけなら、いいピッチャーが一人いれば、それで勝つことができる。だけど、リーグ戦の中で何試合も戦って、勝ち続けていこうと思ったら、チームにピッチャーが一人では足りない。二人、いや三人でも足りないくらいだ。ニッポンズが弱いのはそこなんだ」

喋っているうちにミッキーの口ぶりが熱を帯びてきた。それに同調するかのように馬車松の口調も熱くなっていく。

「そうだ。ピッチャーだけは同じ選手を毎試合使うわけにいかないからな。そして、ピッチャーっていうのは、一つのチームの中にいろんなタイプがいるほうがいい」

「そんなのは初歩中の初歩じゃないか。速球派のピッチャーが打たれた時、替えのピッチャーが同じ速球派だったら、替える意味がなくなってしまう」

「そうだ。つまり、一つのチームの中にいろんなタイプのピッチャーがいるチームのほうがより優勝に近いということだ。たとえば――」

言いながら、馬車松は目の前のグラウンドで試合をしている子どもたちを指さした。

「今、テディが投げている。あいつはまだチビだが、あと何年と経たないうちにいいピッチャーになる。それも速球が決め手になるような、そんなピッチャーだ」

「うん、俺もそんな気がする。テディはいいピッチャーになるよ、きっと」

「だけど、そのテディですら万能ではない。いつか打たれる時もあるだろう。そもそもテディだって調子の悪い時はあるし、それにあいつは気分にムラがありすぎる。一度打たれると、あとはズルズルとなし崩しになってしまうタイプだ」

「そんなことはないよ。そんな風に馬車松さんが思うのは……」

　と初めてミッキーは馬車松のことを名前で呼んだ。正確には名前ではなく、あだ名だが。

「テディのことをよく知らないからだ。テディはああ見えて粘り強いんだ」

「何でそのことを知ってる？」

「それは……」

　ミッキーが言い淀んだ。そのことを説明するには、六年前、排日暴動があった日の昼間、テディが粘りに粘ってミッキーの投げた球をセンター越しに打ったことを言わなければならない。けれども、ミッキーはそのことを馬車松に言う気はなかった。それを言えば、あの時のピッチングが、自分が思い切り速球を投げることができた最後の日だった、ということまで言わなければならない。

「たぶんおまえの言うことのほうが正しいんだろう」

　馬車松はミッキーに言った。

「おまえのほうがテディのことはよく知ってるしな。それに、そういうことはおいおい俺にも分かってくるだろう。あいつはそう遠くないうちに、こんな草野球じゃなくて、正式の試合でピッチャーマウンドに立つんだからな」

ミッキーが驚いて馬車松を見た。

「テディが正式な試合に？　じゃあ、テディはニッポンズに入るのか？　まさか、それはないだろ。いくらテディが野球がうまいからって、あいつはまだ子どもだよ。ニッポンズが今のテディなんかに目をつけるはずがない」

「誰がテディをニッポンズに入れるなんて言った。そんなもったいないことするはずがないだろ」

「だったら、どうやってあいつを正式な試合に出すんだ？」

「俺たちでチームを作るんだよ」

「チームを？」

ミッキーは驚いて馬車松を見た。

「そうだ。テディには速球を武器にするピッチャーになってもらう。だけどな、さっきおまえが言ったようにピッチャー一人じゃあ、リーグで優勝することはできない。だから、最低でもピッチャーがあと一人はいるんだ。それも速球派のテディとはタイプの違う、多彩な変化球を投げられるようなピッチャーが」

そう言って馬車松はニヤリと笑うと、ミッキーに手を差し出して握手を求めた。

「俺のチームに入らないか？」

「あんたのチーム？」

「ああ。今度、この街の野球チームを作ることになった。で、俺が監督を任されたんだ」

「皆忙しくて野球どころじゃないんじゃないの？」

「そんなことはない。こんな時代だ。食い物がないのは我慢できても、誇りがなくちゃ生きていけない。俺のチームは、日系人の誇りのために戦うんだ」

馬車松が熱のこもった口調で話す。

ところが、対するミッキーの反応はいまいちだった。

「俺はこうやって、皆で野球を楽しめればそれで満足なんだよ。仕事もあるし、これ以上背負いこめない。勘弁してよ」

「そこをなんとか頼む。おまえの実力はもちろんだが、俺はおまえの肝っ玉が気に入ってる。暴動の時はすごかったな。

怪我のことが気になるんなら大丈夫だ。無理はさせないし、相談しながらやっていこう」

大人からそこまで頭を下げられて、ミッキーには返す言葉がない。ただ一言、「考えさせてくれ」とつぶやくと、馬車松に背を向けた。

その時、グラウンドからカーンというバットがボールをとらえる音が聞こえた。「わあっ！」という歓声が続く。テディがホームランを打ったのだ。

馬車松はその光景を眺めながら、ミッキーの気持ちを計りかねていた。

ミッキーを勧誘するにはしたが、微妙な返事をされてから数日が過ぎた。いまだ、ミッキーからいい返事も断りもない。

いったい彼はどう考えているんだろう。やっぱり肩の怪我を気にしてためらっているのだろうか。

彼が入ってくれなければ、テディも、ジョー里中も、このパウエル球場で遊ぶ子たちは馬車松に協力してくれないだろう。強引に引き込めたとしても、とても、白人チームを打ち破るようなチームにはできそうもない。

ところがそんなある日、馬車松の店にふらりと二人連れの男が現れた。一人はやたらと背が高く、もう一人は平均身長が低い当時の日本人の中でも際だって背が低い。まるでアメリカのコメディ映画に出てきそうな二人組だった。馬車松はてっきり客だと思い、

「いらっしゃいませ。どんな服をお探しですか？」

と聞くと、背の高いほうが、

「違うがな。ものを買いに来たんと違う」

と関西訛りで言った。

「近江の方ですね？」

バンクーバーの日系人の大半は近江、つまり滋賀か和歌山出身者だ。和歌山弁も関西訛りの一種だが、滋賀や大阪よりももっと言葉がぞんざいである。関西訛りの代表格である大阪や京都の出身者でカナダまでやって来る人はほとんどいない。土地の豊かさが違うのだ。

「当たりや。けど、よう分かったな」

近江の男はびっくりしたように言った。

「そりゃ、分かりますよ」

そう言いながらも、よく考えたら方言を耳にするのは久しぶりだ、とも馬車松は思った。

「買い物に来たんじゃないのなら、何の用です？」

「決まってるやないか。あんたのチームに入れてもらおと思って来たんですわ」

「あなたたち、お二人がですか？」

「そうや、僕ら二人や。僕はジュン伊藤。ほんで、こいつはケン鈴鹿て言いますねん」

馬車松は一瞬どうやって断ろうかと考えた。馬車松の構想は少数精鋭の〝少年たち〟のチームである。ジュンというノッポはおそらく三十歳前で少し歳が行き過ぎているし、ケンというチビは、野球選手をするには背が低すぎる。これでは守備をしている時、簡単なフライでも頭上を越えてしまう。

「すみません。今度作ろうと思ってるチームは年齢制限はないんですが、できるだけ若い選手を集めようと思ってまして……」

馬車松はうまく断る台詞が見つからず、しどろもどろになってつぶやいた。

「若い選手を集める？　あんたの言うてはる若いていうのは何歳くらいのことです？」

「ですから、できたら二十代前半くらいまで、せいぜい二十五歳くらいが上限かと」

「ほんなら大丈夫や。僕らはまだ二十歳ですよって」

「ええっ、じゃあ、俺より年下なのか。本当かよ」

馬車松はどう見ても三十歳にしか見えない老け顔のジュンの顔をまじまじと見た。

「僕は嘘と坊主の頭だけはゆうたことがありませんねん。ほんなら、年齢制限はパスしたちゅうことで、僕ら、あんたのチームに入れてもろてよろしいな？」

「い、いや、だけど」

馬車松が関西弁の男ののらりくらりとした物言いにペースを乱されて困惑顔になっていると「あ、そうか」と、ジュンという男が勝手に納得顔で言った。

「年齢制限の他に身長制限があるんと違いますか？　そやろなあ、こいつは――」

自分の肩にも届かないケンの頭に手を置いた。

「背が子ども並やからねえ」

「うるせー」

ケンがジュンの手を乱暴に払いのけた。けれどもジュンはそんなことなど欠片も気にしない。

「ほんなら、こないしたらどうです？」

馬車松に意外な提案をした。

「これから、こいつの入団テストをするていうのは？　僕はテストするまでもなく合格やろうけど、僕も賑やかしで手伝いますわ」

押しの強いジュンの物言いに、君も合格したわけじゃないんだけど、とは馬車松は言えなかった。だが、一緒にプレーをすれば、ジュンの実力もすぐに分かるだろう。


場所はパウエル球場で、ということにすぐに決まり、その足で馬車松とノッポのジュンとチビのケンは球場に向かった。手回しのいいことに、ジュンとケンは自分のグローブを持参してきていた。ついでにボールも。バットは馬車松の家に置いてあったものを持っていった。

平日の昼間だったので、幸いグラウンドには誰もいない。

「監督さん」

ジュンが馬車松に声をかけた。

「あんたがピッチャーで、ケンがバッター。ほんで、僕がファーストでよろしいか?」

「俺がピッチャーをやるんだったら、君はキャッチャーをやってくれたほうがいいんだけど」

「何でです?」

「俺が投げるたんびに球を拾いに行かなくちゃならないじゃないか」

「あっ、それ、大丈夫です。ケンはどんな球でも前に打ち返しますから」

「何だって」

馬車松はムカッとして、何か言ってやろうと思ったが、それより先にジュンはファーストのほうへ歩み去り、ケンはバッターボックスに立ってしまった。であれば、あとは実際に投げて、ケンが本当にどんな球でも前に打ち返すかどうかを確かめるだけだ。

馬車松にも野球の経験はあった。素人よりは速い球を投げられる。ただし、コントロールに問題があったので、ピッチャーをやったことはない。

その馬車松が投げた一球目は、打たれまいという気持ちが強かったため、余計にコントロールが乱れた。

球は右打者のケンのさらに外角の右側に外れた。これでは完全にボールだし、よほど背が高くてリーチの長い打者でも、その球にはバットが届かない。

「しまった」

馬車松が言うのと、ケンがバッターボックスから軽くジャンプして、バットを前に差し出したのが同時だった。

ケンはバットを振り切らず、両手をバットのグリップあたりで握りしめたまま、バントのようにしてボールをバットに上手に当てた。

ボールは転々と馬車松の前に転がっていく。確かに前に打ち返したが、これではただのピッチャーゴロだ。馬車松が素早く前にダッシュし、ボールを取って送球しようと振り返った時、ケンはもうすでにファーストの近くまで走っていた。

驚くべき俊足である。

「あほ、何してるねん。はよ投げい」

ジュンに言われるまま馬車松がボールを投げると、ファーストベースを守っていたジュンの背が急にグンと伸びた。左足をファーストベースにつけたまま、右足を思い切り前に出したので、両足がバレリーナのように一直線に伸び、地面にペタリとついた。さらにグローブをはめた右手をその右足よりもさらに前に伸ばす。そのジュンの姿勢のおかげで、感覚的には馬車松のところからファーストまでの距離が、半分にまで縮まったような気がした。

結果はギリギリでケンのアウトだった。ケンは悔しがり、ジュンはニヤニヤと笑っていた。

「いやあ、監督さん。あんたのフィールディングがよかったから、ギリギリでケンをアウトにできましたわ」

それが社交辞令であることくらい馬車松にも分かった。

アウトにできたのは、ジュンの捕球が絶妙だったからだ。もしもファーストがジュンでなければ、ケンは完全にセーフになっていただろう。驚くべき守備センスである。けれども、それと同じか、それ以上にすごかったのがケンのバッティングの技術と足の速さだった。

もしも普通の試合なら、ケンは今の球は見送っただろう。何しろ馬車松の投げた球は、赤ん坊でも分かるようなボール球だった。それほどの暴投ですらバットに当てることのできるバッティング技術をもってすれば、球がストライクゾーンに入ってさえ来れば、簡単にミートして、好きなところへボールを転がすことができる。

そのミート力に加えて、あの足の速さ。

ピッチャーの前に転がった凡ゴロですら、もう少しでセーフになるところだったのだ。では、もう少しサード寄りにでも打てば、ケンの足ならバントを内野安打にすることができるに違いない。

馬車松はたった一球だけのテストで、ジュンとケンの実力を十分に思い知った。

「で、どないですか？　入団テストの結果は？」

ジュンが馬車松に聞いた。そんなものいちいち聞くまでもない。

馬車松はジュンとケンに無言で両手を差し出した。ジュンが左手で馬車松の左手を、ケンが右手で馬車松の右手を取って、同時に握手をした。その時、馬車松はようやくジュンが左利きだということに気がついた。


ノッポのジュン伊藤とチビの鈴鹿がチームに入団した三日後、ジョー里中がおずおずという感じで馬車松の店にやって来た。どうやら悩みに悩んだ末に勇気を振り絞ってやって来たという風情だった。自信はないけれども、やりたいという気持ちのほうが勝ったのだろう。

「僕もチームに入れてもらいたいんだけど、いいかな」

「もちろんだとも」

馬車松は諸手を挙げて歓迎した。

「僕なんか入れてもらって、いいのかな？」

ジョーは馬車松の手を握りながら、まだ気の弱いことを言う。この子は気の強い時と気の弱い時とでずいぶんムラがあるな、と馬車松は思ったが、もちろんそんなことは表情に出さない。

「もちろん大歓迎だよ。俺は君が来てくれるのを待ってたくらいだ」

「本当に？　でも、本当に本当に僕でもいいの？」

「どうして、そんなにしつこく念を押すんだ？　自分から言いに来たくせに」

「だってさ、僕よりも巧い人が入ってないのに」

あとは言い淀んだままで、その先を言おうとしなかったが、馬車松もジョーの言いたいことは分かっていた。

「どうして、あいつらは来てくれないんだろうな」

馬車松がそう言うと、ジョーは淋しそうにうつむいた。

それからさらに二人のメンバーが決まった。こちらは二人とも馬車松が探してきて、スカウトした選手だ。トム的川とトニー児島という、二人とも十七歳で、馬車松が見る限り野球センスはいいし、体力的にも申し分がない。試しに馬車松の投げた球を打たせてみたが、トムはあっさりとその球をセンター越しに打ち返してしまった。

トニーはトムほどバッティング能力はないが、守備が巧い。とりわけゴロさばきは絶妙だった。やや肩が弱いという短所はあるが、これは練習次第でどうにかなるだろう。

「あいつはまだしも、どうしてテディがやって来ないんだ」

いつも馬車松の頭には〝そのこと〟がある。

「あいつらは何をしてるんだろう」

と馬車松は喜んだが、その喜びは半分でしかない。

「これで五人だ」


溺れる者は藁をも掴むと言う。

馬車松は思い立って教会へ行ってみた。

もちろん馬車松はキリスト教徒ではない。ただ日本には「困った時の神頼み」という諺がある。諺が正しければ、神様が馬車松に何かいい考えを示してくれるだろう。

「もっとも、西洋の神様が日本の諺を知っていればの話だけどな」

そんな不信心なことを考えながら、馬車松は教会まで歩いて行った。キリスト教教会は日本人街のさらに外れにある。馬車松の店から歩いて一時間ほどのところだ。

すると道を半ばほど行ったところで、向こうから見覚えのある若い男がやって来た。

これも神様のお導きかな？

道を蹴るようにして歩く独特の歩き方から、遠目で見ても一目で誰かすぐに分かる。

「おおい、ミッキー」

声をかけながら馬車松はミッキーのほうへ走っていった。何だか恋人との出会いみたいだなと走りながら馬車松は思った。

ミッキーのほうはゆっくりゆっくりと馬車松のほうに歩いてくる。

二人が顔を合わせて、馬車松が何か言おうとするより先にミッキーが、

「馬車松さん、俺に変化球を教えてくれよ」

と言った。

「そうしたほうがいいって牧師さんに言われたんだ。そうしないと俺はいつまで経ってもカナダ人たちを許すことができないだろうって」

「もちろん、教えてやる。でも、どうして……」

入団について、なかなか首を縦に振らなかったくらいだ。キリスト教徒のミッキーにうまいこと教会で会えたとしても、簡単にはいかないだろうと思っていた。

ところが急な展開に面食らう。

その表情を読み取ったのか、ミッキーが先に口を開いた。

「ずっと迷ってたんだ。俺が役に立てるのかって。でも、馬車松さんが来てくれて、いまその顔を見て決心がついたよ。役に立つかはまだ自分でも分からない。でも、必要としてくれる以上がんばるよ」

「ミッキー……」

「それに俺だって野球がやりたい。白人たちを倒したいからね」

次の瞬間、馬車松とミッキーは固く手を握り合った。

そして、その日、北山三兄弟の二男のヨーと三男のエディ、それにテディもチームに入団した。

「ミッキーがいないチームで〝遊び〟たくなかったんだ」

テディが言うと、横にいたヨーとエディがうなずいた。馬車松は三人にそれぞれ手を差し出す。


一九一四年、こうしてパウエル球場をホームグラウンドにして、少年野球クラブが正式に誕生した。言葉を換えると、その時バンクーバーで一番優れた才能を結集した、日系少年野球クラブがスタートしたのだった。

初代メンバーは全部で九人。

試合をするのに必要なギリギリの人数に絞った。いずれも十代半ばから二十代頭、家族とともに日本からカナダに移民してきたばかりの少年もいたが、バンクーバー生まれの日系二世が主体のチームだった。

彼らは何をするにも伸びざかりの年頃だ。

「この子たちを、猛練習で鍛えに鍛える。誰もがあっと驚く野球チームにしてみせる！」

馬車松の人並みはずれた闘志に火がついた。

そして、輝きを増しながら天高く昇りつづける日の出の太陽さながらに、その日系少年野球クラブは『バンクーバー朝日』と名づけられたのである。

イニング3

～一九一四年春～

バンクーバー朝日はスタートと同時に良いことと悪いことがあった。良いことは、朝日が結成した途端、後援者が現れたことだ。

朝の九時に馬車松がいつものように店を開けると、その男はせかせかと宮本衣料食品店の扉を開けて入ってきた。年齢は馬車松より一回り上の四十代くらいだろうか。赤ら顔ででっぷりと太っている。慌ててやって来たからか、それとも体質なのか、バンクーバーはこの時刻なら夏でもさほど暑くないというのに全身汗だくで、カナダでは珍しい扇子でパタパタと自分の顔を扇いでいた。

馬車松はてっきりお客だと思った。

「いらっしゃいませ。どんな服をお探しですか？」

「違います。ものを買いに来たんじゃありません」

馬車松は一瞬「あれ？」と思った。たしかつい最近もこんな会話を交わしたような気がしたのだ。

この男も入団希望者なのか？　それにしては歳がいきすぎているようだが、と馬車松が考えていると、男はいきなり馬車松の肩を叩いた。

「いやあ、やってくれましたね。私はこういうチームができるのを待っていたんですよ」

そう言ってふたたび扇子をパタパタとさせた。

朝日結成のことを言っているのだと馬車松はすぐに気がついた。だとすれば、驚くべき早耳である。何しろ朝日の選手がようやく九人揃ったのは、昨日のことだったのだ。

「ど、どうしてそれを？」

「どうしてもこうしても、あなたがバンクーバーの街中をかけずり回って、いい選手を探していたのは、日系人の間では噂になっていましたからね」

「それにしたって、よくチームができたのをご存知ですね。だって、昨日ですよ。朝日が正式にスタートしたのは。どこでその話をお聞きになったんですか？」

「それは、あなた、いや、もう、あっはっは」

その男は笑いで誤魔化すと、自分はバンクーバーで輸出入業を手がけている児島商会の児島基治《こじまもとはる》という者だと名乗り、ついては朝日に金銭的な援助をしたい、と申し出た。

「それはありがたいですけど、何でまた？」

「朝日が日本人だけのチームだからですよ」

「たしかに、私は思うところがあって、朝日は日本人だけのチームにしましたが、それを言うなら他にもそういうチームはバンクーバーにいくらでもあるじゃありませんか。たとえばニッポンズなんかはうちなんかより有名だし、歴史もありますよ」

「歴史と言ったって、たかが五年か六年のことでしょう。それに私はすでにできあがったチームには興味はないんです。私が興味があるのはこれからの、未来のあるチームでしてね」

　そう言って児島は扇子を動かしながら、人なつこそうな笑顔を見せた。だが、馬車松はどうにも納得ができない。

「日系人だけの新しいチームだって、製材所で働く日系人が作ったヤマトや、シアトルから来た移民を中心にしたミカドというチームもありますが」

「おっしゃるとおり。でも、私は金銭的な援助をするなら朝日と決めたんです。私は商人ですから、無駄金は使いたくないんですよ。せっかく応援しているのに、そのチームが弱ければ、応援する甲斐がありませんからね」

「ですが、さっきも言いましたけど、私のチームは昨日選手が集まったばかりでして、まだ一試合もしてないんですよ。それなのに、私のチームが強いか弱いかなんてまだ分からないじゃありませんか」

「そんなことはありませんよ。朝日は必ず強くなります。何しろ監督が宮本松次郎なんですから」

児島という男からそう言われて、馬車松は驚いた。

「私の名前をご存知なんですか?」

馬車松は日本人街ではもっぱら馬車松というあだ名で通っている。馬車松を本名だと思っている人のほうが多いくらいで、本名で呼ばれたのは久しぶりのことだった。

「知ってるも何も、あなたは和歌山中学のスラッガーだったあの宮本選手でしょ」

あっさりと児島に言われて、さらに馬車松は驚いた。まさか自分の過去のことを知っている人間がカナダにいるとは。

「私は四年で学校を辞めてるのに、私の学生の頃のことまでご存知だなんて」

「たしか、選手の親をぶん殴って辞めたんでしたね」

「そこまでご存知でしたか」

馬車松は顔を赤くした。

「金持ちのどら息子がレギュラーになれないと親に泣きついて、その親が地元で有力者だったのをいいことに、学校の野球部に圧力をかけたという風に聞きました。誰も逆らえないで困ってる時に、あなたがその金持ちをぶん殴ったので問題は解決。その代わり、あなたは学校を辞めてしまった。いや、大したものです。私はね、そういう公明正大で正義心のある人なら安心してトニーを任せられると思ったんです」

「はあ？　トニーと言いますと、あのトニー児島のことですか？　え？　もしかすると、児島さんは？」

「私はトニーの伯父です」

　これで馬車松も納得がいった。チームが結成したことをトニーが伯父の児島基治に伝えたのだ。おそらくこの伯父は、甥っ子可愛さから資金援助を申し出てくれたのだろう。

　馬車松が中学時代に金持ちの父兄を殴ったという話をわざわざ持ち出したのも、自分は金を出すことを笠に着て甥っ子のトニーを優遇させたりしない、という意思表示だったのだ。その馬車松の考えを裏書きするかのように、児島は最後に付け加えた。

「宮本さん、あなたが監督なら私がチームのスポンサーになったからといって、トニーを依怙贔屓したりしないでしょう。だから、私も堂々と金が出せるんです。ご安心下さい。私は金は出すが、口は出さない人間ですから」

　それだけ言うと、児島はもう用件は済んだとばかりに、そそくさと馬車松の店を出て行った。入ってきた時から出て行く時まで扇子を忙しなく動かしながら。

トニー児島の伯父の児島基治はすぐに約束を守ってくれた。

まずは手始めとばかりに、揃いのユニフォームを無償で提供してくれたのだ。

ユニフォームは胸にチーム名が赤く縫いつけられたもので、まだ一試合もしたことがないチームが着るには、少しおこがましいと思えるくらいに立派なものだった。しかも縫製がしっかりしているので、どれだけハードな練習をしても耐えられそうだ。

もしかすると児島はわざわざこれを作るために日本の業者に発注したのかもしれない、と馬車松は思った。当時日本はまだ世界的には後進国であったが、繊維業だけは世界でも一、二を争うレベルに達していたのである。

後の話になるが、このユニフォームを着ることが、バンクーバーの日系の子ども全ての憧れになる。貧しい生活の中で実力を認められて入団する際、高価なユニフォームを無料で提供してもらえるのだ。胸に輝くチーム名は、日系人全体の希望だった。ただし、そうなるのはまだ先の話である。

児島にはサイズという概念がなかったらしく、ユニフォームのサイズは全て同じだった。少々大きくても、子どもたちはこれから成長するからよいとして、困ったのはジュン伊藤とチビのケン鈴鹿だった。

「ケンのユニフォームで余ってる分を、僕のに継ぎ足してもらえませんやろか」

そう言ってジュンは新しいチームメイトを笑わせた。小さなコミュニティの中のチームなので、選手同士顔見知りが多い。知らない者同士も、馬車松が紹介するとすぐにうちとけていた。

とはいえ、何事も万事よいこと尽くめというわけにはいかない。朝日はスタートから肝心の練習のほうがどうもパッとしなかったのである。

早速揃いのユニフォームに着替えた九人を前に、馬車松が告げた。

「来週の月曜日から練習を始めよう。俺たちバンクーバー朝日の第一歩がその日から始まるんだ」

意気軒昂にそう言った馬車松のやる気と裏腹に、その月曜日にグラウンドに集まったのはメンバーの半数の五人だけだった。これには馬車松もがっかりしてしまった。

これではまともな練習ができない。まともな練習ができなければ強くなれない。強くなれなければ白人たちのチームに勝つこともできないのだ。

だが、諸事情を考えればこれは事前に予想のつくことではあった。

バンクーバー朝日はプロの野球チームではない。選手の九人は野球以外に生業を持っており、野球はその余暇でやるしかないのだ。

九人の選手のうち、四人が二十歳前後ですでに仕事を持っている。当然、練習は仕事が終わってからになるのだが、四人の職種がバラバラなのでなかなか時間を合わせることができない。残りの五人はまだ学生なので、彼らのほうはまだ時間の融通がききそうだが、実際にはそうもいかなかった。北山三兄弟の場合だと長男のミッキーは言うまでもなく、まだ中学生の三男のエディも兄と一緒に北山家の家業を手伝っているらしい。一人っ子で甘やかされて育てられているように見える古本家のテディですら、家業の旅館が忙しい時は学校を休んででも家の仕事を手伝わなければならないのだ。

バンクーバー朝日が結成された一九一四年は、日本の元号では大正三年である。その頃の日本の子どもたちは、都市部の富裕層でもない限り、十二、三歳ともなれば働いているのが普通であった。日本と同じ感覚で暮らしている日系一世からしてみれば、十代半ばの子どもたちが家の仕事を手伝うのは当たり前のことなのだ。

こうした事情は他のチームもさほど変わらない。プロのシステムが確立されていないカナダ、とりわけバンクーバーでは、入場料をとって観客にプレーを見せるチームですら、そのほとんど全てはセミプロ球団である。選手たちは全員昼間は野球以外の仕事をしていた。現在の日本で似たものを探すと、社会人野球ということになるだろうか。

ただし、社会人野球団ともなれば同じ会社に所属している者の集まっているチームだから、全員が集まる時間も作りやすいだろう。ところが朝日の場合、職種がまちまちの社会人と、家業を手伝っている学生たちがメンバーなのだ。

どれだけ日程を調整しても、選手が九人揃って集まれる日は週に一度くらいだった。それでも「おまえたち、やる気あるのか」とは、さすがに馬車松も言えない。皆やる気はあるのだ。けれども、野球以前に食べるために働かなくてはならない。馬車松は生業の衣料食品店よりも野球を優先させていたが、それは馬車松のほうが異常なのである。


チームが始動して三回目の練習の時も選手は五人しか集まらなかった。

どうしたものかと悩んでいる馬車松に、ジュン伊藤が呑気な口調で言った。

「どっちにしたかて、九人しかいいひんのやから、試合形式の練習はできへんのは最初から分かってたことやないですか」

「そうじゃないんだよ、ジュン」

と馬車松はジュンに言った。

「試合形式の練習なんて、はっきり言って俺たちにはまだまだ早すぎる。それよりもやらなくちゃいけないのは、細かい連係プレーの練習だ。だけどな――」

馬車松はグラウンドに来ている選手たちを指さした。

「今日練習に来てるのはヨーとトムとテディとミッキーとおまえの五人だけだ。ポジションはまだはっきりと決めていないが、俺の考えではヨーはキャッチャー、おまえはファースト、トムは外野だと大まかに決めてある。だけど、これじゃあ、簡単な内野ゴロの練習だってできないじゃないか。俺がノックでセカンドゴロを打っても、肝心のセカンドがいない。ゲッツーの練習なんて夢のまた夢だ」

「何を堅いこと言うてはるんですか」

ジュン伊藤が間延びした関西弁で言い返した。

「あのねえ、監督。僕らは今のところ九人しかいてませんねんで」

「そんなことはおまえに言われなくたってよく分かってる」

「ピッチャーは誰がしますねん？」

「そりゃあミッキーだろう」

「監督さん、あんた、思てたよりアホやな」

「何だと」

ムカッとした馬車松がジュンを睨みつけたが、ジュンはそんなことなど少しも気にかけない。

「アホやから、アホて言いましてん。もしもミッキーにピッチャーをやらせるとしても、ほんなら、ミッキーにリーグ戦の全試合を投げさせるつもりですか？」

「あっ……」

馬車松は思わず叫んだ。

そうだった。たった一人のピッチャーでリーグ戦を戦い続けるわけにはいかないのだ。そのことは自分の口からミッキーにも言ったはずだったのに、うっかり忘れていた。馬車松は自分の迂闊さに恥ずかしくなった。

「どないしたかて、チームにピッチャーは二人は必要です。今おる九人の中で、僕が見る限りやったら、ミッキー以外で一番ピッチャーに向いてるのはテディですわ。監督さんかて、そない思いはるでしょ？」

ジュンから同意を求められて、馬車松は無言でうなずいた。

「でも、あくまでもうちのエースはミッキーや。けど、うちは九人しかおれへんから、ミッキーが投げてる間もテディをベンチに置いとくわけにはいきません。となると、ミッキーがピッチャーをやってる時、テディはどこのポジションを守らせたらええかな？」

ジュンは最後は独り言のように言いながら、グラウンド上をざっと見回し、

「ショートやな」

監督でもないくせに勝手にテディのポジションを決めた。

「テディは肩が強いから、内野手の中ではファーストまでの距離が長いショートがええ。けどね――」

ジュンは今度は馬車松に話しかけながら、グラウンドでキャッチボールをしているミッキーを指さした。

「ほんなら、ピッチャーをミッキーからテディに替える時、ミッキーをそのままテディが守ってたショートに行かせたらええかというと、それは違いますねん。監督さん、それが何でか分かりますか？」

馬車松は首を横に振った。

「内野手はゴロを捕ったら、速いモーションでファーストまで投げなあきません。けどミッキーはどっちかって言うたら、投球フォームがゆっくりのほうでしょ？　ちょっと変わった投げ方ですわな。何かまるで肩でもかばっているみたいな、そんな投げ方ですけど、あれは何でやろ？　どこか怪我でもしたことがあるんかいな？　まあ、そんなことはええとして、そういう投げ方をする選手は内野には向いてないんですわ。なんせ内野手は時間との戦いやからね。ゴロを捕ったら、とにかく零コンマ一秒でも早くファーストに向かってボールを投げなあかん。けど、ミッキーのあの独特のフォームではそれには向いてません。それやったらミッキーがピッチャーをやってない時は、ショートを守らせるより外野のほうがよろしい。となるとですよ」

と今度はジュンはしゃがみ込んで、地面に野球のグラウンドの図を棒きれで描き始めた。馬車松も思わずつられて、ジュンの横にしゃがみ込む。ジュンは描き終えたグラウンドの図のピッチャーとショートとライトの位置にそれぞれ石を置いていった。

「このショートの場所にある石、これをテディとしますわね。ピッチャー交代となって、この石がピッチャーのところへ行くと、ピッチャーの石はショートへは行かずに、ライトへ行きますねん。すると、今度はライトの石がショートのところへ行かなあかん。分かりますか？　もしも、こういう風にしてチームを作っていくんやったら、朝日ではライトを守る選手はショートもできなあかんということになりますやろ？　けど、本当はこれでも単純なくらいです。それぞれの選手の適性を考えたら、この時のライトはもしかしたらショートにコンバートするより、レフトに廻したほうがええかもしれん。そして、レフトの選手をサードに、ほんでサードの選手をショートにしたほうがいいのかもしれません。今はまだ、そこまでは分からへんけど、そういうことを見極めて、適切なポジションチェンジを行うのが、監督さん、あんたの役割やないんですか？」

馬車松はううむと唸った。まさしくジュンの言うとおりだ。

「けど、今の段階やったら、誰がどういう能力を持ってるのか分からへん。たとえば、ケンは外野に向いてそうやけど、外野の次にはどのポジションに向いているのか、まだ僕らは知らないんですわ。監督さん、どないしたらいいと思います？」

そこまで言われて分からないはずがない。

「分かったよ」

馬車松は両手を挙げて見せた。

「降参だ。おまえの言うとおりだ。今は全員がいろんなポジションを練習で試してみたほうがいいんだな?」

「さすが、監督さんや。物分かりがええ」

ジュンが微笑んだ。

「けどね、僕だけはファーストから動かさんといて下さいね。僕、ファーストが好きやし」

「何だ、それが言いたかったのか。もちろんだよ、おまえだけはずっとファーストだ。何しろおまえくらいファーストに向いている人間はいないからな」

馬車松はジュンが思い切り広げた時の手と足の長さを思い出しながら言った。あのリーチがあれば、ギリギリでセーフになりそうな内野安打でも、走者がファーストベースを踏む前に内野手が投げたボールがジュンのグローブの中に収まるだろう。

「それにしても、おまえは本当にファーストが好きなんだな」

「いや、そやのうて、折角買うたファーストミットがもったいないだけですわ。ファーストミットは他のポジションでは使えませんからね」

そう言ってケラケラと笑うジュンに対して、馬車松はにんまりと笑い返した。

ジュン伊藤のアドバイスによって、バンクーバー朝日の練習のシステムが少しずつ決まってきた。何しろジュンのやり方なら、どれだけ少人数でも練習ができる。ただし、少人数でやる場合は、ジュンが言ったとおり選手を一つのポジションに固定するわけにいかない。バントシフトとゲッツーの練習をする時では、一人ひとりの選手のポジションをいちいち替えていく。バントシフトの時サードを守っていた選手が、ゲッツーの練習の時はセカンドを守るという具合にだ。

だが、どんな時でも内野の守備練習をしている限りは、絶対にファーストだけは必要だったし、だからこそファーストの選手だけは一人に固定させておく必要があった。

「そうか、だからジュンはファースト以外はやらないと言ったのか」

馬車松が気づいたのは、そうした練習を繰り返して、しばらくしてからのことだった。ジュンは馬車松よりも一歩先を考えていたのである。

ともあれ、この練習システムのおかげで、ジュンが言っていたように選手一人ひとりの特性が徐々にはっきりしてきた。

たとえばチビのケン鈴鹿は、バントをしてからのスタートダッシュの速さからも分かるように、瞬発力がある。だから、守備は内野手向きだ。

ゲッツーの練習をしている時、ケンにセカンドを守らせると、ショートからのパスを受け取りながら、セカンドベースを踏み、すかさずファーストへ送球する一連の流れは芸術品を見ているかのように美しい。

ところが、試しにショートを守らせ、敵チームに三塁ランナーがいると想定してショートゴロからホーム、もしくはファーストまで送球させるとうまくいかない。体が小柄のためか、肩がそれほど強くないので、長距離の送球に向いていないのだ。では、ケン鈴鹿は守備ではセカンド以外に向いているポジションはないのかと言えば、そうではない。

敵チームに三塁ランナーがいて、スクイズバントを打たれたと想定した練習をした時、選手が三人しかいなかったので、馬車松はケンにサードを守らせてみた。

この時のケンのプレーは素晴らしかった。

ケンは彼自身がバントヒッターである。打者がバントを狙っている時、どのタイミングでバントをしてくるか、その予想をするのが実にうまい。自分ならいつどの球をバントするかを考えれば、打者の心の動きをたやすく予想することができるらしい。

だが、バントは予想しただけではアウトにできない。打者が予想どおりバントをした瞬間に野手は素早く移動して、零コンマ数秒でも早くゴロを捕球しなければならない。

バントを予想する力と、すぐに捕球するための足の速さ。ケンはランナーをサードに置き、スクイズバントを警戒している時には、もっともサードに相応しい選手だったのだ。

　もしも、バンクーバー朝日の選手がいつも全員練習に来られるような状態であれば、ケンのポジションはあっさりセカンドに決まっていただろう。ところが、少人数で練習をせざるを得なかったために、ケンにはサードをやる才能があることも発見された。

　それは当人も気づかなかったことだったので、ケンは大いに喜んだが、それ以上に喜んだのは監督の馬車松だった。一人の選手が二人分の働きをすることが分かったのだ。これは朝日にとって大きな財産だった。

　しかも、こうした発見は何もケンに限ったことではない。他の選手たちもそれぞれが自分では予期すらしていなかった能力を秘めているかもしれない。あとは少人数での練習をコツコツ続けて、それを発見していけばいいのだ。

　その日の練習には選手は四人しか来られなかった。だが、だからといって悲観的になる必要はないのだ。

「こういうやり方のほうが俺たちらしいのかもしれんな」

　馬車松はケンの見事なフィールディングを見ながら思った。そして、その日は練習のあと、久しぶりに酒が飲みたくなった。

　ところが残念なことに馬車松の家には酒がない。ないことはないのだが、あるのはカナダでも簡単に手に入るワインとウイスキーだけだ。だがその日、馬車松が飲みたいと思ったのは日本の酒だった。

「おまえのようにガブガブ飲んでは、せっかくの酒の味が分からんようになってしまう」

と鏑木老人が馬車松に文句を言った。

言いながら、鏑木老人は馬車松に酌をしてやる。

馬車松は鏑木老人宅の茶の間でちゃぶ台を前にあぐらをかいて、ニヤニヤしながら鏑木の酌を受けた。そして、一口酒をすすると、改めて鏑木の住む部屋を見回した。

「しかし、大したもんだな。まるで日本にいるみたいだ。床の間まである」

「わしは剣術だけではなく、大工の心得もあるからな」

「あんたは何をやらせても名人だな」

「そうか?」

嬉しそうに鏑木老人が微笑んだ。

「うん、だから、もう一杯お代わりをくれ」

そう言うと、馬車松は遠慮もなく手酌で一升瓶の酒を湯飲みに注いだ。そんな馬車松を鏑木老人は注意もせず、笑顔で見つめている。

「野球はうまくいってるみたいじゃの」

「おかげさまでね。それで、今日は一つ、爺さんに聞きたいことがあったんだ」

と馬車松が言ったのはすでに酔っている証拠だった。馬車松はしらふの時は鏑木老人を『鏑木さん』と呼んでいるが、酔ってくると『爺さん』になる。

「どうして俺たちのチームの名前は朝日と言うんだ？」

「おまえがわしにチームの名前をつけてくれと言った時、何と言ったのか覚えてないのか？　日本人のチームらしい名前をつけてくれと言ったんだぞ。だから、わしは朝日という名前をつけてやったんじゃ。忘れたのか？」

「いや、それは覚えているんだけどね、でも、俺は不思議なんだよ。というのが、実は俺はハワイからカナダにやって来たんだ」

「ああ、その話は前にも聞いた。ハワイの前は和歌山にいたんだろ」

「うん、それでね、俺はハワイでも野球をやってたんだ。その時も日系人だけのチームだったんだけど、やっぱりそのチームの名前が朝日だったんだよ。おそらく偶然なんだろうけど、どうして日本人は朝日という言葉が好きなのかな？」

「おまえは本居宣長先生の歌を知らんのか？」

「そのモトーリってのは何だ？」

「江戸時代の国学者じゃ。日本を愛し、日本がどれほど素晴らしい国か、ということを学問的に証明しようとした人だな」

「そんなことが学問で証明できるのか？」

「そりゃあ、できるだろう。おまえだって野球でもって、日本がどれほど素晴らしい国か、証明しようとしているじゃないか」

鏑木老人にそう言われて、馬車松はにんまりと笑った。

「なるほど、そういうことか。で、その本居って人がどうしたんだ？」

「その人の有名な歌に『敷島の大和心を人問わば朝日ににおう山桜花』というのがある。これは日本人の心とは朝日を浴びて香る桜の花のようなものだと歌ったものじゃ。なるほどたしかに日本人の心を巧く言い表している。そこで、わしは本居先生に敬意を表して、この歌から朝日という名前をもらったんじゃ。だが、この歌は有名だからな、おまえが所属していたハワイの野球チームの名前をつける時、わしと同じことを考えた人がいたんじゃないか」

「そんなにその歌は有名なのか？」

「だから、今、カナダにはヤマトというチームもあるだろう。あのチーム名も本居先生のこの歌からとったんだとわしは思っている。それにな、この歌は何も野球の球団名ばかりじゃないんだぞ。おまえ、日本の煙草の銘柄を覚えているか」

「そう言えば、長いこと日本の煙草なんて吸ってないが、たしか、敷島に大和に朝日に桜なんて銘柄があったな」

「それ見ろ。その煙草の名前は全部、本居先生のこの歌からとっているんじゃ」

「そうだったのか。だけど、爺さんは和歌のことに詳しいんだな」

「わしは正岡子規先生の大ファンだからな」

「そう言えば、前にもそんなことを言ってたけど、その正岡っていうのは和歌の先生なのか？」

「和歌とそれから俳句の先生だが、無学なおまえにそんなことを言っても仕方ないだろうから、もっといいことを教えてやる。正岡子規先生はベースボールという英語を野球という日本語に訳した人だ」

「へえ、そうなのか？」

「うむ。日本に野球が入ってきたのは正岡先生が子どもの頃でな、当時は日本語名がついていないから、あの競技のことをそのまま英語でベースボールと呼んでいた。その時、正岡先生がひらめいたんじゃ。正岡先生の本名は『升』と書いて『ノボル』と読む。このノボルから『野ボール』で、そこから『野球』という名前になったんじゃ」

「じゃあ、俺たちが今、ベースボールのことを野球と言ってるのは、その正岡子規先生のおかげなんだな？」

「そういうことだ」

った。

そう言って、鏑木老人は満足そうに杯を空けた。

鏑木が日本から持ってきた大切な日本酒はその夜、あらかた馬車松に飲まれてしまった。


そうやって馬車松が上機嫌で酔っ払っている頃、ミッキーは弟のヨーを相手に練習していた。


ミッキーやヨー、それにエディの父親である北山次郎はバンクーバーのはずれで缶詰工場を経営している。バンクーバーにいる日本人の中では指折りの出世頭の一人だ。

バンクーバーは開発途上の都市だから、土地だけはあり余っている。北山次郎が所有する工場の敷地内にも、ほとんど未使用の倉庫がいくつかあったが、こうした無駄なスペースを持っていられるのも、土地をふんだんに使えるおかげだった。

ミッキーは昼間父親の仕事を手伝うという条件で、夜はこの倉庫を好きに使わせてもらっていたのである。

ミッキーとヨーがやっていたのはピッチングの練習である。もっと正確に言えば、ミッキーにとってはピッチングの、そしてヨーにとってはキャッチングの練習であった。

監督の馬車松は九人いる選手にありとあらゆるポジションを経験させ、可能な限り選手のポジションの幅を広げていこうと考えている。その考えは九人しか選手のいない朝日にとってはおそらく正しいのだろう。

けれども、その一方でミッキーとヨーは、それぞれ自分たちは絶対にピッチャーであり、キャッチャーである、という自負を持っていた。他のポジションも重要であることは重々承知はしているが、それでもできれば他の者にピッチャーとキャッチャーのポジションは譲りたくない。

そして、その思いはミッキーよりも弟ヨーのほうが強かった。

ミッキーはピッチャーというポジションをよく理解しているから、リーグ戦の全試合を一人のピッチャーで投げきることができないのはよく理解している。だから、いずれは誰かにマウンドを譲り渡さなければならない時も来るだろう。けれどもキャッチャーはそうではない。もしもヨーに他の者が及ばないほどの技術があれば、どの試合にも常にキャッチャーとして出場できる。ヨーはそう考えていた。

おそらくミッキーに代わるピッチャーはテディが務めることになるだろう。

ヨーはテディのことが好きだったし、ピッチャーとしての才能も認めていたから、ミッキーの次にテディがピッチャーとして控えているのに異議はなかった。むしろ近い将来、テディの球を受けるのが楽しみですらある。

だがヨーはテディ以上に血の繋がった兄ミッキーのことが好きだった。

とりわけ怪我をしてからあとのミッキーのことをヨーは尊敬していた。怪我をする前は兄として、そして素晴らしいピッチャーとして尊敬していたが、怪我をして以前のように速い球を投げられなくなっても、そのことで決して愚痴一つこぼさない兄を見て、こういう男こそ父親が常に口にしている「大和男児」ではないかとヨーは密かに思っていた。

そのミッキーがふたたび全力でピッチングに取り組もうとしている。

運のいいことに自分はキャッチャーだ。だったら、ミッキーを助けられるのは自分しかいない。そのためにも絶対にキャッチャーの座を他の選手に奪われてはいけないんだ。

その夜も、軽いキャッチボールのあと、ミッキーとヨーはそれぞれの位置についた。

「いいよ、ミッキー」

ヨーがミッキーに声をかけると、その声が二人しかいない倉庫の中でこだました。

ここ数日、ミッキーはシュートの練習をしている。投げ方は馬車松から教わった。馬車松の教え方はかなり大雑把で、ボールの握り方と投げる時のコツだけ伝えると、

「まあ、あとは投げてるうちに覚えていくだろ」

という調子だったが、そのやり方はミッキーにはぴったりだった。ミッキーは他人から細かく指示をされるのはあまり好きではない。遠回りをしてもいいから、自分で

納得がいくよう、失敗を積み重ねながら少しずつ前進していくのが性に合っている。

ミッキーがいつものゆっくりと振りかぶる独特のフォームで一球目を投げた。投げた瞬間にミッキー自身が指がきちんとボールの縫い目に引っかかっていないことを感じた。案の定、ボールはすっぽ抜けてヨーの手前でバウンドしたが、そのボールをヨーはきわどいところで上手にキャッチした。

毎晩練習しているのはダテではない。ヨーもミッキーの球を毎晩受けることによって、少しずつキャッチングの技術を向上させてきたのだ。特に今はミッキーが変化球の球種を増やそうとしている段階だから、投げる球のほとんどが暴投になる。それはミッキーにしてみれば悔しいことだろうが、ヨーにとっては絶好のキャッチングの練習になった。

ミッキーがシュートを完璧にマスターするまでの間、ヨーもまたキャッチャーとしての技術を磨くことができるのだ。だから、ヨーはミッキーがどれだけ投げ損なっても少しも嫌ではなかったのだが、投げているミッキーのほうはそうはいかない。たった一球投げ損なっただけで「くそっ」と倉庫の床を蹴った。普段はクールなミッキーも弟のヨーの前では感情を露わにする。そういうミッキーの姿を目の当たりにすることができるのも、血の繋がった弟の特権であり、二人きりで練習しているからこそだとヨーは思っていた。

「もう少しだけボールを強く握ったほうが、指が縫い目に引っかかりやすいんじゃないかな」

毎晩ミッキーの変化球を捕球しているからこそ、そんなアドバイスも言えるのだった。

ピッチャーは自分が投げる球のことをきちんと理解していなくてはならない。当たり前のようだが、たいていの場合その理解は主観的なものだ。主観は感情やその時の体調によって簡単に変化する。

だから、ピッチャーには自身の投げる球を常に客観的に理解する人間がいなければならない。そして、その理解力を持っているキャッチャーこそ理想のキャッチャーと言えるだろう。ミッキーの未完成の変化球を受けながら、ヨーは少しずつ理想のキャッチャーになりつつあった。

その次の日の早朝、トム的川は学校へ行くまでの数時間の間、児島基治の経営する店で仕事をしていた。

トムの家は貧しい。というか、急に貧しくなった。近頃またカナダ人の工場主が容赦のない日系人の首切りを始めたのだ。先月もほとんど言いがかりのような理由で三人の日系人が工場を首になった。そのうちの一人がトムの父親だったのである。

落ち込んでいるトムにトニー児島が訳を聞き、最後に言った。

「だったら、僕の伯父さんのところで君が働けばいい。一家を養えるほどの給料は出せないだろうけど、君のお父さんが次の仕事を見つけるまでの間の助けにはなるんじゃないかな」

そう言ってくれたので、トムは児島商会でボーイの仕事をすることになった。

〝ボーイ〟というのは要するに小間使い、雑用係のことである。

「もしも、君がカナダではなく、日本にいたら〝丁稚〟と呼ばれていただろうね」

と児島基治は甥っ子が連れて来たトムに向かって言った。悪意があって言ったわけではないのだが、その〝丁稚〟という言葉の響きに侮蔑的なニュアンスを感じたトニーは、そんな仕事をチームメイトだけにやらせるわけにいかないと思い、

「だったら、伯父さん。僕もトムと一緒に伯父さんのところで丁稚をするよ」

ほとんど気まぐれで言った。

子どものいない児島は、ゆくゆくは甥っ子に自分の店を継がせるつもりでいたので、トムの真意を深く考えずに、その申し出を喜んで受け入れた。今のうちから児島商会の仕事に少しずつ馴染んでくれればいいと考えたのだ。

児島商会での仕事の内容は大きく二つに分かれる。帳簿などをつけるデスクワークと、商品を荷造りし運搬する肉体労働だ。

児島はトニーを将来の店主にと勝手に決めていたので、トニーには店の仕組みを分からせるためにもデスクワークをやらせるつもりだった。そうなるとまさかチームメイトのトムにだけ肉体労働をさせるわけにもいかない。

「では、君も帳簿のつけ方を覚えてくれ」

そう言うと、トムのほうから荷物の上げ下ろしの仕事をしたいと言い出した。

「俺、頭は悪いけど、力だけはあるから」

トムはそう言うが、実はそうではなかったことにしばらくしてトニーは気がついた。トムが大きな荷物を担いだり、運んだりする時、その動作に無駄が多いのだ。普通に荷物を持って運べばよいものを、トムのやり方だと他の人の何倍も手間と労力がかかってしまう。

帳簿をつける合間にトニーがそのことを指摘すると、

「わざとやってるんだ」

とトムはボソボソと答えた。トムは体が大きくて、力も強いくせに、どこか気の弱いところがある。人と話をする時もうつむいてはっきりとものを言わない。だから、この時もトニーは聞き返さなければならなかった。

「何だって?」

「だから、このほうが力がつくと思って」

トムの声はさらに小さくなった。

「監督が俺に言ってくれたんだ。おまえはバットにボールをミートさせるのが巧いから、もっと力をつけたら、いい長距離バッターになれるって」

「あ、そうか。それでわざと体に負担がかかるような荷物の運び方をしてたんだな」

「ごめんね。せっかく君が仕事を紹介してくれたのに、働いてる時まで野球のことを考えてて」

トニーはそれを聞いて顔を真っ赤にさせた。そして、数日前、練習の時にジュン伊藤から、

「トニー、君はボンボンなのが、プレーにも出てるなあ」

と言われたことを思い出した。

「ボンボンって何ですか？」

「あ、そうか。ボンボンというのは関西の言葉か。ま、要するに苦労知らずの御曹子ちゅうこっちゃ」

ジュンに言われた時は少し腹が立ったが、実際にトムのようなチームメイトを目の前にすれば、ジュンの言っていることが当たっていると思わざるを得ない。自分はお金の心配もせず、ただのうのうと野球をやっていられる。伯父さんの仕事の手伝いもやらなくてはいけないからやっているのではない。半分遊びみたいなものだ。

それなのにトムは家計を助けるために働き、しかもその間も朝日のことも忘れていない。仕事をしながらでもトレーニングをしようとしているのだ。

トニーは自分のことを恥じ、チームメイトとしてトムに負けてはいられないとも思った。だが、だからといって、トニーは自分の仕事をトムと同じ荷物の上げ下ろしに変えてくれ、とは伯父さんには言い出さなかった。そんなことをするのは、トムに対して失礼だと思ったのだ。

そこで伯父さんに謝って、仕事は辞めさせてもらった。チームメイトのトムは自分から辞めたいと言い出さない限り、絶対に首にしないようにと何度も念を押した上で。

トニーはその日からいつもより早く起きて、一人でトレーニングをするようになった。朝起きる時間はトムと同じ時刻と密かに決めていた。トムが仕事をしながら体を鍛えている間、自分も体を鍛えるのだ。

もちろん、自分のほうがトムよりもずっと気楽な立場だということはよく分かっている。けれども、

「それでいいじゃないか。だって、僕は御曹子なんだし」

とトニーはランニングをしながらいつも考える。そして、

「その代わり、御曹子にしかできないことをしてやる」

と、走るピッチをどんどんあげていく。ちょうど今頃伯父のところで働いているだ

ろうトムのことを考えながら。

「おまえがピッチャーをやりたいだって？」

とジョー里中に言ったのはテディだった。

「できるもんか」

そう言って、テディはジョーの胸をどんと突いた。ジョーはあっけなくグラウンドの上に尻餅をついた。歳が近いせいか、二人は事あるごとに競い合っている。裏を返せば仲がいいのだが、この日の言い争いも熱を帯びていた。

「何すんだよ」

いつもは内気なジョーも、この時ばかりは本気で腹を立てているようだった。だが、そんなことでひるむテディでもなかった。

「生意気なことを言うからだ」

とジョーを睨みつけた。

ジュン伊藤が言い出し、馬車松が承認した朝日のポジションの決め方は、微妙な形で選手たちに影を落としていた。一人の選手がいくつものポジションを兼任すること は、現在の朝日の状況からすればもっとも正しいやり方である。そして、そのことは選手全員が納得していた。ケン鈴鹿などは練習のたびにあちこちのポジションを経験できて、面白いし、楽しい、自分の新たな可能性も発見できて有意義だとすら思っている。

けれども、ケンのような選手は、朝日の九人しかいない選手の中でも少数派だった。

野球選手であれば、誰もが自分のポジションには特別な愛着と誇りを持っている。ヨーはキャッチャーというポジションを他の人に奪われまいとしているし、チームにピッチャーは最低でも二人はいると公言しているミッキーですら、エースの座は誰にも譲れないという自負がある。

何しろ、選手にいろんなポジションを兼任させるよう馬車松に提案したジュンですら、自分はファースト以外はやる気はない、と堂々と公言しているのだ。

そうしたポジションの中でもピッチャーには特別な意味がある。少なくともピッチャーをやりたいと思っている選手は、ピッチャーだけは特別なポジションだと思っていた。

ファーストもセカンドもサードもショートも外野手も、そしてピッチャーが投げるたびにそのボールを捕球しているキャッチャーですら、自分から能動的に相手チームに戦いを仕掛けることはできない。彼らは全員、相手チームが攻撃してきた時だけ、受け身になってその攻撃を防御する。それが野手の務めだ。だが、ピッチャーはそうではない。

ピッチャーは一球一球を相手の打者をしとめるために投げる。ピッチャーは、チームが守備をしている時に、九人いる選手の中で唯一戦うポジションなのだ。

テディはピッチャーのそんな性格をよく理解していた。そして、だからこそピッチャーになりたいと思っていたのだ。

もちろんミッキーのことは尊敬しているし、ミッキーのピッチャーとしての能力には一目も二目も置いている。けれども、そのテディにピッチャーの素晴らしさと気高さを教え、自分もまたピッチャーになりたいと決心させてくれたのもミッキーだった。

今のところ、朝日の唯一のピッチャーがミッキーであることはテディもよく分かっている。それは実力からしても当然の選択だ。そして、ミッキーがチームのエースであることを、ミッキーを尊敬するテディは嬉しく思っているし、そんなミッキーのことが誇らしくもある。

けれどもその一方で、尊敬するミッキーをエースの座から引きずり下ろしてでも自分がマウンドに立ちたいという欲求もある。

それは決して恥ずべきことではないし、ミッキーに対する裏切りでもない。そう思えるほど強い意志を持つ者だけが立つことを許される場所、それがピッチャーマウンドなのだ。

テディはそのようにピッチャーを理解している。だから、生半可な気持ちでピッチャーを目指すのは許せない。

「僕もピッチャーをやってみたい」

そう言い出したジョーに思わず大きな声を出してしまった。

「ふざけるな、おまえなんかに」

普段は喧嘩をしながらも仲のいい二人だったが、その後の数日はテディとジョーはお互いにギクシャクしたまま過ごすことになる。これも朝日の選手のポジションがいまだ確定しないことの悪影響の一つであった。

そんなことを知らないミッキーとヨーは、その夜も父親の所有する倉庫で練習をしていた。ミッキーはピッチングの、ヨーはキャッチングの練習を。

一週間ほど前から取り組んでいるシュートは、少しずつだがサマになってきていた。もともとコントロールのいいミッキーは、右側に落ちるようにして曲がるこの球を上手にストライクゾーンに入れられるようになりつつある。

その日も五十球近く同じシュートを受けていたヨーが、

「これなら試合に十分使えるんじゃないの」

と嬉しげな声を上げたほどだ。

けれども、ミッキーはまだどこか納得のいかない部分があった。弟のヨーは自分が投げるシュートを誉めてくれる。それは嬉しい。だが、本当にこの球が生身の打者に通用するのだろうか？　そもそも自分の自慢でもあるコントロールも、この程度の正確さでいいのだろうか？

とその時、倉庫の扉を開ける音が聞こえた。夜中のことだったので、そのギーッという音は、妙に大きく不気味に倉庫の中に響いた。

「誰だ？」

思わずミッキーが大声を出すと、扉のほうから、

「泥棒と違うで。僕や、僕」

という間延びした関西弁が聞こえてきた。

「伊藤さん？」

ヨーが聞く。

「うん、僕と、それからケンも一緒や」

扉のほうを見ると倉庫に付いている灯りの関係で、逆光になってシルエットしか見えないが、やたらと背の高い男とやたらと背の低い男の影は、間違いなくジュン伊藤とケン鈴鹿だった。

「どうしてここに？」

不審げにミッキーが尋ねる。

「君ら二人が毎晩ここで練習してるて聞いたもんやからな、僕とケンで邪魔をしに来たんや」

ジュンはヘラヘラと笑った。

「あのさ、練習してるんだから、邪魔しないでくれよ」

「ええがな、ええがな。邪魔いうてもただの邪魔と違う。ミッキーがボールを投げるのに邪魔になるように、僕とケンが交互にバッターボックスにバットを持って立ってやるねん」

そう言うとジュンは持参してきたバットを取り出すと、キャッチャーのヨーの左斜め前、つまりバッターボックスの辺りにバットを構えて立った。

「さあ、投げてみ」

「ジュン。この狭い倉庫の中ではピッチングの練習はできても、バッティングの練習なんかできないんだよ」

「分からん奴やな。誰がバットを振ったりするかいな。僕はただこうやって立ってるだけや。けどな」

ジュンが珍しくまじめな顔で言った。

「ただこうやってバッターボックスに人が立ってるだけで、投げるほうはだいぶ感じが違うはずやで。特に変化球を投げるピッチャーにとってはな。嘘やと思たら投げてみ」

　そこまで言われて投げないわけにはいかない。

　ミッキーはいつものようにゆっくりと振りかぶり、今練習中のシュートを投げようと、ヨーのキャッチャーミットを見た。

　すると、その途端、ジュンが言ったとおりこれまでと同じようには投げられないことが分かった。シュートは真っ直ぐ飛んできたボールがホームベースの手前でバッターのほうへ曲がっていく変化球である。きちんと変化させ、なおかつ正確にボールをコントロールしなければ、シュートは簡単にデッドボールになってしまうのだ。

　それまでミッキーはバッターボックスにバッターが立っていると〝仮定して〟ボールを投げていた。けれども、〝仮定して〟投げるのと、〝実際に〟バッターがバッターボックスに立っているのとでは雲泥の差がある。

　言ってみればこれは、幅が五十センチある板の上を歩いて行くようなものだ。その板が地面の上に置いてあれば、目をつぶっていても足で先を探りながら板の上を進んでいくことができる。だが、もしもその板が高さ五メートルのところに宙づりになっていたら、目を開けていても怖くて前に進むことはできない。

　ミッキーはいったん投げかけたのを途中でやめ、

「本当だ。バッターボックスに打者が立っているとボールが投げにくい」

と正直に言った。

「そやろ？　けどなあミッキー、試合ではここにバッターが立ってるねんで。ほんなら、練習の時もたまにはほんまもんのバッターが立ってたほうが練習になるやろが」

「そのとおりだ」

そう言って、ふたたびミッキーはゆっくりと振りかぶった。ジュンのベルトの位置辺りの高さで、ホームベース上を右から左へと変化するようにしてシュートを投げる。

スパンというい音がしてボールはキャッチャーミットに収まった。

「ナイスピッチ」

ヨーがボールをミッキーに投げ返しながら言った。だが、ミッキーは今投げた球はこれまでよりも切れが甘いことを感じていた。

バッターに当てまいとして投げたため、ホームベース上で変化してからのボールの伸びが弱くなっている。

それからミッキーは十球ほど投げてみたが、バッターボックスに人がいない時に投げていた時のようにはなかなか投げることができなかった。

「なるほど、これは練習になるね。ありがとう、ジュン」

ミッキーが素直にジュンに礼を言った。

「何言うてるねん。チームメイトやないか、礼なんか水くさいわ。それよりミッキー」

「何？」

「僕相手に投げてるだけで、今投げたシュートが完成すると思てるんやったら、それは甘いで。何しろバッターの背の高さによってストライクゾーンは変わってくるんやからな。試しにほら」

ジュンは持っていたバットをケンに手渡した。

ケンがそのバットを持ってバッターボックスに立つと、ジュンが言ったとおり、その場の雰囲気がガラリと変わった。

ケンは極端に背が低い。ということは、ストライクゾーンも狭いということだ。

「なるほど、これは投げにくいな」

思わずミッキーが声に出して言った。そして、ケンがどんな球でも当ててくる器用なバッターである理由も少し分かったような気がした。ストライクゾーンが狭い分だけ、ピッチャーの投げてくる球を選びやすいのだ。

ともあれ、これはミッキーにとってよい練習になった。ジュンの背は並外れて高く、ケンの身長は並外れて低い。これだけ極端な違いのあるバッターをどちらもしとめてこそ、変化球の意味があるのだ。

「だけど、悪いね。俺の練習に付き合わせちゃってさ。君たちにしたら時間の無駄だろう」

「何を言うてるねん。バッターボックスに立って、ピッチャーが本気で投げてくる球を見てるだけで、バッティングの練習になるねんで」

ジュンはそう言って、架空のピッチャーがジュンに向かって架空の球を投げたと想定し、ブンとバットを素振りして見せた。ジュンの想像の中ではその架空の球はシュートだったが、ジュンはそれを見事にセンター越しに打ち返した。何十球となくミッキーの投げたシュートをバッターボックスに立って見ていたので、シュートの変化の具合が完全に頭の中に入っていたのだ。

練習方法が固まり、徐々にチームの方向も見えてきた。もともと素質のある若者たちだ。その集中力はすさまじく、一気にその才能を開花させてゆく。地味で辛い練習の毎日だったが、確実にバンクーバー朝日の実力は上がっていった。

イニング4

～一九一四年夏～


そんな練習漬けの毎日を送る中で、思いがけないことが起きた。

一九一四年七月、戦争が始まったのだ。第一次世界大戦である。

主戦場はヨーロッパだったので、カナダや日本には直接の影響はなかった。だが、間接的な影響は大きかった。とりわけ、カナダに住んでいる日本人にとっては。

第一次世界大戦とは、大雑把に言ってしまえば、ドイツ・オーストリア・イタリアの三国同盟と、イギリス・フランス・ロシアの三国協商との間の戦いである。煎じ詰めればドイツ対イギリスの戦いと考えてもよい。この二国の争いが世界中を巻き込んだ。

逆に言えば、世界中の多くの国がドイツ側とイギリス側の二つに分かれたということでもある。

カナダはイギリス連邦構成国の一つである。イギリスに従属しているわけではないが、イギリスを盟主として仰いでいる国の一つだ。政治的にカナダは、イギリスがノーと言ったものに対して、無条件でノーと言わなければならない立場にあった。そのイギリスがドイツに対してノーと言ったのが、第一次世界大戦である。カナダは自動的にイギリス側につくことになり、カナダから多くの男たちが、イギリスの同盟軍の兵士としてヨーロッパの戦地へと旅立っていった。

一方、日本は第一次世界大戦勃発の数年前にイギリスと日英同盟を結んでいる。ざっくばらんに言ってしまえば、イギリスの味方だ。

このことで、カナダ人の日本人に対する見方が微妙に変わった。カナダも日本もイギリスの味方で、ドイツの敵である。

白人たちの日系人を見る目が少し和らいだのだった。

このことはバンクーバーで行われる野球に対しても影響を与えた。

野球は言うまでもなく、白人のスポーツである。その白人のスポーツを黄色人種である日本人がやることに、カナダ人は少なからず違和感を感じていた。ところが、第一次世界大戦のおかげで、その違和感は緩くなった。

それまではバンクーバーの日系人が野球チームを作ったという話を聞いても、

「ジャップが野球をやるんだって？　あいつらにボールとバットの使い方が分かるのか」

白人たちの反応はこんなものでしかなかった。

ところが、第一次世界大戦が勃発すると同じ白人が、

「日本人が野球を？　そりゃあ面白い。見てやろうじゃないか」

となったのだ。

それ以前からも日本人チーム同士の野球の試合はあったが、白人たちの関心を引くことはほとんどなかった。それが第一次世界大戦を契機に、白人たちの反応が変わったのである。そして、当たり前のことではあるが、バンクーバーの住民のほとんどは白人だ。その白人たちが日本人の野球に興味を持てばどういうことになるのか？

観客の数が増えるのだ。

観客が増えれば、プレーをしている選手たちも張り合いが出る。試合の内容も充実してくるし、全体的なレベルも上がる。「風が吹けば桶屋が儲かる」の理屈だった。

それがちょうど朝日が練習を始めて半年ほど経った時期だった。チームを結成してからその六ヶ月の間、選手たちは時間さえあれば練習ばかりしてきた。その頃になれば当然のことながら、選手の誰もが試合がしたくてたまらなくなっている。

とりわけ何事にも積極的なテディはことあるごとに、「試合がしたい」と馬車松に言っていた。

「監督、僕、ピッチャーじゃなくていいからさ。だから、試合やろうよ」

そのたびにヨー梶やトニー児島はテディの後ろでうんうんとうなずいていたし、どうやらミッキーもそろそろ自分の変化球を実際に試してみたい様子だった。

慎重派のジュン伊藤ですら、

「監督、練習を百回やるよりも、試合を一回やったほうが役に立ちまっせ」

と言い出す始末である。

それまでは馬車松の、

「チームに力がつくまでは試合はしない。なぜなら朝日は勝つためのチームだからだ」

という一見説得力のある言葉によって、選手たちの希望は封じ込められていた。けれども、これはあくまでも建前であった。本当のところ、選手たち以上に試合をしたくてしょうがなかったのが馬車松なのである。監督という立場上、いかにももっともらしいことを言いはしたものの、馬車松はもともとはお祭り騒ぎが大好きな男だ。練習という地味な努力の積み重ねよりも、試合という派手なイベントのほうが馬車松の性に合っていた。

そこへ来て、バンクーバーでは戦争のおかげで、日系人への風当たりも弱まっている。今までは見向きもされなかった試合の申し入れも、今なら受け入れられそうな雰囲気になっていた。

こうなると選手以上に馬車松のほうが気が気ではなくなってきた。

自分が鍛えたチームをどこかのチームにぶつけて試合がしてみたい、選手たちの力を確かめてみたい。そんな馬車松の気持ちは日に日に強まっていく。けれども、選手たちに偉そうなことを言った手前、安直に試合をやるわけにはいかない。朝日のデビューは必ず勝利で飾らなければならないのだ。

それにもう一つ問題があった。馬車松はがむしゃらに野球チームを作ることはできたが、他のチームとのコネクションがなかった。試合をするとしても、どのチームとどのように交渉すればよいのか、まるで分からないのだ。

そんな時にバンクーバーの日系人名士たちが、カナダでの日本人野球では最高の組み合わせというカードを組んだ。

ニッポンズ対ニッポンズの試合である。

ニッポンズは当時バンクーバーの日本人野球界ではもっとも歴史のある、だからこそもっとも人気のあるチームだった。ところが、偶然、バンクーバーから少し離れたビクトリアにも同じ名前のニッポンズという野球チームがあった。チーム名からも分かるとおり、このビクトリアのニッポンズも日本人の選手ばかりのチームである。

幸いなことにバンクーバーの日系人もビクトリアの日系人も、

「うちのニッポンズが本家だ」

「何だと！　こっちのニッポンズが元祖だ」

などという愚かな言い争いはしなかった。

それどころか同じニッポンズという名前のチームが偶然二つできたことを面白がっている。

「それならいっそのこと、そのニッポンズ同士で試合をさせてみたらどうだろう」

ということになったのである。

場所はもちろんパウエル球場だ。

試合の当日は、バンクーバー中の日本人がパウエル球場へと押しかけた。そのため、日本人街はほとんど無人の街になってしまったほどだった。もちろんバンクーバーだけではなく、ビクトリアからも日本人はやって来る。また、同盟国としての親近感も働いて、白人客もチラホラと来ていた。言うまでもなく、馬車松をはじめとする朝日の選手たちも全員観戦に行った。

バンクーバー・ニッポンズ対ビクトリア・ニッポンズの試合は、当日までどちらが先攻かも決められていなかった。そのため、キャプテン同士のジャンケンで、ビクトリアのニッポンズの先攻でベンチは三塁側と決まった時には、観客席にはバンクーバーのニッポンズとビクトリアのニッポンズのファンが入り交じっている状態だった。

アンパイアの「プレイボール！」の声とともに試合が始まる。

「ニッポンズ、頑張れ！」

三塁側の観客から声がかかっても、それがビクトリアのニッポンズのファンだとは限らない。

片方のニッポンズがもう片方のニッポンズからヒットを打つと、隣り合わせた客が同時に歓声を上げていた。

試合は和気藹々と進んでいった。どちらのチームが打っても、打たれても、観客は拍手と声援を惜しまない。

この頃にはジョーの兄の里中投手はすでに引退していた。バンクーバーのニッポンズのエースだった選手である。

以前、馬車松はこの里中選手のことを「肩は強いがコントロールが悪い。二流のピッチャー」と評したことがあった。だが、そうは言ってもエースはエースである。そのエースが抜けたあとのニッポンズはどうなのか。

馬車松の予想ではエースが抜けたバンクーバー・ニッポンズはビクトリア・ニッポンズに苦戦を強いられるはずだった。何と言ってもピッチャーは攻守の要なのである。ところが、ビクトリア・ニッポンズとエース不在のバンクーバー・ニッポンズは見事なくらいに五分五分の戦いを演じていた。一瞬、この試合は八百長ではないかと思ったほどだ。

馬車松も最初のうちはニッポンズ対ニッポンズの戦いぶりを微笑ましく見ていた。

だが、ものには限度というものがある。一回、二回、三回と回を追うごとに、観戦している馬車松の眉間には、しわがどんどん深く刻まれていった。

これは和気藹々を通り越した、単なる出来損ないの馴れ合いのゲームだ。

何しろ、どちらのチームも巧くない。もちろん全員が下手糞揃いというわけではないが、野球はあくまでも九人でやるスポーツである。一人や二人いい選手がいたとしても、残りの選手に足を引っ張られていては、いいプレーなどできるはずがない。

白人たちも観客席に来ていた。彼らは馬車松と違って上機嫌で選手たちに声援を送っている。だが、それは野球チームに対して送る声援というよりも、サーカスのピエロに対して送る歓声だと馬車松は思った。日本人の野球は応援されているのではない、馬鹿にされているのだ。

三回表のバンクーバー・ニッポンズの攻撃の時、一緒に観戦していたミッキーがすっと立ち上がった。

「小便か?」

馬車松が聞くと、

「こんなのを見てても時間の無駄だ。俺は一人で練習してくる」

そう言い捨てて、ミッキーは観客席から出て行ってしまった。それを見た弟のヨーとエディが慌ててミッキーのあとを追いかける。

テディはミッキーの弟たちの真似はしたくなかったのだろう、その後もしばらく退屈そうに席に座っていたが、馬車松が気がついた時にはやはり姿を消していた。

結局、試合が終わるまで見ていたのは、馬車松とジュン伊藤とケン鈴鹿の三人だけだった。

「お祭りとしては楽しい催しやったけど、スポーツとしては見るべきところは何一つない試合でしたな」

ジュンがそう言うと、その横でケンがうなずいた。

翌日、カナダの新聞にニッポンズ対ニッポンズの記事が出た。

見出しには『酔いどれ野球』と書かれていた。確かに酔っ払ってでもいなければできないような、酷い内容の試合だった。


そんなわけで、その新聞記事が出た日に児島基治が馬車松の店を訪れたのは、タイミングとしては最悪でもあり、最高でもあった。

児島はいつものようにせかせかと扇子で顔を扇ぎながら店に入ってくると、これまたいつものように挨拶もなしに本題に入った。

「馬車松さん、そろそろ朝日も試合をしませんか？」

これには馬車松も驚いた。児島は昨日の試合を見ていないのだろうか？　あの無様なニッポンズ対ニッポンズの試合を。

馬車松の仕事用の机の上にはまだ今朝の新聞が広げたままになっていた。『酔いどれ野球』という黒々とした見出しの文字だけが、いやに目立っている。

「児島さん、あなた、昨日の試合を見なかったんですか？」

馬車松は机の上に置いてある新聞を指さしながら言った。児島はいかにも心外だとばかりに返す。

「もちろん見に行きましたよ。私も日本人ですからね」

「だったら、昨日の試合を見て、恥ずかしいとは思わなかったんですか？」

「恥ずかしい？　そりゃまたどうして？」

「だって、日本人のチームがあんな無様な試合を――」

すると児島はいかにもおかしそうにハッハッハッと笑った。

「馬車松さん、あなたはニッポンズの監督なんですか？　そうじゃないでしょ。あなたは朝日の監督だ。だったら、ニッポンズの選手がどんなプレーをしようがそんなことはどうでもいいことじゃありませんか。それともあなたは、一人で日本人の野球の全ての責任を背負い込んでるつもりでいるんですか？」

「そうかもしれませんが、それにしても日本人があんな試合をするなんて。しかも少しとはいえ白人が見に来てたっていうのに」

「私はそうは思いませんでしたね。日本人があんな試合をしたにもかかわらず、あれだけの観客がやって来た。しかも、白人の客もいた。これなら、これからの日本人の野球はカナダでも興行になると私はかえって自信を持ったんですよ」

「興行？　興行って何です？」

馬車松が不審げな顔で聞くと、児島はちょっと困ったような顔をした。

「誤解されると困るんですが、私は何も朝日を使って金儲けをしようというんじゃないんですよ。ですが、試合をやるといっても、観客がいないようじゃ選手も張り合いがないと思いましてね。野球は多くの人に見てもらってこそ価値があるんです。それが私の恩師である大隈重信先生の教えでもありますし」

「大隈重信？」

馬車松は素っ頓狂な声を上げた。

「ということは、児島さん、あなたは早稲田大学のご出身ですか？」

「いやあ」

そう言うなり、児島は照れくさそうに手に持った扇子をパタパタとさせた。

大隈重信は総理大臣にまでのぼりつめた明治時代の大政治家である。日本の経済政策に力を入れる一方で、後進の者を育てるため、一八八二年東京専門学校という私塾を開いた。この塾が一九〇二年に改称されて早稲田大学となる。

日本の野球の歴史はこの早稲田大学の野球部によって始まったと言っても過言ではない。創立は一八九七年。一九〇三年には慶応大学と初めて試合を行った。これがプロ野球ができるまで日本でもっとも人気のあった野球の試合、早慶戦の始まりである。

早稲田大学野球部は海外の技術を取り入れるのにも熱心で、一九〇五年日本の野球チームとしては初めてのアメリカ遠征を行っている。この時のアメリカのチームとの試合で、日本人は初めてバント、スライディングなどのプレーを知った。現在では当たり前になっているこれらのプレーは早稲田大学野球部が日本に持ち帰ったものなのだ。

一九〇八年には、日本に招かれたアメリカ代表チームが早稲田大学野球部と試合をした。始球式は学長である大隈重信が行っている。大隈の投げた球はストライクゾーンを大きく外れるボール球だったが、打席に立ったバッターは野球部を設立した大隈に敬意を表して、わざと空振りをした。これが伝統になり、現在でも始球式のボールは空振りすることになっている。

さらに一九一一年、早稲田大学野球部は二度目のアメリカ遠征を行うのだが、この時、バンクーバー在住の日系人の熱心な要請によって、わざわざカナダまで立ち寄り、バンクーバーで白人の選抜チームと対戦していた。

「あの時の試合はもちろん見に行きました」

馬車松は興奮した声で児島に言った。

「いや、俺だけじゃありません。バンクーバーにいる日系人は皆見に行ったんじゃないかな。今の朝日の選手たち、ミッキーやテディなんかも見に行ってます。正直言うと、日本人がカナダ人のチームに勝てるとは思ってませんでした。それが……」

馬車松はしばしの間、視線を宙にさまよわせた。まるでそこに三年前の試合の映像が映っているかのように。

「そうです。バンクーバーにいる日本人の応援のおかげで、早稲田は勝つことができました」

児島がそう言うと、馬車松は大きくうなずいた。気をよくした児島がさらに言葉を続ける。

「ずっと私は考えてたんです。またあれと同じことができないかと」

「『またあれと同じこと』って、もしかして、早稲田の野球部をバンクーバーに呼んだのは？」

すると、児島はまたしても扇子を動かしながらつぶやいた。

「同じ大学に通った者同士ですからね。後輩は先輩の言うことなら少々の無理でも聞いてくれるんです」

「そうだったんですか」

「野球はね、応援してくれる人が大勢いてくれるほうが盛り上がるし、選手もいつも以上の力を出すことができます。あの時早稲田がカナダ人チームに勝てたのも、大勢のお客が来てくれたからです。そのためには試合を一つの興行と考えて、きちんと宣伝して、沢山の人を呼ばなければ」

「でも、そうやって大勢の客が来て負けたりしたら、大恥をかくことになりますよ。昨日のニッポンズの試合のように」

「おや？」

児島は心外そうな声を出した。

「あなたらしくもない言い草ですね。それともなんですか。あなたが率いる朝日は昨日のニッポンズ程度のチームなんですか？」

「と、とんでもない」

「だったら、試合をやりましょう。いや、やらなくちゃいけません。バンクーバーの人たちが昨日の試合を覚えている間に、日本人だってちゃんとした野球ができるってところを白人たちに見せてやりましょう」

「では児島さんの力で、朝日は白人のチームと試合ができるんですか？」

「まさか」

児島はわざと呆れたような顔をして見せた。

「いいですか。昨日の試合には白人の客もいくらか来ました。で、彼らはきっとこう思ったでしょう。『やっぱり日本人は野球なんてできないんだ』って。そんなチームと彼らが試合をすると思いますか？」

「ですが、朝日は白人と戦うために作ったチームなんです」

「ですから、そのためにも試合をするんですよ、日本人のチームと」

「どういうことでしょうか？」

「まず朝日はカナダの日本人の中で一番強いチームになって下さい。そうして日本人の中では向かうところ敵無しのチームだということを周りの人たちが認めてくれれば、白人のチームと試合をするのも夢じゃありません。いえ、その時は私が責任をもって白人のチームとのカードを組みます。そのためには一日も早く試合をしなくちゃいけないんです。一日も早くカナダで一番の日本人チームになるために。全てはそれからですよ」

そう言われて、馬車松は大きくうなずいた。

児島が探してきた対戦相手はミズホだった。バンクーバー市内の製材所で働く日系人の野球チームである。

製材所で働く男たちは皆気が荒い。その気の荒い男たちの中でもさらに気の荒い男を選りすぐって作り上げたようなチームがミズホだった。

選手たちの性格がそのままプレーに出ている。典型的なのがバッティングだ。一番打者から九番打者まで全員がホームランを狙ってくる。ゼロか全てか、それがこのチームの信条だった。そして、こういう戦法が成り立つほど強打者揃いではあった。だから、一度波に乗るとグイグイ押してくる。

ニッポンズが知名度だけが先行して、人気の割に実力が伴わなかったのに対して、ミズホは人気こそパッとしなかったが、実力はなかなかのものだった。とりわけパワーだけなら、白人たちにも負けない、と言われている。

ある意味見ていて楽しいチームではあったが、それなのにさほど人気がなかったのは、ラフプレーが多かったからである。はっきり言ってグラウンドでの行儀がよくない。数少ないミズホのファンも選手同様製材所で働く気の荒い人たちだから、これまた行儀が悪い。身内びいきが強くて、野次が酷いのだ。これでは他のチームはミズホと対戦するのに二の足を踏んでしまう。

朝日の初めての対戦相手がそんなチームだったので、馬車松はどうしたものかと一瞬迷った。だが、こういうオファーがあることを告げると、選手たちは馬車松が拍子抜けするほど喜んだ。彼らはとにかく試合がしたくて仕方なかったのだ。

　であれば、馬車松がこの試合を断る理由などない。

　ミズホはセミプロ、朝日はまだアマチュアのチームだから、試合の開催日は当然日曜日ということになる。ミズホの休業の日だ。試合は一九一四年七月十二日と決まった。場所は言うまでもなくパウエル球場である。


　当日は天気にも恵まれ、スタンドのないグラウンドには数百人の立ち見客が押し寄せた。その大半は日本人街に住む日系人である。白人客もちらほらと交ざっていた。であれば、児島が言っていたように今のうちにどんどん試合をして、一日も早く最強の日本人チームになり、白人たちに朝日というチームの存在を印象づけなければならない。

　一方日系人たちの間では朝日を知っている者もかなりいた。毎日、いつも少人数で練習を繰り返している彼らの姿を見たことのある者も多い。

　野球ファンから見た朝日の印象は、まず若いということだった。ほとんど少年たちのチームと言っていい。

　野球は体力以上に技術がものを言うスポーツである。たった数年しかキャリアを持たない少年たちが、十年以上野球をやってきた老獪なミズホの選手たちを相手にどの程度の試合を見せてくれるのか。

ミズホの試合にしては珍しく大勢の観客が集まったのは、児島の宣伝の効果もあったが、それ以上に朝日に対する期待が強かったためだ。だが、その観客たちにしても、まさか朝日がミズホに勝てるとは思っていなかった。

「せいぜい、いい試合を見せてくれ」

大半の観客はその程度にしか朝日に期待していない。

やがて観客の拍手と声援の中、ホームベースを挟んで両チームが勢揃いした。互いに礼を交わすと、後攻の朝日が素早く守備位置についた。

ピッチャー　ミッキー北山・八番
キャッチャー　ヨー梶・二番
ファースト　ジュン伊藤・五番
セカンド　ケン鈴鹿・一番
サード　トニー児島・六番
ショート　テディ古本・七番
レフト　ジョー里中・九番
センター　エディ北山・三番

ライト　トム的川・四番

全員できっちり九人。一人欠けても成り立たない。これが朝日の記念すべきオリジナルメンバーであった。

ミッキーはいつものように少し不貞腐れたような顔つきでマウンドに上がった。これはよい兆候だった。近頃は馬車松相手にも時折笑顔を見せるようになったが、平常心の時、ミッキーはほとんど表情を動かさない。その顔はどこか不貞腐れているように見える。

「プレイボール！」

アンパイアが右手を挙げて、試合開始を告げた。

観客が固唾を呑んで見つめる第一球。

ミッキーがいつものようにゆっくりと振りかぶり、体をいっぱいに使った躍動的なフォームから、鞭のようにしなる右腕を振り下ろした。

バッターにとってはちょうど打ち頃の速さの球がストライクゾーンのほぼ真ん中に来た。それでなくても積極的なミズホの選手である。たとえ試合開始の一球目だからといって絶好球を見逃すはずがない。ミズホの一番打者は迷わず大きくフルスイングした。と、その途端、ボールはベース上で綺麗に外側に曲がりながら、しかもボール三つ分くらい下に落ちた。

バットは空を切り、その拍子にバッターは尻餅をついた。

「ストライクッ！」

一瞬の間を置いて、さっとアンパイアの手が挙がった。一斉にミズホの客から、

「しっかりしろ！」

という、応援というよりは野次に近い声がかかった。尻餅をついたバッターは照れくさそうに立ち上がると、ふたたびバッターボックスに戻った。

第二球。

さっきと同じような打ち頃の球がやはりほぼど真ん中辺りに来た。

「またカーブか」

バッターはカーブを予想しながらバットを振ったが、そのバットも綺麗に空を切った。予想していたのと反対のほうへボールが曲がったのだ。毎晩、倉庫でヨーを相手に練習を積んできたシュートだった。

さらに三球目。

バッターを馬鹿にするかのように、今度は一球目二球目よりもさらにゆっくりの球が、やはりど真ん中に投げられた。

「今度はカーブか？　それともシュートか？」

迷いながら出すスイングに力はない。カーブだと当たりをつけて、球道のやや下あたりを狙ってフラフラと振ったバットはこれまた空を切って、ボールは楽々とキャッチャーミットに収まった。何の変哲もないストレートだった。

バッターは完全にミッキーとヨーのバッテリーに手玉にとられていた。

バッターボックスから遠く離れた観客たちのいる場所からは、ホームベース上で球がどのように変化したのかまでは見えない。観客たちにしてみれば、バッターが絶好球を三球とも立て続けに空振りしたとしか思えなかった。

ミズホのファンは贔屓のチームにでも平気で野次を飛ばす。一番打者は味方のはずのファンから罵声を浴びながら、ベンチへ戻った。

二番打者は一球目のシュートをかろうじて当てた。と思ったのは実は当のバッターだけで、本当はミッキーがわざとバットにかするようなコースに投げたのだった。

ボールは予想どおり、セカンドのほうへゴロになって転がっていった。簡単に処理できるセカンドゴロである。

とその時、ゴロがイレギュラーなバウンドをした。管理がきちんとされていないパウエル球場にはよくあることだった。グラウンドの上には石ころすら落ちていることがままある。

イレギュラーバウンドは思いもかけない方角に飛び、このままだとセカンドの横を抜けて外野に行くかと思われた時、セカンドのケン鈴鹿が横に大きく飛び、その難しいボールを見事にキャッチした。

しかし、そのボールはかろうじて捕球できただけで、内野安打は確実と思われた。ケンが立ち上がり送球体勢に入った時は、打者はほとんどファーストベースの間近まで走っている。

ケンがボールを投げたのと、ファーストベースに左足を置いていたジュン伊藤の背がぐんと伸びたように見えたのが同時だった。両足が開き、バレリーナのようにペタリと地面に着く。その足よりもさらに遠くへ伸びたファーストミットにケンからの送球が入ったのは、打者がファーストベースを踏むよりも一瞬早かった。

「アウト！」

塁審が大きな声で宣告する。

自分の打った打球がイレギュラーバウンドして二塁手の横を抜けそうになったところまで見て走り出した二番打者は、どうして自分がアウトになったのか分からず、しばらくの間呆然としていた。そして、彼もまたファンから野次られながらベンチに戻った。あの打球なら内野安打になって当然だと受け取られたのだ。

ファンたちがそう思ったのも不思議ではなかった。もしもセカンドがケンでなければ、そしてファーストがジュンでなければ、今の打球は間違いなく一塁打だっただろう。ケンとジュンのファインプレーだった。

続く三番打者は、ど真ん中から外角へと流れ、完全にボール球になってしまう球に手を出した。ほとんど真後ろに飛んだファールチップをヨーがまさかのキャッチングで捕球してアウト。

三者凡退までたったの五球で終わった一回表だった。そして、たったの五球で朝日はどういうプレーをするチームなのか、はっきりと対戦相手に見せつけた。慎重でいながら大胆、優れた技術を持っているが、その技術を上回る度胸がある。それはミッキーの投球スタイルにも通じるものだった。


一回裏の朝日の攻撃はケン鈴鹿から始まった。

監督の馬車松からは一言だけ指示が出ていた。

「俺たちがどういう奴らか、あいつらに見せてやれ」

コントロールに難のあるミズホのピッチャーは一球目から外角に大きく外れるボールを投げたが、ケンはかまわずバッターボックスから飛び上がるようにして、バットの頭にボールを当てた。ボールが一塁線上をコロコロと転がっていく。ファーストが前に出て捕球しようとしたが、わざと打球の勢いを殺して打ったファーストゴロはゆっくりとしか前に進んでいかない。

一塁手がゴロを捕って振り返って送球しようとした時は、すでにケンはファーストベースの間近にまで来ていた。一塁手が慌てて送球すると、ケンはわざと走る方向をわずかに左にずらした。一塁手の投げた球が、ケンの体が死角に入って二塁手からは見えなくなる。二塁手がボールをグローブに当てて、ボールを後逸させてしまったのと、ファーストベースを踏んだケンがそのまま立ち止まらずにセカンドベースを目指したのが同時だった。

たったの一球、しかもとんでもないボール球を軽く合わせただけのファーストゴロが二塁打になったのだ。

二番打者のヨーは手堅くバントをしてケンを三塁に送るつもりだった。ところが、ケンのバッティングのショックからまだ抜け切れていなかったミズホの内野手たちは送球ミスをして、結局ノーアウト一塁三塁にしてしまう。

三番打者のエディはファールを繰り返し、結局フォアボールを選んだ。

これでノーアウト満塁である。

四番打者のトム的川がバッターボックスに向かおうとした時、馬車松がトムに何か言いかけた。だが、それよりも先にトニー児島がトムに声をかけた。

「トムくらい力があれば、当てただけでホームランだ」

トムはその言葉にうなずいて、バッターボックスに立った。そして、二球目の甘い球を見逃さなかったトムは、トニーが言ったとおりのバッティングをして見せた。

五対〇で三回裏を終え、四回表になった時、朝日はタイムをとってピッチャーを交代させた。ピッチャーをやっていたミッキーがレフトへ行き、レフトのジョーがショートへ行く。そしてショートのテディがピッチャーマウンドに立った。

この選手交代はミッキーが言い出したことだった。

「あいつらに俺の球が打てないことは分かっただろ？」

三回表の守備が終わって、ベンチに戻って来るなり、ミッキーは馬車松にそう言ったのだ。ミッキーはその言葉のとおり、絶妙なピッチングでミズホを三回までノーヒットノーランで抑えている。

「だったら、そろそろ俺は休ませてもらおうかな。何しろ変化球は意外と肩と肘に負担がかかるんでね」

ミッキーがそう言ったのは半分は本当だが、半分は嘘だった。

ミッキーとしてはできることなら最後の回まで一人で投げきりたい。だが、数年前に肩を壊しているミッキーは、自分の投手としての選手生命について他の選手よりもはるかに神経質に考えていた。

さらに自分を押しのけてまでピッチャーマウンドに立とうとしなかったテディに対

して感謝もしていた。テディの性格なら、ミッキーを差し置いてでも、

「僕が投げる」

と馬車松に直訴してもおかしくない。それをしなかったのは、テディが自分の肩の怪我のことを知っているからだ、とミッキーは思っていた。

当初、馬車松と弟のヨー、エディにしか自分の肩のことを明かしていなかったが、毎日一緒に練習していれば誰もが異変に気づく。暴動の時、自分をかばってミッキーが怪我をしたことを知ると、テディは衝撃を受けていた。

自分が、憧れのミッキーの選手生命を脅かしたのだ。

もう、昔の剛速球を見ることはできないのか。

しばらくの間ミッキーと目を合わせることができない。しかしそんなテディに馬車松は声をかけた。

「責任を感じることはない。ミッキーはあの時の行動を後悔してないし、むしろ誇りに思ってるよ」

「でも……」

「もしおまえがミッキーのことを想うなら、練習に励むんだ。一流の選手になって、ミッキーを支えろ。長く投げ続けることができない彼にとって、それが一番の力になる」

そう言われて、テディの闘志に火がついた。

そんなことがあったから、この日の試合でもテディは我がままを言わなかったのだろう。

テディはテディなりに自分に花を持たせてくれたのだ。だったら、自分もテディに活躍のチャンスを与えてやらなくてはならない。

とはいえ、そんなことを素直に口に出すミッキーではなかった。そこで、ミッキーはわざと呆れたような口調で馬車松にこう言った。

「ヨーも毎晩俺の球を受けてるから、さすがに変化球に飽き飽きしてるんだ。たまには単純なストレートを受けさせてやってくれよ」


四回の表、ピッチャーマウンドに上がったテディは一球目を見事なストレートで決めた。コースは内角低め。ホームベースギリギリに立ち、あくまでもホームランを狙って、バットをできる限り長く持っているバッターにとってもっとも打ちにくいコースだ。

観客はそのコントロールの良さよりも、球の鋭さに驚いた。剛速球というのではないが、伸びと切れがいい。十代半ばの少年が投げる球とは思えなかった。

二球目もやはり同じコースで、空振りのストライク。

ここまではヨーの出したサインどおりだった。そこで三球目は内角高めのサインを出した。ところが、テディはろくにサインも見ずに投球フォームに入り、ボールを投げた、と思った途端、そのボールはとんでもない方角へ飛んでいった。

これまでの二球、素晴らしいボールを投げ、瞬く間に2ストライクを取ったテディが、あと一球で三振にしとめられるかもしれないという絶好の場面で、目も当てられない暴投をしたのだ。塁にランナーが出ていれば、間違いなく走塁されているところだった。

「何やってんだ！」

ベンチから馬車松の声が飛んだ。

だがその時、キャッチャーのヨーとはるか後ろのレフトにいるミッキーだけは、テディが何をしようとしたのか分かった。

「あのバカ、俺の真似をしてシュートを投げようとしたな」

ミッキーはレフトの守備につきながら笑いそうになった。いかにもテディらしいと思ったのだ。

これまでミッキーはチームメイトにも自分のシュートを見せたことがない。打撃練習の時のピッチャーはほとんどテディがやっていた。朝日の中でこの試合までにミッキーのシュートを見たことがあるのは、キャッチャーのヨーと、時折倉庫での練習に付き合ってくれるジュン伊藤とケン鈴鹿だけだ。

テディはショートを守っている時、背後からミッキーの投げるシュートボールを初めて見て、自分も投げたくてたまらなくなったのだろう。

「だけど、練習もせずにいきなり試合で試すか」

そう思うとミッキーはおかしくてたまらない。テディには自信と度胸がありすぎるのだ。

ヨーが慌ててピッチャーマウンドまで走って行き、テディの頭を拳固でコツンと叩いている。

「ごめん、ごめん。ちょっとやってみたかったんだよ」

テディが謝っている声が、ミッキーのいるところまで聞こえてきて、ミッキーはまた笑ってしまった。

テディは決して物怖じしない。そして、それはピッチャーにとって何よりも大切な資質なのだ。なぜならピッチャーだけが野手が守っている時も、ただ一人攻めていくポジションだからだ。

その試合を十三対〇で朝日が制したという話は、次の日にはバンクーバー中に広まっていた。

試合に行けなかった日系人は歯がみして悔しがり、知人や友人に試合の様子を事細かに聞いた。その時まず最初に話題に出るのが、一回から三回までを三十球足らずでノーヒットノーランに抑えた朝日の先頭ピッチャーのことだった。

続いて、異様に足が速くて守備の巧い一番打者の話になり、さらに四番打者のパワフルな打撃の話になる。サードの俊敏さを誉める者もいれば、朝日の要は実はファーストだと主張する者もいる。すると、そうではない、朝日を引っ張っているのは地味だけれども堅実なリードをするキャッチャーだと言う人が現れ、口論になった。

そんな話をしているうちに、

「あのさ、さっきから先頭ピッチャーの話ばかりしてるけど、そのあとに出たピッチャーはどうだったんだ?」

と誰かが尋ねる。すると、試合を見た人たちはみな一斉に笑い出し、

「ああ、あいつね」

と口を揃えて言った。

「いいピッチャーなんだけど、時々とんでもない暴投をするんだ」

「そうそう。でも、当人は全然反省してないんだよ」

「暴投を投げるたんびにキャッチャーが怒ってマウンドまで走ってたな」

「六回の表なんて、どの打者にも立て続けに大外れのボール球を投げて、全員3ボー

ルノーストライクになってたじゃないか」

「うん、だけど、そのあと、立て続けに速球でストライクをとって、結局全員三振でしとめただろ」

そんなことを言われても、試合を見ていない人にはそれがどんなピッチャーなのか想像もつかない。

「結局、そのピッチャーは投手としてどうなんだい？」

そう誰かが尋ねても、

「さあ、どうなんだろう？」

誰もきちんと答えることができない。その代わり、一つだけ誰もが同じように答えることがあった。

「朝日の次の試合？　もしやってくれるんだったら、どんなことがあっても見に行くよ。あの二人のピッチャーをぜひもう一度見てみたいからね」

それ以来、朝日は負けなしの常勝街道を歩んでいくことになる。ただし、対戦相手はまだ、日本人のチームだけだった……。


この頃になると練習の帰りに鏑木老人の家に寄るのが馬車松の習慣になっていた。

その日もいつものように馬車松が鏑木老人の家に行くと、そこに意外な人物がいた。

児島基治である。

無骨一点張りの鏑木老人と、どちらかと言えば器用に世渡りをする児島基治とは、人間のタイプがまるで違う。児島には悪いが、鏑木老人は児島のような人間はあまり好きではないだろう、と馬車松は勝手に思い込んでいた。二人とも朝日に力を貸してくれている人たちではあるが、そんなわけで馬車松はこの二人を紹介することを何となく引き延ばしていたのだ。

ところが、その児島が鏑木老人の家に上がり込んでいる。

「遅かったじゃないか、馬車松。児島君がさっきからおまえを待っておったぞ」

鏑木老人が赤い顔をして馬車松に言った。どうやら馬車松が来る前から二人で酒を飲んでいたらしい。

「鏑木さんと児島さんというのは珍しい組み合わせだな。だけど、児島さんはどうしてここに?」

馬車松が聞くと、

「鏑木先生からは色々と日本文化についてご教授いただいているんです」

児島はそつなく答えた。

「馬車松さん、あなたもそうでしょうが、外国に来てる日本人というのは、外国の文化を吸収するのに精一杯で、日本人でありながら日本の文化をほとんど知りません。

これではいけないと思い、最近ある人に鏑木先生を紹介していただいて、今は先生から俳句の手ほどきを受けているのですよ」

　児島から先生と呼ばれて気をよくした鏑木老人が嬉しそうに笑う。

「馬車松、おまえにも俳句を教えてやろうか」

「いや、俺はいい。そんな風流なもの、興味がないんでね。俺は日本文化を吸収する代わりに、日本の酒を吸収させてもらうよ」

　そう言いながら、馬車松は勝手知ったる他人の家とばかりに、勝手に台所から湯飲みを持ってきて、一人でやり始めた。

「だけど児島さん、あんたも暇人だな。こんな人に日本の文化を教えてもらうなんて」

「私だけではありませんよ、鏑木先生から日本文化を学ぼうとしているのは。特にイギリスとドイツの戦争が始まってからは、いろんな人が鏑木先生から教えを受けたいと言っています」

「戦争と鏑木さんとどういう関係があるんです？」

「同盟国だというのでカナダ人が日本に対して親近感を持つようになってきたのは、馬車松さんもご存知でしょう？」

「ちょっと待ってくれ。ということは、カナダ人の中に鏑木さんから日本文化を学んでる奴もいるのかい？」

「馬車松さんはグローブを知ってますか?」

「そりゃあね、俺は野球をやってるんだから、グローブくらい知ってるよ」

「そのグローブではなく、新聞の『グローブ紙』のことです。そこでスポーツ面をやっている記者がいましてね、ジャパニーズ・フェンシングである剣道を鏑木先生から習いたいと言っているんです」

その児島の言葉を受けて、鏑木老人がますます上機嫌になっている。

「どうだ、馬車松。素晴らしい文化というのは日本だの、カナダだのという国境なんか簡単に超えてしまうんじゃよ」

そう言うと、酒をグビリと飲んで、ガッハッハッと豪快に笑った。何年か前まではその白人をぶち殺すなどと言っていたことはすっかり忘れてしまったようだ。馬車松が呆れたように鏑木老人の自慢げな顔を見ていると、児島が馬車松に言った。

「馬車松さん、グローブ紙はバンクーバーで一番読者の多い新聞です。鏑木先生が剣道を教えてくれるのであれば、その記者は新聞の文化面に大々的に記事を載せると言うんですよ。バンクーバーのカナダ人チームが朝日と試合をしないのは、負けて恥をかくのが怖いからだって。そこまで言われれば、白人たちも朝日を放っておくわけにもいかないでしょう」

そう言われて馬車松は目を丸くした。けれども、児島はさっきからの愉快そうな表情を崩そうとしない。

「もうすぐですよ。もうすぐ、朝日は白人のチームと試合ができます。ですから、馬車松さん、それまでの間、朝日は一度も負けないでいて下さい。不敗のチームであることが、白人たちと戦える唯一のカードなんですから」

そう言って児島は鏑木老人に酌をされた湯飲みの酒を一気に飲み干した。

「うまいですねえ、鏑木先生。剣道も俳句も酒も素晴らしい日本の文化だ。だけどそのうち、日本の野球も日本の文化の一つに加えられますよ」

児島がそう言うと、鏑木老人は満足げにうなずいた。意外とこの二人は気が合うのかもしれない。


その日はさらに思いがけないことが起きた。

馬車松が鏑木老人の家で児島と大いに飲み、したたかに酔っ払って家に帰ると、宮本衣料食品店の前に一人の男がポツンと立っていたのである。

日本人街はバンクーバー市内の中ではかなり治安のよいところだが、深夜に見ず知らずの男が家の前に立っているのは気持ちのいいものではない。一瞬で酔いが覚めたような気がする。

「誰だ？」

馬車松が言うと、

「宮本です」

と男が答えた。

「宮本？　ふざけてるのか？　宮本は俺だ」

本名が宮本松次郎の馬車松が酔いも手伝って怒鳴り返す。

「いえ、私も宮本って言うんです。パウエル・ストリートの外れでクリーニング屋をやってる宮本ですよ。馬車松さん、あなたも何度か使ってくれたことがあるはずだけど」

そう言われて馬車松はようやく思い出した。名字が同じだったので、そのことで一度だけ出身地を尋ねたことがある。あいにくと二人は同郷ではなかったが。

「そのクリーニング屋の宮本がこんな夜中に何の用なんだ？」

「大した用事じゃないんだけど」

とクリーニング屋の宮本はボソボソと言った。

「朝日に私を入れたほうがいいと思って、それで来たんです」

クリーニング屋の宮本はカナダではハリー宮本と呼ばれていた。昨年までアメリカのカリフォルニア州にいたという。

「日系人に対する差別が酷くて、それでシアトルに移ったんです。馬車松さんはシアトルは行ったことがありますか？　同じアメリカでもカリフォルニアに比べるとまだ差別の少ないところで、しかも野球が盛んなんです」

ハリー宮本は言った。馬車松が訳の分からないうちに家に上がりこんで、馬車松が淹れたお茶を旨そうに飲んでいる。驚くほどマイペースな男だ。

「私も野球なら自信がないこともなかったから、シアトルの日系のチームに入れてもらってしばらく彼らと〝遊んで〟いたんですけど――」

年齢からすれば馬車松に近いようだが、ハリーはテディたち二世と同じように「野球をする」ことを「遊ぶ」と言う。

「何かうまくいかなかったんですよ。皆、何か勘違いしてるみたいで、これじゃあダメだと思ったんです」

「シアトルの日系チームは、君から見てどこがダメだったんだ？」

馬車松がハリーに聞いたが、ハリーはその質問には答えずに話を進めた。本当にマイペースな奴だ。

「それでシアトルの野球チームは辞めてしまって、そうなると、シアトルにいても面白くないから、今度はカナダに行ってみようと、バンクーバーにやって来たんです。シアトルからバンクーバーまでなら列車でも一晩で来られますからね。それで、私を使ってくれるチームはないかって一年くらいあちこちの試合を見て歩いていたんですけど」

「なるほど、それでうちのチームの試合を見て、一緒にプレーをしたくなったんだな？」

「まあ、そうです」

「やっぱり君の目から見ても、朝日は魅力的なチームに見えたのかい？」

馬車松が嬉しげに言うと、

「いいえ、そうじゃありません」

ハリーは言下に馬車松の言葉を否定した。

「こんなことをやっていたら、朝日はシアトルの日系チームの二の舞になってしまうと思ったんです。せっかく将来性のあるいいチームなのにもったいないって。だけどね、そんなことは言葉で説明したって分からないだろうから、それなら私がチームに入って、一緒に〝遊び〟ながら教えてあげたほうがいいと思って」

「何だと？」

馬車松は思わず椅子から立ち上がった。

「おまえ、何様のつもりだ？」

「ですから、ハリー宮本だと言ってるじゃないですか」

「名前を聞いてるんじゃない。偉そうな口を利きやがって。だったら朝日なんかに入らずに、他のチームに入ればいいだろ」

「それじゃダメなんですよ。今の時点で朝日の欠点に気がついているのは私だけですからね。私が他のチームに入ったら、そのチームが朝日に勝ってしまいます」

「この野郎。じゃあそうすればいいじゃないか。やれるものならやってみろ」

「ところが、それじゃあダメなんですよ。どれだけ私がそのチームを強くしても、そのチームは朝日には勝てるだろうけど、白人のチームには勝つことができません。今のところ、バンクーバーで白人のチームに勝てる可能性を持ってるチームは朝日だけなんですから」

「おまえの言い草だと、今のままだと朝日は白人には勝てないが、おまえが入れば白人に勝てるみたいだな」

「そうなんです」

「ふざけるな」

そう言うなり、馬車松はハリーを家から追い出した。せっかく数時間前まで児島や鏑木老人と楽しく酒を酌み交わしながら、近々実現できるであろう白人のチームとの試合についてあれこれと話をしていたというのに、その楽しい気分が台無しになってしまった。

「馬鹿野郎」

馬車松はハリーが出て行ったドアに向かってもう一度吠えてから、寝床の中にもぐりこんだ。


次の日、いつものように馬車松がパウエル球場に行くと、珍しく九人の選手が全員揃う日だったからか、皆でミニ試合をやっていた。ミッキーがピッチャーで、ヨーがキャッチャー、そしてバッターボックスにはジュン伊藤が入っている。

「じゃあ、あそこでファーストを守っているのは誰だ?」

馬車松がよく見ると、一塁ベースの近くで守備をしているのは、昨夜馬車松の家に来たハリーという男だった。一瞬そうだと分からなかったのは、ハリーがちゃっかり朝日のユニフォームまで着ていたからだ。一体、誰に何と言って、あのユニフォームを手に入れたのか。

おまけにミッキーに向かって「いいぞミッキー、打たしていけ」などと気安い口を利いているのだから、馬車松は呆れた。

「あいつ、勝手に何をしてやがるんだ」

やめさせようと馬車松がグラウンドに入った瞬間、ミッキーの投げたボールをジュンが打った。これまでの試合では敵チームの打者にはほとんど前に飛ばされたこともなかったシュートだった。だが、さすがにジュンはミッキーの変化球の練習に付き合ってきただけあって、ミートだけなら難なくできる。

打球はセカンド方面に転がっていった。このままなら単純なセカンドゴロだ。ところがあいにくとミニ試合なので、セカンドを守っている選手がいない。すると、ファーストを守っていたハリーが思いがけない俊足を見せ、横っ飛びに飛んでそのボールを捕球した。その勢いでハリーが地面の上に二回転がっているうちに、打者のジュンは走り、ピッチャーのミッキーもファーストベースのカバーに回る。

地面に転がったままハリーが投げたボールがミッキーのグローブに入り、そのミッキーが一塁ベースを踏むのと、ゴロを打ったジュンがベースを踏むのがほぼ同時だった。

「どっちだ？　アウトか？　セーフか？」

誰にともなくミッキーが聞くと、ベースを走り抜けたジュンが戻ってきてこう言った。

「アウトや。僕の足よりもハリーさんの送球のほうが早かったわ」

そして、まだ地面に転がったままのハリーに向かい、

「ハリーさん、ナイスプレーや」

労いの言葉をかけると、ハリーはようやく立ち上がった。

「いや、今のじゃダメなんですよ」

「何でや？　普通やったら絶対に捕られへんボールやってんで。それを捕るだけでもすごいのに、あの体勢から投げて僕をアウトにしたんやから」

「いえ、そもそもあんな無茶なプレーをしちゃダメなんです。さっきの打球は私の後ろにいたレフトに任せるべきでした」

「けど、ファインプレーやで」

「今のはたまたまうまくいきましたけど、あんなことばかりしていたらいつか怪我をします。怪我をする危険性のあるプレーはするべきじゃありません」

「けど、それやったら今の球はヒットになってるわ」

「ええ、ですから、そもそもピッチングがよくなかったんです。シュートの切れはよかったけど、もう少しコースをついて投げるべきだった。そうすればゴロはファーストの正面に来たでしょうから」

　ハリーが思いもかけずミッキーのピッチングにケチをつけたので、その場の雰囲気が一瞬気まずくなった。ヨーは、絶対にミッキーが怒り出すだろう、と思った。今のはミッキーの失投ではない。ミッキーはジュンをきちんとセカンドゴロにしとめたのだ。それが放っておけばヒットになりかねなかったのは、これがミニ試合でセカンドを守る選手がいなかったからだ。それなのに、ハリーはミッキーに対して重箱の隅をつつくような批判をしている。

その時、ミッキーがゆっくりとハリーに近づいていったので、ますます周りの者は喧嘩になると思った。ところが、ミッキーは怒ったそぶりなど見せず、いつもの不貞腐れたような顔で言った。

「あんた、名前はハリーさんだったたね」

「そんな、さん付けしなくてもいいです。ただのハリーで」

「じゃあ、ハリー、俺はどういう球を投げたらよかったんだ？」

「あのシュートをあとボール二つ分くらい内角に投げたらよかったんです。そうすれば、さっきと同じようにバッターがボールをひっかけるにしても、もう少し打球が詰まってファーストゴロになっていたでしょう」

「なるほどね」

ミッキーは納得したようだが、納得できないのは、その時になってようやくグラウンドに出てきた馬車松だった。

「おい、おまえ、何をしてるんだ」

いきなりハリーに怒鳴りつけた。

選手の皆からの話を繋ぎ合わせると、どうやらこういうことだったらしい。

選手が九人グラウンドに揃って、キャッチボールをしているとハリー宮本がフラリとやって来て、自分は昨日馬車松監督の了解をもらってチームに入れさせてもらった、と自己紹介した。すると人のいいトム的川が毎朝仕事をしている児島の事務所までひとっ走りして、余っているユニフォームをもらってきた。ユニフォームに着替えたハリーが、せっかく十人いるのだから、五人対五人でミニ試合をしようと言い出したというのである。

「誰がおまえをチームに入れると言った」

まだ怒っている馬車松をなだめたのはジュンだった。

「まあ、ええやないですか。このハリーちゅうのは、監督さん、あんたもさっきのプレーを見ましたやろ？　なかなかうまいですわ。これやったら、選手として結構使えるんと違います？」

「だけど、こいつは夕べ俺の家に来て、今のままだと朝日はダメになるなんて言いやがったんだ」

けれども、もともと呑気なジュンはそんなことを言われても驚きも怒りもしない。それどころか「そら、面白い」と笑い、とんでもないことを言い出した。

「ほんなら、ほんまに今の朝日があかんかどうか、試合をして確かめてみましょうな。ミッキーがおるチームはハリーが、テディが投げるチームは馬車松さん、あんたが監督をして、実際にどうなるか確かめてみたらよろしいがな」

先攻は馬車松率いるテディチーム。後攻がハリー率いるミッキーのチームということになった。

さっきまでは、五人しかいない野手はピッチャー、キャッチャー、ファースト、サード、レフトを守っていたが、ハリーはレフトを守っていたトムにショートを守るよう指示を出した。そして、ピッチャーマウンドに行くと、ミッキーと何やらヒソヒソと話をしている。

珍しくミッキーが面白そうに微笑みながらうなずくと、ハリーは一塁のほうへ帰って行った。さっきまでは選手の数が少ないのをカバーするため、一塁ベースからかなり二塁寄りを守っていたのに、今回は一塁ベースに足をピタリと置いている。

「あれじゃあ、一、二塁間がガラガラだ」

馬車松側の選手は誰もが思った。

ところが、この回の打者は全てサードゴロかショートゴロに打ち取られた。ミッキーの投げたカーブが絶妙のコーナーをついたため、誰もがボールを引っかけた上にバットを無駄に振り切ってしまったので、同じような場所にゴロを打つ羽目になったのだ。全てハリーの作戦どおりだった。

そして、ハリーのチームの攻撃の回、一番打者のヨーは右打者で、他のチームメイトよりも背が低いにもかかわらず、バッターボックスの一番左の奥に、しかもバットをものすごく短く持って立った。

「それじゃあ、外角の球に手が届かないじゃないか」

そう思ってテディは外角ギリギリの高めに投げようとしたのだが、少し狙いすぎたのか、球一つ分だけストライクゾーンから外れてしまった。コントロールのいいテディにしては初球からボールというのは珍しい。

二球目。今度はヨーはバッターボックスのギリギリ前まで来て、ストライクゾーンにかぶるようにして構えた。こうなると、内角に投げるとデッドボールになってしまう。だが、それでもストライクゾーンに入ってさえいれば、ボールはストライクと判定される。では、ボールをヨーにぶつけるのを覚悟の上で投げるべきか。

結局、テディはチームメイトのヨーにボールを当てることを恐れて、真ん中から外角に曲がるカーブを投げたのだが、これも外れてボールとなった。

三球目、四球目とこの調子で、ヨーはわざと投げにくい場所でバットを構えているだけでテディにボールを連発させ、とうとうフォアボールで出塁した。そして、続くトニー児島もハリーの指示で同じことをしてきた。

テディの球は手元で伸びるのでなかなかうまく前に打ち返せない。それならばヒットは最初から諦め、ストライクはカットしてファールにしてしまい、徹底的にフォアボールを狙うという作戦だった。

そのことにテディが気づいたのは、トニーに対してもボールを連発している時だった。

「くそっ」

思わずいらついたテディが一瞬気を抜いた瞬間、

「今だ！」

ハリーがベンチから叫んだ。途端にヨーがダッシュして、あっという間に盗塁を決めた。

その後もテディはうまくリズムに乗れず、結局トニーをフォアボールで出塁させてしまい、ノーアウト一、二塁となった。

「ふん、だったらさっきのヨーの盗塁は無駄じゃないか」

馬車松はベンチでそう毒づいたが、ハリーの考えはそうではなかった。

まず盗塁を許したことでピッチャーのテディにプレッシャーを与え、なおかつヨーがふたたび盗塁する可能性があるということをテディの頭に叩き込んだ。ランナーの盗塁を気にしながら投げるのと、ただ打者にだけ向かうのとでは集中力が変わってくる。だからこそテディはトニーにもストライクがとれなかった。ヨーの盗塁は効果的な攻撃だったのだ。

三番打者はこういう場面にはもっとも嫌なバッターであるケン鈴鹿だった。

ケンはスクイズをすると見せかけては、何度もバットを引いた。テディはそのたびに前にダッシュしなくてはならない。何度目かのテディのダッシュの時、ケンはボールにバットを軽く合わせて、テディの頭上を超す小さなフライを打った。

選手がきちんと九人いる試合ならどうなっていたか分からないが、これは守備が五人しかいないミニ試合である。守る選手のいない場所にボールは転々と転がっていき、ケンの俊足もあって、これがランニングホームランになった。

いかにミニ試合とはいえ、これまで公式の試合では自失点がゼロだったテディから、あっという間に三点を取ったのである。しかも、大きい当たりは一本も打たずに。おまけにこの時点でまだ一回の表でノーアウトだった。

ベンチにいた馬車松は思わず唸り声をあげ、その隣でジュン伊藤は愉快そうにヒューッと口笛を吹いた。

テディは自分の身に何が起きたのかうまく理解できず、マウンドの上で呆然とするしかなかった。

ハリーの見る目は間違いない。この日からハリー宮本も正式に朝日に加わることになった。

イニング5

～一九一九―二一年～

練習と仕事、学業、そして時折行われる日本人チームとの試合に明け暮れる毎日が、それから約五年間続いた。

当初十三歳だったテディも十九歳。この年頃の男は驚くような成長を遂げる。線の細さは相変わらずだったが、身長は伸び、身体の芯には鋼のような筋肉が通っている。顔つきも精悍になり、どこから見ても一人前だ。

それは結成当初からいるバンクーバー朝日のチームメイト全てに言えることだった。もう誰も、彼らを『少年野球チーム』とは言わない。それどころかこの五年で、朝日は日系人野球チームの中で、トップクラスの実力を身につける。児島基治が頼んだ『日系人ナンバー1』のチームに、馬車松は五年で辿りついたのだ。チームに憧れて入団してくる若い選手も増え、そのことでさらに選手層が厚くなると、チーム内でも競争が生まれる。朝日は日を追うごとに、さらにその実力を高めていた。

そんな中、児島の策が功を奏して、朝日はインターナショナル・リーグに参加することになった。

カナダのセミプロチームは実力が拮抗するチームが何球団か集まり、リーグを結成して、リーグ戦を行っている。そのリーグ戦の覇者がその年の優勝チームとなるのだ。

朝日がオファーを受けたインターナショナル・リーグはその名のとおり、様々な国籍のチームが入り交じるリーグだった。もちろん白人のチームも含まれている。インターナショナル・リーグに参加することは、朝日が白人のチームと戦う切符が手に入ったことを意味していたのである。

この話が日本人街に伝わるや、日系人の間では大騒ぎになった。まだ対戦相手すら決まっていないというのにである。

「とうとう白人と一騎打ちだ」

「日本人がどんなものか見せてやれ」

日本人街のそこここでわめいている。

彼らにしてみれば、これまでの白人に対する鬱屈を朝日の勝利によって晴らす思いだったのである。

そして、その機会は彼らが期待していた以上に早くやって来た。

一九一九年五月、朝日が参戦したインターナショナル・リーグが開幕するや、朝日の最初の対戦相手が白人チームと決まったのだ。相手はバンクーバー港で働く湾岸労働者のチームである。

　試合当日、パウエル球場は黒山の人だかりだった。

　興奮しているのは日系人だけではない。

「どっちにしたって、ジャップの野球チームだ。強いといってもたかが知れている。本当の強さを思い知らせてやれ」

　最強の日系人チームと噂の高い朝日との対戦に、白人もまた燃えずにはいられない様子だった。

　両チームの対戦は、野球の試合でありながら、単なる野球の一戦を超えていた。日系人と白人、両社会の間に横たわる因縁を背景に、互いのプライドをかけた激突の場になっていたのだ。

　第一次世界大戦の時、日本とイギリスが同盟国だったこともあって、イギリスと関係の深いカナダでも、日本人に親近感を持つ風潮が芽生えた。

　ところがこの頃になると、その反動でまた、日本人への風当たりは強くなっていたのである。

　日本もカナダも主戦国ではなかったので、戦争による直接的な被害はほとんどなかったが、終戦によってカナダの町の様相はジワジワとだが変わっていった。

　ヨーロッパに派遣されていたカナダ人の兵士たちが続々と帰国してきたのである。

ヨーロッパで戦争に兵士として参加していたカナダ人は、ほぼ全員が働き盛りの男たちである。彼らが戦地で戦っていた間、彼らが抜けた仕事場の穴を埋めたのが参戦義務のなかった日系人たちだった。であれば、兵士たちが帰って来たのだから、その仕事はふたたびカナダ人の手に戻してもらわなければならない。それが彼らの言い分だった。

実際には日系人たちの職の大半は戦争以前から従事していたものだったのだが、だからといって、帰国した兵士たちを失業させたまま放っておくわけにはいかない。何しろ彼らは宗主国イギリスのために戦地で戦ってきた英雄たちなのだ。

ふたたび工場などを中心として、日系人労働者の大量の首切りが断行された。これでは日系人がカナダ人に対してよい感情を持てるはずがない。一方、帰国したカナダ人も全員が前と同じ条件の職場に戻れたわけではなかった。以前と比べて賃金が少しでも安くなれば、それは戦争のせいではなく、戦争の間自分たちの仕事を安い賃金で請け負ってきた日系人たちのせいだと彼らは考えたのである。

大戦も終わり、戦争の高揚感が落ち着いて人々が自分の生活を見つめ始めると、ふたたび日本人への差別と排斥が盛り上がっていたのである。

ふたたび日系人はカナダ人を憎み、カナダ人は日系人を疎ましく思うようになっていった。

「これは戦争だ！」

日系人も白人もそういって息巻いている者がいる。両チームの応援もまさに真っ向対決だ。日系チーム同士の対戦とは比べものにならない熱気が、パウエル球場を呑みこんでいた。

試合は朝日の先攻だった。

一番打者のケン鈴鹿がバッターボックスに入った途端、観客席の白人たちの間からあざ笑うような野次が飛んだ。

「おい、小っちゃいの。バットを振れるのか」

ケンの身長は百五十センチそこそこである。小さな日本人選手の中でもとりわけ背が低い。一方、相手ピッチャーは百八十センチはゆうにある。マウンドに立つと、港湾労働で鍛えた体がいっそう逞しく見えた。

白人の主審がプレイボールを告げた。

大きな体をもてあますような、ギクシャクした投球動作からの第一球目。力任せに投げた直球が、ケンの頭上を勢いよく通ってバックネットに突き当たった。

「オーッ」

という観客のどよめきが聞こえる。

ピッチャーにしてみればケンの体があまりにも小さいので、ストライクゾーンも狭くなり、投球に力が入ってしまったのだろう。それにしてもとんでもない暴投ではあった。

二球目、三球目も直球が上に、横に大きくはずれる。球威はあるのだが、コントロールがメチャクチャだ。結局、ストレートの四球でケンは出塁した。

二番打者はヨー梶。初球が投げられた時、いきなりケンが走った。ヨーはゆっくりとした大きな空振りで、ケンの盗塁を援護した。だが、その援護のスイングがほとんど必要がないくらい、ケンは楽々と二塁を奪った。

ヨーへの二球目。速球に力負けした緩い打球が三遊間に転がった。本来ならば二塁走者は走らない場面である。ショートが捕った打球をサードに送球されたら、折角二塁にいた走者がアウトになってしまう。

ところが、ケンは躊躇なく三塁へ走った。ショートを守っていた選手は、目の前を通り過ぎるケンの体が邪魔になって、一瞬ショートゴロの行方を見失ってしまう。ケンが狙っていたのはこれだった。焦った遊撃手はボールをファンブルしてしまい、うまく捕球することができない。そうこうしているうちにケンは三塁に辿りついた。焦った遊撃手は三塁ベース上にいるケンに気を取られながら一塁へ送球したため、これが悪送球となって、一塁手の後方にボールが流れた。

この好機を見逃す朝日ではない。

プレーが一段落した時には、ケンは本塁を駆け抜け、ヨーは二塁ベース上で余裕の腕組みをしていた。あっという間の先制攻撃だった。

思わぬ失点に、ピッチャーの顔が怒ったように紅潮している。そして、ノーアウト二塁というまだ続く絶好のチャンスに登場した三番打者がハリー宮本だった。

ハリーは持ち前の図々しさで馬車松の反対を押し切って朝日に加入し、しかもその抜群の野球センスで三番打者の地位を得ていた。本来であれば四番を打つテクニックと力を持っているのだが、ハリーのたっての希望で三番を打つことになったのである。

ハリーの考えでは、朝日のような機動力を最大の武器とするチームは、試合の初回に三者凡退で終わってしまってはその持ち味が出ない。

「だったら、一番打者から三番打者までの三人は、どんなことをしてでもいい、確実に塁に出ることができるバッターを揃えるべきじゃないですか」

ハリーとは衝突することの多い馬車松ですら、ハリーのこの意見にはうなずくしかなかった。それにそもそもハリーは四番打者を辞退してまで三番を打ちたいと自分から申し出ているのである。馬車松に反対する余地などない。

そのハリーの打席である。

ようやくコントロールが定まってきたピッチャーが内角高めのきわどいコースに投げてきた。これは打ってもヒットにはならない。一瞬でそう判断したハリーはこのボールを三塁線をはみ出すファールにした。

ハリーが嫌うのは空振りや見逃しでストライクを取られることだった。バッターとピッチャーはボールを介して肉体だけで戦っているのではない。心理的に優位に立ったほうがその打席を制するのだ。空振りや見逃しでストライクを取られることは、たとえ一球であってもバッターがピッチャーから心理的に追い詰められることになる。しかし、きちんとミートできない球をひっかけて内野ゴロや内野フライにしてしまうのはさらによくない。

であれば、ヒットにできないストライクボールはファールでカットしていくのが、ハリーの理論ではベストの対処法なのだ。

ピッチャーはその後、立て続けにボール球を投げた。ハリーは決してボール球には手を出さない。ピッチャーにはできるだけ多く球を投げさせること、これもハリーの野球哲学の一つである。

カウントが3ボール1ストライクになった。次は必ずピッチャーはストライクを投げてくる。しかも、ボール球になるのを恐れて、かなり甘いコースのストライクを投げるだろう。そう考えたハリーはさりげなく二塁にいるヨーにヒットエンドランのサインを出した。

予想どおり、ピッチャーはほとんどど真ん中に近い球を投げてきた。

絶好球である。朝日の中ではパワーヒッターの部類に入るハリーの力なら、センター越えの打球を打ってもおかしくない球だった。

だが、ハリーはその瞬間バットの握りを短く持ち直すと、正確なミートだけを心がけて、そのボールを綺麗に流してライト前に打ち返した。

すでに走塁体勢に入っていたヨーは、ハリーが打ったボールをライトがキャッチした頃には早くも三塁を駆け抜けている。ハリーが一塁に辿りついた時には、ヨーはあっさりとホームベースを踏んでいた。

これで二点目。

ヨーはチームメイトから、体中を叩かれる乱暴な歓迎を受けながらベンチに戻った。選手たちの大半はあっという間の二点の先制に気をよくしている。

だが、こうしたハリーのプレーを快く思っていない者もいた。

「どうして、あんなちまちまとした野球をやるんだ。ハリーの実力なら、あそこはセンター越えのホームランを狙うべきところだろう」

ヨーを笑顔で迎え入れながらも、馬車松の頭にはどこか納得のいかない思いが渦巻いていた。そして、実はテディもほぼ同じことを考えていたのである。

テディは白人たちに対して特別な感情を抱いている。

野球という素晴らしいゲームを考え出し、それを自分たち日本人に教えてくれたのは白人だ。だから、テディは白人たちには感謝をしている。

だが、テディは白人たちから直接野球を教わったわけではない。テディに野球を教えてくれたのはミッキーだ。ミッキーという素晴らしい選手がいたからこそ、テディは野球の素晴らしさを知り、自分もミッキーのような選手になりたいと思って野球を始めた。ミッキーと白人がいなければ、テディは野球をやっていなかっただろう。

そのミッキーの肩を壊し、速球投手としての選手生命を奪ったのが白人だった。

クリスチャンになったミッキーは、もう白人を恨んではいない、と言う。だから、テディも白人たちをミッキーと同じ目に遭わせてやろうとはもう思っていない。だが、だからといって、ミッキーのようにあっさりと白人を許す気にはなれなかった。

ミッキーは暴力はいけないと言う。暴力で勝ったところで、新たに憎しみが生まれるだけだと。

だったら、野球で白人たちを徹底的にやっつけてやりたい。

白人のチームとの試合が決まった時、テディが考えたのはそのことだけだった。だから、テディはその試合では絶対に自分をピッチャーにしてくれと馬車松に直訴したのである。

そのテディが一回の裏、ピッチャーマウンドに上がった。

気負いすぎたのか、一球目は外角に大きく外れるボール球だった。コントロールのいいテディにしては珍しいことである。ただし、球はいつも以上に走っていた。二球目、三球目といいコースにボールが入り、たちまち1ボール2ストライクになった。そして、とどめの球はカーブだった。バッターが左打者だったので、ボールが外角から内角へ切れ込むようにして入っていった。

バッターは思わずのけぞり、尻餅をついた。観客からはその無様な姿に笑いが漏れる。

挑発的なピッチングではあった。コントロールのよいテディは絶対にデッドボールにはならないという自信があって投げたのだが、内角へ鋭くえぐり込むボールは人によってはビーンボールに見えただろう。ビーンボール、つまり相手の頭をあえて狙って投げる威嚇球だ。少なくともこの一番打者はそう思い、テディに向かって罵声を投げかけた。

「今の球はストライクなんだから、ビーンボールじゃないんだよ。見送りの三振であんたの負けだ」

テディがこのバッターに分かるように英語でそう言った途端、白人の主審がボールを宣告した。

「何でだよ！」

今度はテディは日本語で叫んだ。思わずマウンドから降りて主審のところに駆け寄りそうになるのを、キャッチャーのヨーが立ち上がって手で制す。

「テディ、気にしちゃダメだ」

やはり日本語で言った。

「白人はしょせん白人の味方なんだ。たとえアンパイアであっても。だったら、白人たちがグウの音も出ないような球を投げてやればいい」

けれどもテディの気は収まらない。

そのため微妙にだがテディのピッチングが乱れた。一番打者を内角の低めの速球で三振にしとめたものの、二番打者には珍しくボールを連発してしまい、たちまちカウントは3ボールノーストライクとなってしまった。

「どうしたんだ、テディ」

キャッチャーのヨーがテディに言うが、テディからしてみれば、コースをついたきわどい球は全てアンパイアがボールに判定しているようにしか思えない。

「くそっ、だったら、どこに投げろって言うんだ」

イライラしながら投げた四球目が、投げるつもりでいたコースよりもボール二つ分だけ真ん中に寄った。

腕の太さが小柄なケン鈴鹿の太ももよりも太い、その白人バッターが思いきりフルスイングすると、ボールは見事にジャストミートして、センターを守っていたエディ北山のはるか頭上を越えていった。

その日の夜、馬車松は鏑木老人の家でしたたかに酔った。

鏑木老人はなおも飲もうとする馬車松を止めようともしない。それどころか、自ら馬車松の湯飲みにとっておきの酒を注いでやる。そうして、馬車松の真っ赤になった顔を見ながら、

「柔よく剛を制すじゃな」

とポツリと言った。

それがその日の朝日の試合の的確な総評になっていた。

朝日は結局十対二という圧倒的な強さで白人チームに勝った。初めての白人との試合にこれだけの大差をつけたのだから、上出来と言っていい。少なくとも日本人街の日系人たちは朝日の大勝利に有頂天になった。おおかた、今もまだ彼らはバンクーバーのそこここで酒に酔い、怪気炎を上げているはずだ。

あの試合を見ていた観客の中で、朝日の戦いぶりに不満を持っていたのは、おそらく鏑木老人くらいのものだったろう。鏑木老人は野球にそれほど詳しいわけではない。だがこれまで数十年の間剣道に精進してきただけあって、勝負とはどういうものかよ

く心得ていた。

その鏑木老人が見るところでは、朝日は試合には勝ったが、勝負に勝ったとは言えなかった。もっと正確に言えば、朝日の選手は半分は勝ち、残りの半分は負けたのだ。勝ったのはハリーとミッキーで、負けたのは馬車松とテディだった。

テディは白人との試合で初めて点を奪われた。しかも二点も。おまけにそのうちの一点は失投によるホームランだった。

「白人たちは力がある」

と鏑木老人は馬車松に言った。

「こればかりはどうしようもないんじゃ。何しろあいつらは肉を食ってるが、わしらが食うのはせいぜい鮭だからな。だから、そういう奴らとまともに戦っても力負けしてしまう。相撲がそうじゃろう。小さい力士が大きい力士にまともにがっぷり四つに組んだら負けるに決まっている。それなのにテディはそれをした。力で白人をねじ伏せようとしたんじゃ」

「俺はそれでいいと思ったし、それでいけると思ったんだ。テディの力なら、白人を抑えることができるって」

馬車松はモゴモゴと弁解じみた言葉を述べた。普段言い訳などしない馬車松にしては珍しいことだと鏑木老人は思った。そんな風に思われているとは気づかず、馬車松はさらに弁解を続けた。

「それにテディはただパワーだけで勝負したわけじゃない。あいつには白人たちを上回るだけのテクニックと繊細さがあった」

「そうじゃな。だが、そのテクニックと繊細さが足りなかったな。あれはいつものテディではなかった。なぜだか分かるか、馬車松？」

　すると馬車松はブンブンと首を横に振った。

「白人たちに対する怒りのせいなのかな、今日のテディには勝ってやろうという気持ちが強すぎた。平常心のテディならテクニックでかわす場面でも、力で勝負しようとした。そして、それが裏目に出たんじゃ。

　それとまったく正反対だったのがミッキーじゃった。二点を取られたテディに代わって四回からマウンドに上がったミッキーには、白人に対する怒りはなかった。あいつが考えていたのは、どうやってこの試合を勝つか、ということだけじゃった。いや、ひょっとするとミッキーは勝つことすら考えていなかったのかもしれん。うん、そうじゃ、あいつはな、二世の子どもたちがよく言うように、野球で〝遊ぶ〟ことしか考えていなかったんじゃ。

　ミッキーは平常心じゃった。だから、いつものように、いつもの力を、いつもどおり発揮することができた。

武道ではこういう平常心を禅などから学ぶんじゃが、ミッキーはどこでそういう平常心を身につけたんじゃろうな？　もしかすると、あいつが最近通っている教会で教わるキリスト教がそういうことを教えてくれたのかもしれんな。じゃとしたら、キリスト教もわしが思っているほど悪いものではなさそうじゃ。

肩を壊したミッキーは、パワーだけなら白人どころか日本人を相手にしても勝つことはできんかもしれん。だから、あいつは怪我をしてからは、力で勝負することはやめた。じゃが、だからといって、ミッキーは戦うことまでやめたわけではない。力で相手に敵わないのであれば、技で勝てばいい」

そこまで喋って、それ以上はもう何も付け加えることはないと思ったのだろう、鏑木老人は少しだけ話題を変えた。

「それはそうと、わしは野球のことはよく分からんが、それでも今日の試合のミッキーの変化球の切れは素晴らしかったと思うが、どうだ？」

「ああ、そうだな」

ようやく馬車松は重くなった口を開いた。

「爺さんはミッキーがいつもどおりだったと言っていたが、俺から見たミッキーの今日のピッチングはいつも以上のものだった」

「うん、ミッキーは素晴らしかった。それともう一人、わしが気になったのはハリーだ」

馬車松は手にした湯飲みから顔を上げて言った。

「爺さんはあいつのことが好きか？」

「好きだとか嫌いだとか、そんなことを言っているのではない。ただ、あいつは面白い男だな」

「どこが？」

「白人との戦い方をよく知っている。ミッキーとテディで言えば、ミッキーのやり方に近い。白人にまともに力でぶつかっては絶対に勝てないことを知っているからこそ、力以外で戦う方法を何とか探そうとしている」

「ふん、俺はあんなちまちました野球は嫌いだね」

馬車松は不味そうに酒をグビリと飲んだ。鏑木老人はそんな馬車松を息子のように見つめる。

「おまえもテディと同じで、白人に負けたくない、絶対に勝ちたい、という気持ちが強い。それは決して悪いことではないが、勝ちたいという気持ちが強すぎると、前後を見失う。自分の力を客観視せずに、がむしゃらに相手にぶつかっていってしまう」

「それが悪いか？」

馬車松が酔った目で鏑木老人を睨んだ。

「俺を誰だと思ってるんだ。馬車馬の馬車松だぞ」

「ああ、そうか。それを忘れておったわ」

そう言って、鏑木老人は愉快そうに笑った。

「おまえのチームだ。おまえの好きなようにすればいい」

それがその夜馬車松が覚えている鏑木老人の最後の言葉だった。あとは泥酔してしまって、何を言ったのか、また何を言われたのか、まったく覚えていない。


それから三日目の夜、北山三兄弟の父親が所有している倉庫にミッキーが一人でたたずんでいた。いつもなら弟のヨーを相手にこの倉庫でピッチングの練習をしている時刻だが、そのヨーの姿はそこにはなかった。ミッキーがヨーに、しばらくこの倉庫に来るな、と言ったのだ。

「うまくいったら、あとでおまえに全部事情を話すから、それまでは何も聞かずに、俺の言うとおりにしてくれ」

尊敬する兄からそう頼まれて、弟のヨーがいやと言うはずがない。

「分かったよ。じゃあ、ミッキーの言うとおりにするよ。その代わり、僕にできることがあったら何でも言ってね」

「そうか？　じゃあ早速で悪いけど、おまえのキャッチャーミットをしばらく俺に貸してくれないか」

「キャッチャーミット？　何でミッキーが？」

そう言って怪訝な顔をしているヨーから受け取ったキャッチャーミットを持って、ミッキーは毎晩この倉庫に一人でやって来た。そして真夜中になると一人で家に帰っていった。それがもう三日続いている。

「今日も来ないのかな」

ミッキーがそうつぶやいた時、ようやく倉庫の扉が開く音がした。ミッキーがこの三日の間、ずっと待ち続けていた者がやって来たのだ。

「遅かったな。待ちくたびれたぞ」

ミッキーが安堵した声で言うと、扉のほうから、

「ごめん」

と言うテディの声が聞こえてきた。

「さあ、早速やろう」

ミッキーはそう言いながら、わざとテディに見えるようにキャッチャーミットをはめた左手を高くかかげて見せた。そして、いつもヨーがキャッチングしている場所へと歩いていく。

「テディ、おまえの場所はそこだ」

ミッキーはいつも自分がピッチングしている場所を指さした。

ところが、テディはミッキーの言葉が耳に入らないのか、倉庫の扉の前から動こうとしない。

「どうしたんだ、テディ？　さっさとやろうぜ。何をやって……あれ？　おまえ、グローブを持ってきてないのか？」

「だから、ごめんって言ってるじゃないか」

「グローブを忘れたくらいで謝るなよ。ガキの頃はグローブなんか使わず素手で野球をやってたじゃないか。グローブなんかなくたって練習はできる」

「そうじゃないんだ、ミッキー。僕は断りに来たんだよ。せっかくミッキーが教えてやるって言ってくれたけど……」

そう言ってテディはペコリと頭を下げた。

「どうしてだ？　おまえだって、この前の試合で分かっただろう。白人相手におまえのストレートとカーブだけじゃ勝負にならないんだ。確かにおまえの球は速い。だけど、それじゃあ白人には勝てないんだよ。だから、俺が、俺の持ってる変化球を全部おまえに教えてやるって言ってるんだ。そうすればおまえは朝日のエースに……」

「ミッキー！」

テディが大声でミッキーの言葉を遮った。夜中に二人きりしかいない倉庫の中で、そのテディの声は怖いくらいに鳴り響いた。

「僕にそこまで親切にしてくれなくていいよ。それにチームに同じタイプのピッチャーは二人も必要ないって言ってたのはミッキーじゃないか」

「大丈夫だよ」

　ミッキーは優しい声でテディに言った。

「おまえが俺と同じ変化球を投げられるようになっても、俺とおまえはやっぱりタイプの違うピッチャーだよ。何しろ、おまえのほうが俺よりもずっと球が速いんだからな」

「違う」

「何が違うんだ？」

「僕なんかより……」

　そこまで言って、テディは俯いてしまった。

　テディは言いたかったのだ。

　僕なんかよりミッキーの球のほうがずっと速い。

　けれどもテディにはそれが言えなかった。実際には今のミッキーはテディよりもずっと遅い球しか投げられないからだ。

　テディにとってミッキーはずっと憧れの選手だった。テディはミッキーのプレーを見て、ミッキーのようになりたいと思って野球を始めた。そして、その思いは今も少しも変わっていない。テディは今でもミッキーのようなピッチャーになりたいと思っている。

それも肩を怪我する前のミッキーのようなピッチャーに。

テディにとってミッキーは世界一速い球を投げるピッチャーだった。排日暴動の時に怪我をするまでは。そして、その怪我の原因が自分であることもテディは気づいている。

だが、テディはそのことでミッキーに謝ったことはない。怪我の責任を引き受けるのがいやだったからではなかった。謝ってしまえば、ミッキーが今、速球が投げられなくなったことを認めることになるからだ。

ミッキー譲りの速球で白人のバッターをねじ伏せること、それが唯一自分にできるミッキーへの償いだと決めていた。

だから、僕はミッキーから変化球を教わるわけにはいかないんだとはミッキーには言えない。初めての白人との試合が終わった直後、ミッキーから変化球を教えてやるから、夜になったら倉庫に来いと誘われた時も素直にうなずけなかった。

たしかにこのままでは自分のピッチングは白人相手に通用しないかもしれない。けれども、だからといってミッキーのような速球で白人をねじ伏せる夢を棄てるわけにはいかないのだ。

「ごめん」

テディはもう一度そう言って頭を下げると、扉も閉めずにそのまま倉庫から走り去っていった。結局、ミッキーはただ一人、倉庫に残されることになった。

第一戦の勝利を皮切りに、朝日はインターナショナル・リーグで勝ち続けた。

インターナショナル・リーグの大半は白人のチームである。白人のチームはパワーはあったが、プレーには繊細さが欠けた。それが当時のバンクーバーの白人たちのプレースタイルだったのだ。だから、同じタイプのチームと戦う時はパワーとパワーの戦いになり、プレーの荒さは気にならない。だが、朝日と戦うとその雑さが際立ち、それが致命的な欠点であることを思い知らされることになった。

どのチームのどの打者も、一発狙いの大振りのスイングをしてくる。確かに当たればでかいだろう。ホームランすら簡単に打ってしまいそうだ。だが、バットがボールに当たらなければ、それはただ勢いのいい空振りでしかない。

それはピッチングに関しても同じことが言えた。白人のピッチャーは力でバッターをねじ伏せようとする。彼らはコースをついたり、カウントによって攻め方を変えたり、時によってはわざとボール球を投げたりするような細かい駆け引きを一切行わない。

とにかく速い球を投げる。そして、狙うのは三振。白人のピッチャーの頭にあるのはそのことだけだった。

しかし、これでは朝日の相手になるはずがない。朝日の選手たちは鏑木老人も指摘したように、力では白人に敵わないものの、テクニックやスピードでは白人たちのはるか上をいっていた。

そのテクニックとスピードをフルに使いさえすれば、いつでも白人のチームに勝てる……はずだった。

だが、朝日はいつも楽に白人たちに勝っていたわけではなかった。

監督の馬車松が正攻法で白人相手に勝ちたがったからだ。

たとえば、こんなことがあった。

ある白人チームとの試合で、珍しく朝日に得点がゼロの回が続いた。

五回表〇対〇で、その回の一番打者がハリー宮本だった。

ハリーはいつものようにきわどいストライクボールはファールでカットし、ボール球は見送るという戦法をとった。そして、甘いコースにボールが来るのを待っていた。

ところが、そのチームのピッチャーはこれまで対戦してきた中では図抜けてコントロールがよかった。そのため、ハリーが期待している甘いボールがなかなかやって来ない。

　結局ハリーは六球もファールで粘りながら、カウントは2ボール2ストライクのままだった。

　その時、ハリーはタイムを取り、打席を左から右へと変えた。同じバッターに急に打席の場所を変えられて、ピッチャーは混乱したのだろう。次の球はボールになった。これでカウントは3ボール2ストライク。すると、ハリーはふたたび打席を変えた。さらに混乱したピッチャーはまたしてもボール球を投げてしまい、ハリーはフォアボールで出塁。これがきっかけとなって、ピッチャーの制球力が弱り、あとは朝日がジワジワと打ち崩していった。

　つまりはハリーの頭脳の勝利だった。

　だが、馬車松はこうしたやり方で勝つことを好まなかった。あくまでも力で白人をねじ伏せたい。しかし、ハリーはその馬車松の戦法に真っ向から反対していた。

「それなら気持ちはいいでしょうね、たとえ負けたとしても。だけど、僕は勝ちたいんですよ」

　朝日はインターナショナル・リーグで勝ち続けていた。だが、それと同時にチームの中に微妙な亀裂も生じだしていたのである。

それでも、朝日は好調にリーグで白星を重ねていった。すると以前のように日本人に好意的な白人の客は激減していった。朝日の試合に白人たちが押し寄せたのは、唯一朝日がバンクーバーで白人チームの参加するインターナショナル・リーグに所属していたからであり、また白人たちが日本人のやっつけられるところを見たがったからだ。

ところが、そうした白人の野球ファンにとって腹立たしいことに、朝日はなかなか強かった。いや、なかなかどころか、その年には朝日はリーグ優勝の最有力候補のチームにすらなっていたのである。

朝日が負ける場面を見たさに球場に足を運ぶ白人たちは、自分たちの同胞の不甲斐なさに腹を立てた。少しでも白人のチームが朝日に押されると、白人の観客は白人の選手たちに対して遠慮なく罵声を浴びせる。

そこで白人選手たちは朝日に対して戦い方を変えてきた。実力で敵わないのであれば、違う形でジャップを痛めつけてやればいいことに気づいたのだ。そうすれば試合に負けても白人の観客たちからは喝采がもらえる。

その結果、ラフプレーが増えてきた。

選手たちの体と体がぶつかり合うような試合を重ねるごとに、馬車松の頭にはますます血が上り、ハリーはその反対にますますクールになっていった。馬車松は敵チームの暴力的なプレーにいらだち、ハリーはそれを敵のつけいる隙だと考えたのだ。

そんな状況の中、その年のインターナショナル・リーグの優勝チームを決める試合が行われた。もちろんその試合に出場するのは朝日だった。そして、その朝日に対するのは、パワーで押してくる白人チームの中でもとびきりパワフルな製材所で働く労働者たちのチームだったのである。


リーグの優勝決定戦は最初から荒れていた。

朝日としては、バンクーバーで日本人チームとして初めての、白人のリーグでの優勝をかっさらいたい。対する白人チームは、何としてもこの試合だけは朝日に勝たせるわけにはいかない。

しかし、意地だけで勝てるほど野球は甘いものではない。

堅実で繊細な攻めを信条とする朝日は、確実に白人チームを押していた。三回裏の時点で三対一と朝日の二点リードである。だが、これまでの白人のプレーを考えると、試合がこのまま順調に終わるとは誰も思っていなかった。

最初の事件は四回表の白人チームの攻撃の時に起きた。

テディの投げた速球をほとんど偶然という感じで、白人チームの一番打者がジャストミートした。その時、テディの球威に押されたのか、それともわざとだったのか、ボールを打った拍子にバッターの手から吹っ飛んだのだ。

打ったボールは弾丸性のピッチャーライナーだった。それと同時にバットまでテディめがけて飛んでくる。テディは左手にはめたグローブで飛んできたバットを何とか叩き落とした。けれども、それと同時にそのグローブでは、テディの顔をめがけて飛んできたボールを受け止めることはできない。

ピッチャーライナーはテディの顔の真ん中に当たり、テディはそのまま仰向けに倒れた。こぼれたボールを二塁手のケン鈴鹿が何とか捕球した時には打者はすでに一塁ベースを踏んでいる。

「こら、何ちゅうことするんや」

普段温厚なジュン伊藤がこのバッターに殴りかかろうとするところをケンが間に入って止めた。途端にベンチから馬車松が飛び出し、猛然と抗議に向かった。

ところが、馬車松が一塁ベースに辿りつくより、テディが立ち上がるほうが早かった。そして、立ち上がるなり馬車松に向かい、

「やめてくれ！」

と叫んだ。

「僕は大丈夫だから」

「全然大丈夫じゃないよ」

そう言ったのはサードを守っていたトニー児島だった。テディがライナーを食らって倒れた途端、守備をするのも忘れていち早くテディのもとに駆け寄っていたのだ。

「ものすごく鼻血が出てる。テディ、手をどけてみろよ。僕がみてやるから……あっ」

「どうしたの？」

「は、鼻の骨が折れてる」

「えっ」

テディが自分の鼻に触れると、見事に曲がっているのが分かった。

「すぐに医者を」

トニーがそう言いかけると、テディは「大丈夫だから」と言うなり、自分の鼻を右手で持ってグイッとひねった。

「いてて」

「バカ、無茶すんな」

トニーは怒鳴ったが、けれどもそのおかげでテディの鼻は元の位置に戻った。

「痛いだろう。すぐに医者に」

なおもトニーが気づかう。

「痛くないよ」

しかしテディは言い張った。

「あの時に比べたら」

「あの時？」

トニーはテディが何のことを言っているのかまったく分からない。また、分かるはずもなかった。テディはこう言いたかったのだ。

『肩を怪我させられた時のミッキーの痛みに比べたら、こんなのは痛いうちに入らない』

だが、テディは何も言わず、無言でトニーに手を振り、サードの位置に戻るよう指示しただけだった。

結局、今の事故は打者のバットが運悪くすっぽ抜けただけで、わざとではなかった、ということで落ち着いた。まず打者がそう主張し、審判がそれを認め、「それでいいよ」と一番の被害者であるテディが言うのであれば、どれほど馬車松が怒っていてもそれ以上怒りをぶちまけるわけにはいかない。

一触即発の事態で、喧嘩になるのを止めようとレフトから駆けつけたハリーは、テディの対応を立派だと誉め、まだ相手監督に詰め寄ろうとしている馬車松に向かって、

「落ち着け！　いつもの指導はどこへ行ったんです。今こそ大和魂と武士道の見せどころでしょう」

そう言って馬車松の怒りを鎮めた。

しかし馬車松とハリーの仲には微妙な溝が生まれた。ともあれこれで全て落ち着いた……と思ったのは、次のテディの投球までだった。

次の打者に向かってテディが投げたのは、内角低めの緩めのボールだった。バッターにボールをひっかけさせて、内野ゴロを打たせ、ゲッツーを狙ったのだ。全てキャッチャーのヨーの指示だった。

バッターはヨーの予想どおりボールをひっかけ、平凡なセカンドゴロを打った。セカンドのケンがダッシュして振り向きざまに二塁へボールを投げる。二塁にカバーに入ったのはその時ショートを守っていたミッキーだった。

そこまでは完全にヨーの描いたシナリオどおりだった。ところが、先ほどテディに対してラフプレーをした走者はそれでもまだ足りなかったのか、すでにアウトになっているのは分かりきっているというのに、足を高く上げて野手に突っ込む危険なスライディングをした。

それでもミッキーは走者のスパイクを恐れず、そのまま姿勢を崩さずに一塁に送球した。そのためゲッツーは見事に成功したが、その代わり走者の足がまともにミッキーの肩に当たった。それも右の肩に。

ミッキーは地面に倒れた。そして右肩を押さえたまま、立ち上がろうとしない。いや、立ち上がれないのだ。

一部始終をマウンド上から見ていたテディはグローブを叩きつけるや、二塁ベースに向かって走った。そして、二塁ベース上でミッキーを見下ろしてヘラヘラ笑っている白人選手に殴りかかろうとした。

ついさっき、自分へのピッチャー強襲の時に見せた冷静な対応とは別人のようだった。

そのテディを、殴りつける直前で後ろから羽交い締めにして止めたのは馬車松だった。

「我慢しろ！　俺たちは何のために戦ってるんだ！」

「ちくしょー！」

さっきはあれほど白人選手に対して怒っていた馬車松ですら、思わずテディを止めてしまうほど、テディの怒りはすさまじかった。


それからおよそ二時間後、八対七という僅差で朝日は勝利を手にした。ついにインターナショナル・リーグで優勝したのである。

とはいえ、勝てたのはほとんど奇跡に近かった。テディがあわや暴力沙汰となる乱闘騒ぎを起こしたために退場させられ、ミッキーも怪我をして退場した朝日にまともなピッチャーはいなかったからだ。

二人に代わってマウンドに上がったのはジョー里中だった。テディがあれほど反対していたにもかかわらず、コツコツと隠れて一人でピッチングの練習をしていたのが、ここに来て役に立ったのである。

とはいえ、白人チーム相手にその後〝たったの〟六失点で抑えられたのはジョー一人だけの力ではなかった。

テディとミッキーが退場した時、頭を抱えている馬車松にジョーをピッチャーにするよう言い出したのはハリーだった。そして、そのハリーがキャッチャーのヨーをそれまで自分が守っていたレフトに移すよう主張したのである。

「おい、いい加減にしろよ。テディもミッキーもいないのに、その上にヨーを外野に回すだと？　だったら、キャッチャーは誰がやるんだ？」

怒鳴りつける馬車松に、ハリーはまったく動じず、恐ろしいくらい冷めた声で、

「もちろん、僕ですよ」

と言った。

それから後の試合はほとんどハリー対白人チームの戦いとなった。朝日の中心メンバーであるテディとミッキーが抜けてしまうと、朝日の総合力は半分ほどに落ちる。ハリーは守備にできた二人分の穴をジョーに対する絶妙なリードで切り抜けた。ジョ

ーは球威も球速もなかったが、コントロールだけはよかったのが幸いしたのである。そして、攻撃では各選手に対するハリーの細かいアドバイスで、確実に得点を重ねていった。

ハリーがまず言ったのは「ラフプレーをするな」ということだった。

「僕はこの試合が終わったら、今病院にいるミッキーとテディに、朝日は勝った、君たちのおかげで優勝できた、と言いに行きたいんだ。そのためには絶対に勝たなくちゃいけない。そして、勝つためには相手のペースに乗ってはいけない。相手のラフプレーにラフプレーで応じるのは、相手のペースで試合をすることになる。だけど、僕らは僕らのペースで試合を進めなくてはならない。でなければ、今の僕たちではこの試合に勝てない」

この説得力のある言葉に馬車松は全ての指揮権をハリーに手渡す決心をした。馬車松のやり方では、この試合には勝てない。少なくともミッキーとテディがいない朝日は、これまでのやり方では白人チームの敵ではない。そのことは馬車松にも痛いほどよく分かっていたのである。

そして、その馬車松の判断は正しかった。ハリーは地味だが堅実な攻め方を指示し、その結果、ミッキーとテディの抜けたあとの朝日に白人チームから五点をもぎ取らせたのだ。

試合のあと、朝日の選手たちはミッキーとテディがいる病院へ優勝の報告に行った。その時、朝日の選手たちを引率するかのように集団の先頭を歩いていたのはハリー宮本だった。馬車松は優勝の喜びを感じながらも、一番後ろを歩いていた。わざとではないが、誰も馬車松には話しかけなかった。皆、優勝したことに酔っていたので、試合の殊勲者であるハリーとのおしゃべりに夢中だったのだ。

＊

北緯四十九度というと日本では北海道のさらに北、樺太のあたりになる。バンクーバーはその緯度に位置する割には暖かな町だが、その寒さのせいでやはり野球シーズンは短い。五月にようやく始まったシーズンも九月の頭には終わってしまう。

各リーグのリーグ戦はそれで終わり、あとは親善試合や練習試合が行われようというその時期に〝訪日〟試合の話を持ち込んできたのは、言うまでもなく児島基治だった。

「カナダで活躍する朝日の噂が日本にまで広がっているんです。どうです、一度彼らを連れて日本で日本のチームと試合をしませんか」

そう言われて馬車松はもちろん諸手を挙げて賛成した。そして、選手たちも。

彼らには自信があった。バンクーバーは大リーグのあるアメリカから見れば田舎だが、それでも日本よりは遥かにアメリカに近い。アメリカが本場の野球ならば、カナダ在住の自分たちのほうが日本にいる日本人たちよりもレベルはずっと上に違いない。

幸いテディとミッキーの怪我は軽傷で済んだ。いや、実際にはテディの鼻はその後も完全には元に戻らず、鼻の付け根がグラグラする状態のままだったのだが、日本で試合をするという話を聞くや、

「これで十分だよ。鼻でボールを投げるわけじゃないから」

そう言うなり、テディは鼻につけたギブスをもぎ取ってしまったのだ。

選手たちが唯一気にした遠征費の問題も、試合の興行収入と日本人街の寄付、そして残りは児島が負担することで話がまとまった。選手は一セントも出す必要がなかった。

そうなると、朝日の訪日試合の日程はたちまちのうちに決まった。

日本の野球界もまだ黎明期だったので、どのチームもそれほど先まで試合の予定が入っていたわけではなかったのだ。スケジュールの管理も今ほど厳密ではなかった。

さらに児島基治は早稲田大学の卒業生たちのコネクションをフルに使った。児島の出身校である早稲田大学の野球部のOBたちは、卒業後も日本の野球界のそこここに散らばっている。彼らは一致団結して早稲田OBの児島に協力してくれた。

そうして一ヶ月の訪日の間に十三試合という、移動日も含めるとかなりハードな、

だが密度の高い日程を組むことができた。その中でももっとも注目度が高い試合が和歌山中学野球部との試合だった。

中学とは言え、今の学制にすれば高校生と同じである。さらにアマチュア野球が全盛であった当時の日本の野球界では、中学野球は現在の高校野球か、それ以上の実力があるとみなされていた。そして、和歌山中学はその年の全国大会の優勝校なのである。さらに加えて言えば、そこは馬車松の母校でもあった。

朝日がその和歌山中学と対戦ができると知って、馬車松は喜んだ。

かつて自分が所属していた野球部だから、その強さはよく知っている。だが、今の朝日ならばその和歌山中学に勝てるだろう。はるばるカナダにまで渡った自分が野球チームを率いて帰国し、かつての母校のチームに勝つことが、故郷に錦を飾ることになると馬車松は思ったのだ。

児島は児島で馬車松とはまったく違うことを考えていた。全国優勝をした和歌山中学が外国の日系人チームと試合をすることにはニュースバリューがある。さらにその試合で朝日が勝てば、そのニュースは日本の新聞で大々的に報道されるだろう。その後各地で試合を行えば、〝あの有名な朝日〟の試合ということで客が集まり、興行的にも成功する。ならば、訪日試合の一戦目の対戦相手は和歌山中学以外にない。

当時、カナダから日本への便は当然船だった。

およそ三十年前テディやミッキーたちの両親が東へと渡ってきた太平洋を、テディたちは西へと向かっていく。

朝日のほとんどの選手たちにとって、これが初めての母国日本との対面だったが、そのことで緊張している者は一人もいなかった。彼らは全員、バンクーバーの日本人街で育ち、白人から日本人ということで差別を受けて暮らしてきた。自分たちが日本人であるというアイデンティティは揺らぎようもない。彼らにしてみれば、生まれて初めての日本も、遠方の親戚の家に遊びに行く程度の感覚でしかなかったのだ。

だからだろう、遠路はるばるカナダから日本の横浜港へ渡り、そこから和歌山へ着くまでの間、これと言った特筆すべきことは何も起こらなかった。選手たちには母国である日本に初めて来た感動はないのかと馬車松や児島がいぶかしがったほどだった。

馬車松たちは気づかなかったのだ。テディたちが密かに慢心していたことを。

試合が行われた十月は南国の和歌山ではまだ暖かい時節だった。バンクーバーから来た朝日にしてみれば、ほとんど夏かと思うような陽気だ。

この試合で先発のピッチャーにテディを選んだのは馬車松だった。テディの球速と球威は白人と比べればやや見劣りはするものの、日本の中学生が相手ならば、その速球は十分通用する。いや通用するどころか、和歌山中学のバッターたちの度肝を抜けるだろうと馬車松は判断したのだ。

そして、馬車松のその予想はある程度は当たった。

アンパイアの試合開始の合図のあと、おもむろにテディが投げた一球目のストレートは馬車松が思っていたとおり、和歌山中学の一番打者の度肝を抜いた。彼はこれまでこれほど速い球を見たことがなかったのだ。和歌山中学のベンチからも驚きの声が漏れた。

一球目は驚いているうちに見送りのストライクだった。二球目のストレートには果敢にバットを振ってきたが、呆気なく空振り。そして、三球目はかろうじてバットに当てたものの、振り切ることもできず一塁線を越えるファールとなり、ファーストのジュン伊藤がキャッチしてアウトとなった。

二番打者もやはり一球目二球目ともにほとんど手が出ない状態だった。ところが、三球目、1アウトで走者がいないというのにいきなりバントをしてきた。いくらテディの球が速いと言っても、全国優勝を果たしたチームの二番打者である。バントならいくらでも好きなところにボールを転がせるだけの技術は持っている。バントしたボールは三塁線上を驚くほどゆっくりと転がっていった。テディの速球に押されたためか、それともわざと球の勢いを殺すように打ったのか、ともあれそれは絶妙なセーフティバントだった。

サードを守っていたトニー児島は前に出るのが一瞬遅れたものの、その後は完璧なフィールディングでファーストに送球した。だが、その一連のプレーよりも打者の足のほうが速かった。

ギリギリでこの打者をセーフにしてしまった直後、ファーストのジュンは、

「こいつ、うちのチームのケンに似てるな」

と思った。力はないがテクニックと素早さで勝負をするそのバッティングスタイルは、朝日の一番打者であるケン鈴鹿にそっくりだったのである。

「そうか。となると、こいつは厄介な選手やな」

ケンの実力をよく知っているジュンはそう思い、とりあえずはこの選手を盗塁させないようにしなくてはと、この一塁走者の動きに注意を払った。たった一本のバントによる内野安打だけで、この選手の特質を見抜いたのは、さすがジュンだった。

だが、そのジュンですら気づいていないことがあった。

プレーのスタイルがケン鈴鹿に似ているのは、今一塁にいる二番打者だけではなかったのである。

和歌山中学の選手たちは朝日の選手や馬車松が想像していた以上に冷静でしかも緻密な野球を好んだ。彼らは一番打者に投げたテディの球を、それもたったの三球だけ

のピッチングを見て、自分たちの実力ではあの速さの球をまともに打つことはできないと判断した。ならば、外野にまで球を打ち返してヒットにすることを狙うのは、単に無駄で無謀なだけだ。

そこで彼らはボールにはただバットを当てるだけ、という戦法にすぐさま切り替えた。そして、大きい当たりを狙う代わりに、足を使うことにしたのである。

そのことにジュンが気づいたのは三番打者もバントをした時だった。しかも、この打者もケンのように絶妙なバントを行い、やはり足が速かった。かろうじてこの打者をアウトにできたのはセカンドのケンのフィールディングとファーストのジュンのおかげだった。だが、その代わり、一塁走者は何とその間に三塁にまで進んでいた。

そして四番打者。

まさかとは思いながら、それでも警戒していたものの、和歌山中学の四番はさらにその上を行く見事なスクイズバントを決め、三塁走者をホームに還した。見事な一点先取である。

この試合展開をレフトから見ていたハリー宮本は、三塁走者が素晴らしいスチールでホームベースを奪った時、思わずつぶやいた。

「まるで朝日が朝日と戦っているみたいだ。しかも向こうの朝日のほうが僕たちよりも数倍巧い――」

和歌山中学が巧みなのはバッティングだけではなかった。

十代だけあって体格はテディよりも小柄なピッチャーは、その体格から想像したとおり、球速も球威もテディの足元にも及ばなかった。そして、何球か投げるのを見る限りではミッキーほど変化球の球種も持っていないようだった。

だが、コントロールだけはテディどころかミッキーも及ばないほど正確だった。

しかもキャッチャーが天性の勘を備えているのか、朝日の各バッターの一番嫌いなコースだけを選ぶ絶妙なリードをしてくる。

そのため一番打者のケン鈴鹿は四球目の緩いけれども、苦手な内角の高めを引っかけてしまい、キャッチャーフライに打ち取られてしまった。ボールを前に転がしさえすれば、たいていの場合内野安打にしてしまうほど俊足のケンでも、キャッチャーフライではその足を活かす術がない。

二番打者のヨーは3ボール2ストライクまで粘ったが、結局すっぽ抜けたのか、わざとなのか分からないスローカーブを空振りして三振。続く三番のハリー宮本は初球の絶好球を外野にまで飛ばしたが、そのフライはちょうどセンターが守っていたところに落ちていった。まるで、わざとそこへ打たせたような、そんな緩いボールだった。

三回表を一対〇で迎えた頃にはテディはかなりイライラしていた。

和歌山中学は決して正攻法では攻めてこない。どの打者もバットを短く持ち、何としてでもバットに当てるということしか考えていない。またどの打者もピッチャーのテディが音を上げたくなるほどしつこかった。

彼らの力ではテディの球をほとんど前に飛ばすことすらできない。その代わり、当てることだけを考えている彼らは、どれほど鋭い決め球を投げても、必ずファールにしてしまうのだ。

驚くべきことに、これまでテディは和歌山中学を相手に一度も三振を奪っていなかった。彼らはアウトになっても、空振りや見送りの三振だけは決してしないのである。

そのことに気づいた時、テディは背筋がぞっとするほどの威圧感を感じた。自分よりもさらに小柄な中学生の選手たちに対して。

そして、その回もゼロ点で抑えたものの、またしてもテディは三振は一度も奪えなかった。それどころか、コントロールのいいテディを相手に二人の打者がフォアボールで出塁し、しかも二人とも盗塁に成功している。選球眼と足の速さ、それが和歌山中学の武器だったのだ。

一方、朝日の攻撃は回を重ねるごとにますます和歌山中学のピッチャーに翻弄されていった。

おそらくこのピッチャーは一番速い球ですら、肩を壊したミッキーの速球よりも遅い。ところが、このピッチャーはミッキーが投げるスローカーブよりもさらに遅いストレートとシュートを投げることができた。

あまりにも遅い球はものすごく速い球と同じくらい打ちにくい。しかも、その遅い球の合間に速球を投げられると、大した速さではないにもかかわらず目の錯覚でとても速い球を投げられたように感じてしまう。朝日の打者はいつもその速球もどきの球を振り遅れた。

さらにこのピッチャーをリードするキャッチャーが、打者との駆け引きに抜群のセンスを発揮した。朝日のバッターがいい感じでピッチャーを追い詰めるカウントまで持ち込むと、わざと長い間を置き、なかなかピッチャーに次の球を投げさせようとしない。そうこうしているうちに、バッターのほうがイライラしてきて、折角の緊張感が奪われてしまう。そこへとてつもなく遅いストレートボールが来れば、打ち気にはやる打者はそれがストライクゾーンを大きく外れたボール球だと分かっていても、つい手を出してしまう。そして、そういうボールはどれほど当たったとしても、せいぜい外野フライにしかならないのだ。

「はじめよければ全てよし」

もし鏑木老人がここにいたら、そう言っただろう。馬車松はカナダに帰る船の中でそんなことを考えていた。

最初がうまくいけば、全部がうまくいくということは、最初につまずけば、最後までダメだということだ。そして、朝日の訪日試合はその言葉どおりの結果になった。

馬車松率いる朝日は、和歌山中学を相手に〇対二で負けた。点差こそ二点でしかなかったが、試合内容を考えれば、朝日の一方的な負けだった。朝日は一打席たりとも朝日らしい攻撃をさせてもらえなかったのだ。

トータルとして三勝七敗三引き分けという無残な結果は、すべて初戦の敗退が尾を引いたためだった。意気揚々と臨んだ訪日試合は、呆気なく終わったのである。

「それがなぜだか分かりますか？」

帰りの船のデッキの上で馬車松にそう聞いたのはハリー宮本だった。

「あいつらのほうが巧かったからだろう」

馬車松は渋々という感じで言った。馬車松の性格からすれば負けたことを認めたくはないのだが、実際に負けたのだから、相手の力を認めざるを得ない。その馬車松が敗因として思いついたのは、和歌山中学の巧さだけだったのだ。

ところがハリーはその馬車松の答を聞くと、即座に、

「違いますよ」

と言い放った。

「そんなことを言ってるから負けたんです。そして、そう思っている限り、僕たちは何度やっても彼らに勝てませんよ」

「何だと」

デッキチェアに座っていた馬車松が思わず立ち上がりかけると、ハリーはそれを手で制した。

「それが朝日の敗因なんです」

と落ち着いた声で言った。

「馬車松さん、あなたは今自分の考えを僕に否定されると、僕の言葉の真意がどうであるかなんか考えず、ただ腹が立ったので、立ち上がって僕に掴みかかろうとした」

ハリーは馬車松の目をじっと見た。

「それじゃあ、血の気の多い白人と同じですよ」

「な、何だと？　俺が白人と同じ？」

「あなただけじゃない。今回の日本での朝日は、どの試合でも、皆、白人の選手のようにプレーをしてました。そう、プレーをしていたんです。いつものように野球を〝遊んで〟いたんじゃなかった。

特に初戦の和歌山中学との試合の時がそうでした。僕はレフトからテディのピッチングを見ていましたけど、あれはいつものテディのピッチングじゃなかった。少なくとも白人のバッターを相手に投げる時のテディとは違っていた」

「そうか？　あの試合は確かに負けたけれど、あの時のテディは最近の中では一番球が走っていたと俺は思うけどね」

馬車松はすねたような声で言った。

「確かに、あの時のテディの球はいつにも増して速かった。だけどね、テディは本来はあそこまで速球に固執するピッチャーではありませんよ。速球が通用しないと分かったら、カーブで逃げるくらいの頭脳的なピッチングはできるピッチャーです。だけど、あの時のテディはそうはしなかった。何でもかんでも力でねじ伏せようとしていた。まるで白人のピッチャーが朝日のバッターを相手にしてるみたいにね」

馬車松がびっくりしたような顔でハリーを見た。けれどもハリーはそんな馬車松の反応を無視して言葉を続けた。

「朝日はカナダでずっと白人を相手に戦ってきた。そのおかげで少しずつではあるけれども、白人たちとやり合うだけのパワーを手に入れてきました。今の朝日の選手たちは日本人の、しかも中学生を相手にするのであればパワーでは負けないだけの力を持っています。だけど、そのパワーはしょせん付け焼き刃だ。その証拠にパワーで勝負をした和歌山中学との試合では、彼らのテクニックに僕たちは負けてしまった。

それに、どれだけ僕たちがパワーを持っているといっても、そのパワーで白人に勝てるはずはないし、そもそも朝日はパワーを武器にするチームでもないんです。だって、僕たちは日本人なんですから」

そこまで言うとハリーは少しの間、口を閉ざした。まるで自分の言った言葉がきちんと馬車松に理解されるまで待っているかのように。そして、馬車松が理解してくれたとでも思ったのか、ふたたび口を開いた。

「馬車松さん、僕たちは自分が日本人であることを忘れかけてたんじゃないですかね。少なくとも日本に帰ってきた時、僕たちは自分たちのことを日本人だと思っていなかった」

「だったら、俺たちは何者なんだ？」

「カナダに住んでいる日系人です」

「仕方ないだろう、そのとおりなんだから」

「でも、僕たちはどれだけバンクーバーに住んでいても、絶対に白人にはなれません。僕たちは日本人で、これからも日本人として白人と戦うしかないんです」

「何が言いたいんだ？」

「白人みたいな戦い方をしてちゃあダメだってことです。僕たちはあくまでも日本人らしく戦わないといけない。日本人でなければできないようなプレーをしない限り、白人たちに勝つことはできない」

「俺たちはインターナショナル・リーグで優勝したぞ。白人たちのチームに勝って」

馬車松がようやく反論らしい反論をした。だが、ハリーはそれを反論とすら思っていない様子だった。

「馬車松さん、インターナショナル・リーグで優勝できたのは朝日にとっては財産になるでしょう。だけどね、そのことをいつまでも自慢していたら、朝日はそれだけのチームになってしまいますよ。それに、はっきり言ってインターナショナル・リーグはバンクーバーの中では二流のリーグです。それで満足なんですか？」

「だったら、どうしろって言うんだ？」

馬車松がハリーを詰問すると、そこまで話題が進むのを待っていたかのようにデッキに児島が姿を現した。ハリーは児島が来ることを分かっていたかのように話を続ける。

「馬車松さん、さっき児島さんに相談したんですよ。朝日をターミナル・リーグに入れてもらえないかって」

「ターミナル・リーグだって？」

馬車松が素っ頓狂な声を出した。

「おいハリー、おまえ正気か？　ターミナル・リーグはバンクーバーで一番のリーグだ。あそこで優勝したチームは紛れもなくバンクーバー、いやカナダでも一番のチームになる。そのターミナル・リーグで朝日が通用すると思うか？　俺たちはつい一ヶ月前に中学生のチームに負けたばかりなんだぞ」

「だからこそ、ターミナル・リーグに参加するんですよ。今なら僕たちは自分たちの限界を知っている。限界を知っている選手は自分たちに何ができて、何ができないかを知っている」

その時、児島がハリーの横に立ち、話は終わったのかとでも聞きたげに、ハリーと馬車松の顔を見た。だが、馬車松は児島の存在などまるで無視し「分からないな」とハリーにだけ言った。

「ハリー、俺にはおまえの考えてることがさっぱり分からないよ」

本当は馬車松にも分かっていたのだ。成長期の子たちを相手に、これまでは地力を付けるための練習を繰り返してきた。これまではそれでよかった。しかしこのままでは、朝日はもう一つ上の世界に上がってはいけないことを。そして、単にがむしゃらにプレーをしているだけではこの先通用しなくなることも。

イニング6

～一九二二―二五年～

「世の中には奇特な人がいてね」

　と馬車松はテディに言った。

「朝日と和歌山中学の試合を見て、うちの子どもたちに野球を教えてくれないか、と言ってくれる学校があったんだ。海草中学といって、やはり和歌山の中学なんだが――」

　それは訪日試合をしてバンクーバーに帰ってきてから半月ほど経ったある日のことだった。話があると言われて、馬車松の店に行ったテディはいきなり思いもかけないことを言われて驚いた。

「それは、つまり、その、監督は朝日を辞めて、その学校の野球部の監督になるってこと?」

　けれども、馬車松はその質問には答えず、自嘲気味に笑う。

「本当に奇特な人だと思わないか?　和歌山中学との試合は俺のせいで負けたような

ものなのに、その俺に別の中学の野球部の指導をさせようっていうんだからなあ」

「そんなことない」

テディが怒ったような口調で言った。

「あの試合は監督のせいで負けたんじゃない。僕がよくなかったんだ。あのあとでハリーからずいぶん叱られたよ」

「まあ、今さら誰のせいで負けたかなんて言い争っても仕方がない。ともあれ、その海草中学というところから誘われた時、俺は考えたんだよ。俺は何のために海外に飛び出したんだろうって」

「広い世界を見たかったから。監督はそう言ってたよ」

「うん、そうだ。あの頃、俺はそう思っていた。日本は小さくて世界から見れば遅れた国だ。それならいっそそんな国には見切りをつけて、もっと広い世界に飛び出して、自分の力を試してみようってね。だけど、どうだ……」

そう言って馬車松は自嘲気味に笑った。

「飛び出した国の、しかも俺が自分から見切りをつけた中学の、その生徒たちに、俺は負けてしまったんだ」

「だったら、また一からやり直せばいい」

テディは言った。

「僕だってそう思って練習をしてるんだ。バンクーバーに帰ってきてから、ずっと」

するとと馬車松は困ったような顔をして、テディに微笑みかけた。

「俺とおまえたち二世との違いはそこだ。今『バンクーバーに帰ってきてから』って言ったな？　だけどなあ、テディ、俺にとってバンクーバーは何年住もうが〝帰ってくる場所〟ではないんだ。だから、俺はずっと考えていたんだよ。じゃあ、俺の帰る場所はどこだ？　って。

俺はね、テディ、和歌山中学に負けてようやく分かったんだ。俺は日本人なんだ。それも日本人のくせに、日本よりも外国のほうが優れていると信じていた日本人だったんだ。だけど、それは間違いだったんだよ。その証拠に俺は、日本から一歩も外に出たことのない日本人の少年たちに負けてしまった。

鏑木の爺さんがいつも俺に言うんだ。どうあがいたって俺たちは日本人なんだから、日本人として生きていくしかないって。だったら、俺も心を改めて、もう一度日本人として生きていったほうがいい。そのためにはテディ、俺はそろそろ日本に帰ったほうがいいんだ」

そう言うと馬車松は、これでようやくさばさばしたとばかりに、テディに向かって微笑みかけた。だが、テディはすんなりと馬車松の帰国の決心を受け入れることなどできなかった。

こうして馬車松が心境を変化させている間も、児島の奔走は続いていた。目的はハリー宮本に依頼された一件、朝日のターミナル・リーグ参加である。

児島の持っている早稲田大学ＯＢのコネクションは日本では大きな力を発揮したが、バンクーバーではほとんど役に立たない。その代わり、児島がコツコツと続けてきた興行師としての手腕とキャリアが今回はものを言った。

これまで朝日を育ててきたのは馬車松だったが、その一方で朝日の試合に多くの客を集めてきたのは児島の手腕によるものだった。どれだけ朝日が魅力的なプレーをしても、それだけでは客はやって来ない。そう考えた児島は、「朝日という素晴らしいチームがある」と効果的に宣伝し続けることで、日本人ばかりでなく白人の観客をも動員してきたのである。

その結果、朝日は日本人チームの中では群を抜いて、客が呼べるチームになっていた。児島が朝日のターミナル・リーグ加入に際して使ったカードは、この集客力だった。

ターミナル・リーグはカナダ西海岸における最強のセミプロ・リーグである。実力、人気ともに、かつて朝日が所属していたインターナショナル・リーグと比べると段違いにレベルが高い。だからこそ、ハリー宮本は朝日のステップアップのためにターミナル・リーグに参加することを望んだ。ターミナル・リーグで優勝することはカナダ西海岸最強、いやカナダナンバー1と言っても過言ではない。それは朝日結成時からの夢であった。

一方興行面でもターミナル・リーグは他のアマチュア・リーグとは厳然と一線を画していた。

ターミナル・リーグは観客から観戦料をとることで、興行としても収益が上がるよう運営されていた利益集団だった。集客力のある朝日はターミナル・リーグにとっても魅力のあるチームだと判断される。さらに、選手が日本人だけというのも興行面を考えればプラスの材料となった。

バンクーバー在住の白人たちの間では、日本人の評判は残念ながら相変わらず芳しくない。だが、それならいっそのことその悪評を逆手にとってやればいい。

「カナダ人が日本人を野球でやっつけるところを見せれば、白人のお客は喜んでやって来ますよ」

児島はわざと開き直って、朝日をヒール（悪者）としてターミナル・リーグに売り込んだのだ。

ターミナル・リーグは白人の団体であり、その純血主義を誇りにもしている。ある意味とてつもなく保守的な白人主義の団体でもあった。朝日は実力人気ともに兼ね備えているチームだが、それでも多少はあざとい手を使わない限り、リーグ加入は不可能だと児島は判断したのである。そしてその判断は正しかった。児島の作戦が功を奏し、ついにターミナル・リーグから朝日の参加を承諾する返事が来た。

児島は全ての事情を包み隠さず、ハリーに話した。

「ちょっとあざとかったでしょうか？」

心配げな顔つきで尋ねると、ハリーはあっさりと答えた。

「いいえ、僕たちは今よりも上のランクで野球ができれば、それでかまいませんから」

「それを聞いて安心しました。だけど、あなたはよくても、馬車松さんはどう思うでしょう？　彼はこういうやり方は嫌いなんじゃないかな」

「それなら大丈夫ですよ」

とハリーは少し寂しげに言った。

「昨日、馬車松さんが僕の家に来てくれたんです」

「馬車松さんがあなたのところへ？　それは珍しい。一体何の用事があったんです？」

「朝日の監督になってくれと言われました。全権を委任するから、朝日をもっと強いチームにしてくれ、と」

そう言った時のハリーの顔は寂しげだった。ハリーの望みは馬車松とともに朝日をバンクーバー一のチームにすることだったのだ。

馬車松が朝日の選手たちの盛大な見送りを受けてカナダを去ったのは、それから一ヶ月後のことだった。

バンクーバー朝日を結成し、チームをここまで引っ張ってきた立役者がついに監督を辞める。テディたちオリジナルメンバーには受け入れがたい別れだったが、それはチームがさらに高いステージに行くには必要なことだった。馬車松にしかできないチームでの役割は、和歌山中学に惨敗した時点で終わっていたのである。

さらに強くなるには、和歌山中学が見せた野球、つまり、朝日も白人チーム相手にやり続けてきた緻密で頭脳的な野球を、さらに極めるしかなかったのだ。

そして、それから五ヶ月後、朝日は最強のリーグ、ターミナル・リーグに初めて参戦することになった。

*

一九二一年十一月。

「これからは、君が朝日のエースだ」

突如、ハリーがテディに告げた。馬車松が日本行きの船に乗った三日後のことだった。

十一月といえば、バンクーバーではすっかり冬になっている。野球は完全にオフシーズンに入っている上に、セミプロの選手たちが本業にしている仕事のほうは忙しさが増す時期だ。そのためもあって、その日練習場所にしているパウエル球場にやって来たのは、ハリーとテディの二人だけだった。だが、どうやらハリーはテディと二人きりになれる機会を待っていたらしく、グラウンドにテディしかいないのをかえって喜んでいるようだった。

そこへいきなりのエース宣言である。あまりに突然のことにテディは嬉しさよりも、困惑の気持ちのほうが強い。思わず大きな声を出してしまった。

「ミッキーはどうなるの？」

「君も気がついていなかったのか」

ハリーが暗い表情で言った。

「インターナショナル・リーグでまた右の肩を怪我しただろう。それなのに、その時の怪我が完治する前に日本に行って、ほとんど連日ミッキーにも投げさせた。それがよくなかったんだと思う。ミッキーの体はかなりボロボロだ。上手に隠しているけれど、あれでは九回を投げ通すのはかなりきついはずだよ。それにあの時の怪我ばかりじゃない。ミッキーは変化球投手だ。変化球を何年も投げ続けていると、ここに――」

とハリーは自分の右肘をつきだして見せた。

「かなりの負担がくる。今のミッキーなら、本気で五十球も投げると、かなり痛みを感じているはずだ」

テディはびっくりして、言葉も出なかった。まさかミッキーの体調がそれほど悪いとは思いもしなかったのだ。もちろん、インターナショナル・リーグでの怪我のあと、テディはミッキーに何度も肩の具合を尋ねている。だが、そのたびにミッキーは怪我をしたはずの肩をグイグイと回して見せ、

「白人のスライディングごときで俺の体を壊せるはずがないだろ」

そう言って笑っていたのだ。

だが、よくよく考えれば、ミッキーは排日暴動で右肩に決定的なダメージを与えられた時ですら、自分からは一度も痛みを訴えたりしなかった。それがミッキーのプライドであり優しさなのだろう。だが、そのプライドと優しさに目をくらまされて、テディは二度もミッキーの苦痛を見逃してしまった。

「ミッキーの肩はもう元に戻らないの？」

テディが悲痛な声で聞くと、ハリーは悲しげに首を振り、

「だから、君がエースにならなくちゃいけないんだ」

とテディの目を見つめた。

「それに時間があんまりないんだ。次のシーズンが始まるまでに、君はミッキーに代

わるエースになっていなくちゃならない。分かるか?」

テディは一瞬呆然としたが、その次の瞬間大きくうなずいた。

一つだけだが、とても大事なことが分かったのだ。

これまでテディが好き勝手なことをやってこれたのは、ミッキーがいたからだ。ミッキーがテディを助けてくれていたからこそ、テディは何とかやってこれた。だが、これからは違う。

僕がミッキーを助けなければならない——

だが、さすがにそんな思い上がった言葉は口には出せない。だから、その代わりにテディはハリーに聞いた。

「そのために僕は何をすればいい?」

すると、ハリーのそれまでの硬い表情がほどけた。これ以上、くだくだと言葉を重ねる必要がないことが分かったのだろう。にっこり笑ってつぶやいた。

「毎朝走り込んでくれ。それとウエイトトレーニングをして筋力をつけてほしい」

「何だ、そんなことか。いいよ。で、どれくらい走ればいいの?」

「そうだな、まず手始めに毎朝十キロ」

「じ、十キロ!」

「驚いたのか?」

「な、何言ってんだよ」

テディは持ち前の生意気そうな顔つきで、鼻をグイッとこすって見せた。鼻の骨を折って以来、そうするのがテディの癖になっている。

「たったのそれだけかと思って、拍子抜けしたんだよ」


それからテディは、ハリーの自転車の伴走とともに毎朝十キロのランニングと、かなりきつめのウエイトトレーニングに励むことになった。

テディはプロの野球選手ではない。仕事をするかたわら、野球もするというセミプロの選手だ。家の稼業である旅館の手伝いは、他の選手に比べるとかなり恵まれた環境ではあったが、それでも仕事をこなしながら、これだけの練習を続けるのはかなり辛い。朝早く起きてまず走るだけでも、時々音を上げそうになった。

これが馬車松なら、

「グダグダ文句を言わずに、言われたとおりにやってればいいんだ。そうすりゃ、今何でこんなことをしているのか、いつか分かる時が来る」

とでも言っただろう。だが、ハリーは馬車松のような精神論は言わなかった。ハリーはことあるごとに〝日本人らしさ〟を強調したが、だからと言って、〝大和魂〟や〝根性〟という言葉だけを振り回し、説明なしに自分の考えを選手に押しつけることを嫌った。

「これは君が新たなピッチングを習得するための基礎訓練だ」

二人だけの練習の初日、ハリーは自転車をこぎながら、隣で走っているテディに声をかけた。

「児島さんのおかげで、朝日は今度のシリーズからターミナル・リーグに参加することになった。インターナショナル・リーグの時と違って、これからの対戦相手はすべて白人のチームだ。野球をする上で白人が僕たちよりも優れているところはどこか、分かるか?」

「あいつ、らは、僕た、ちより、体が、で、かい」

息をあえがせながら走っているテディの言葉はしどろもどろだ。

「無理して答えなくていい。分からないことがあったら、その時だけ質問してくれ」

ハリーが笑顔で言うと、テディはこくんとうなずいた。そこでハリーは言葉を続けた。

「白人は日本人よりも体格に恵まれている。ピッチャーの場合、基礎体力だけを考えれば、彼らのほうが君よりも速い球が投げられる。だけど、朝日のエースには白人に負けない速さの球を投げてもらわないといけない。でなければ、僕たちは試合に勝てない」

そう言われてテディは、ハリーが今以上のスピードボールの投げ方を教えてくれるのだと思った。そして、白人の打者を剛速球でしとめる場面を思い描き、嬉しそうに微笑んだ。だが、ハリーの思惑はそんなものではなかった。

「だから、君には今以上に遅いボールを投げられるようになってもらう」

　とハリーは言ったのである。

「つまり、こういうことだ。時速百二十五キロのボールのあとに百三十キロのボールが来ても、打者はその球をそれほど速いとは感じない。だが、時速八十キロのボールの直後の百三十キロなら、その差は五十キロにもなる。打者はその百三十キロのボールを百四十キロにも百五十キロにも感じるだろう。

　その反対に百三十キロの球に目が慣れたバッターは、次の球も百三十キロの球が来ると思って打つ気でいる時に八十キロのスローボールが来たら、どうなる？　分かるか？」

　テディは走りながらただうなずいた。

「そうだ。タイミングが外れて、バッターは空振りか、ミートさせたとしても凡ゴロにしかならない。そうなれば、ピッチャーの勝ちだ」

　とハリーは言った。

「とはいえ、ただのスローボールでは単に打ち頃の球でしかない。バッターが百三十キロの速球が来ると予想している時に八十キロのボールが来たら空振りをする。同じように八十キロのスローボールが来ると予想している時に百三十キロのボールが来るからこそ、とてつもない剛速球が来たと思い、振り遅れてやはり空振りをしてしまう。では、そうさせるためにはどうすればいい？」

　今度はテディはぶんぶんと首を横に振った。

「速球とスローボールを同じフォームで投げるんだ。普通のピッチャーは投げる球の速度によってフォームまで変わってくる。速球を投げていたピッチャーがスローボールを投げる時は、利き腕を振り下ろす時にいつもよりもゆっくりと振り下ろすから、バッターには次に来る球はスローボールだと簡単に予想されてしまう。そうなれば、そのボールはたちまちホームランだ」

　そう言って、ハリーは横で走っているテディを見た。自分の言った言葉がきちんと伝わっているのか、表情を見て確認しようとしたのだ。テディは間違いなく正しく理解しているようだった。

「ところが、速球とスローボールが同じフォームから投げられたら、バッターは次に来る球が予測不可能になる。さらに速球のあとのスローボールは普通のスローボールより遅く感じ、スローボールのあとの速球は普通の速球より速く感じる。速球と同じフォームで投げるスローボールが武器になる、というのはこういう意味だ。分かるか？」

テディはうなずいた。

「ところが、これは口で言うほど簡単じゃない。試しに一度投げてみると分かるが、速い球を投げるのとまったく同じフォームでスローボールを投げるのは至難の業だ。そして、そのためには速球を投げる時以上の筋力と体力が必要になってくる。テディ、本当に武器になるスローボールはね、普通の速球を投げるよりも何倍も投手に負担がかかるんだ。僕は君にその負担を押しつけようとしている。もしかすると、そのせいで君は選手寿命すら縮めるかもしれない。それでもいいか？」

「か、ま、わ、な、い」

ゼイゼイという息の合間にそう言いながら、テディは走った。それは望むところだった。肩を壊そうが、五十球以上投げられなくなろうが、ミッキーがテディの理想の選手であることには変わりはない。ミッキーが連投のために肘を壊したのであれば、自分が投げ続けることで体を壊しても、何の不満もない。それで白人たちに勝てれば、テディはミッキーに少しだけ恩返しができるような気がした。

自分が行くべき道がはっきりと見えたテディは、急に走るピッチを上げた。一歩でも速く前に足を出せば、その分だけ自分の目標に近づけるような気がしたのだ。

＊

雪解けの季節が終わり、いよいよターミナル・リーグが始まった。

その第一戦はターミナル・リーグ一の強豪、カナダ・パシフィック鉄道との対戦だった。

朝日は客が呼べる悪役としてターミナル・リーグに加入を許された。であれば、ターミナル・リーグとしては、朝日には注目度の高い第一試合に出て、たっぷりと客を集めてリーグを利益で潤してもらいたい。さらにその上で白人のチームに徹底的にこてんぱんにされ、白人の客たちを喜ばせてほしい。

これがターミナル・リーグ運営陣の望みだった。

朝日対カナダ・パシフィック鉄道の試合は、児島やターミナル・リーグが期待していた以上の観客が集まった。日系人は全体の二割ほどだったから、客の大半は白人である。それほど日本人が負けるところを見たがる白人客が多かった、ということだ。

その白人の客たちは試合が始まる前から、無人のグラウンドに向かって猛烈な野次を飛ばしていた。

「キル・ザ・ジャップ！」と。

もちろん、白人たちが本気で、日本人を殺してしまえ、と思っていたわけではない。彼らの言う「キル・ザ・ジャップ」は、「日本人をやっつけてしまえ」という応援の言葉を過激に言い換えただけだ。

だが、ベンチの中でこの野次を聞いていた朝日の選手たちは、次第に冷静ではいられなくなってきた。

「キル・ザ・ジャップ！」

白人のこの叫び声をテディが聞くのは、これで二度目だ。

「何か、嫌な感じだね」

とトム的川はベンチの中で身をかがめるようにして言った。まるで白人たちの野次から自分の身を守っているかのようだった。

トムは排日暴動が起きた時、四歳になるやならずだった。であれば、テディほどはっきりとあの時のことを覚えていないはずだ。だが、はっきりと覚えていないからこそ、その時の記憶は意味不明の恐怖として、トムの心に深く刻まれている。そして、その恐怖の記憶を開く鍵が「キル・ザ・ジャップ！」という白人たちの叫び声なのだ。

テディは思わずミッキーを目で探した。今いる朝日の選手たちはほとんど全員、排日暴動の場に立ち会っているが、その中で唯一実害とも言えるダメージを受けたのはミッキーだけだ。であれば、ミッキーはこの白人たちの野次を聞いて、テディたち以上にいたたまれない気分になっているに違いない。

ところが、それはテディの思い過ごしだった。

テディが見たミッキーはいつものように少し不貞腐れたような顔をして、ぼんやりと試合前の無人のグラウンドを見つめていた。あの表情は、平常心でいる証拠だ。どうやらミッキーはこれから始まる試合のことだけを考え、白人たちの野次など耳に入っていないらしい。

そのミッキーの表情を見て、テディはまた一つミッキーから学んだ。

排日暴動の時、日系人は二つのグループに分かれた。白人たちと戦う者と、彼らの背後でただただ怯えていた者だ。あの時、子どもたちは怯え、大人たちは戦った。子どもたちの中で戦ったのはミッキーだけだった。

実際に戦いに参加した者は、たとえその戦いで肉体的なダメージを受けたとしても、精神的なダメージはほとんど受けていない。悔しいと思う気持ちはあっても、相手を怖いとは思わない。なぜなら彼らは戦ったからだ。反対に戦わなかった者だけが、いつまでもその時の恐怖を引きずり続ける。

「だから、ミッキーは強いんだ」

テディは納得した。戦ったことのある者だけが勇気を持つことができる。戦った者だけが、平常心で敵に立ち向かうことができるのだ。

そのことに気づくと、途端にテディは気が楽になった。ミッキーと同じように白人の野次はもう耳に入らなくなっている。

とその時、ジュン伊藤がベンチからグラウンドに飛び出した。かぶっていた野球帽を脱いで観客たちにお辞儀をすると、テディたち二世よりは圧倒的に下手くそな英語で言った。

「今日は日本人が負けるところを見るために、こんなにたくさん来てくれて、どうもありがとう。ところで、皆さんに残念なお知らせがあります。あなたたちは朝日が負けるところを見るために、高い入場料を支払ったわけですが、あいにくなことに今日も朝日は白人チームに勝つ予定です。嘘だと思ったら、最後まで試合を見ていって下さい」

　そう言うと、ジュンはわざとコミカルに頭を下げ、まるで喝采を浴びたかのように観客たちに手を振りながらベンチへ戻ってきた。

　あまりのふざけた言い草に、観客たちは呆気にとられ、一瞬静まり返った。だが、ジュンがベンチに戻った途端、正気に戻った白人たちはそれまで以上の大きな声で「キル・ザ・ジャップ！」と叫びだした。

「おやおや」

　ベンチに戻ったジュンは呆れたような顔でチームメイトに言った。

「ほんまにうるさいこっちゃなあ。けど、これでこの試合、万が一にでも僕らが負けたりしたら、僕がえらい恥をかきますわ。そうならんためにも、ピッチャーの人には頑張ってもらわんと。ところで監督、今日の先発は誰です？」

すると、ハリーが何か言う前にミッキーとテディが一斉に手を挙げた。そして二人同時に顔を見合わせて笑った。白人の野次などどうでもいい。そんなつまらないことよりも、一刻も早く彼らと戦いたい。テディたちが思っていたのはそのことだけだった。

「ところで、おまえは何年生まれなんじゃ？」

鏑木老人がテディに聞いたのは、記念すべきターミナル・リーグの第一戦が終わった次の日のことだった。

馬車松が日本に帰ってからは、テディがちょくちょく鏑木老人の家に顔を出すようになっていたのだ。テディはそれを密かに『リリーフ』と呼んでいた。口にこそ出さないが鏑木老人は馬車松がいなくなって寂しがっている。そこで、テディは馬車松の代わりにリリーフとして鏑木老人の家に通うことにしたのだ。そのテディが、

「一九〇〇年生まれだよ。だから、今度の誕生日で二十一歳になる」

と答えると、鏑木老人はわざとしかめ面を作った。

「ふん、日本人のくせに一九〇〇年生まれだと？　それに誕生日で二十一歳になるだって？　それを言うなら、おまえは明治三十三年生まれで、今は数えで二十二歳だ。そして来年の正月が来ればおまえはめでたく二十三歳になる」

鏑木老人はカナダに何年住もうが、あくまでも日本の風習を守ろうとしている。

「そうか、日本人は生まれた時が一歳で、それから正月が来るたびに一歳ずつ歳をとるんだったね」

「何を言う。おまえだって日本人じゃないか」

鏑木老人は不貞腐れたようなことを言ったが、顔はすでに笑っている。家族のいない鏑木老人はテディのことを自分の孫のように思っていた。

「それにおまえはだんだんと日本人らしくなってきた」

「そうかな？　どこが？」

「昨日の試合もそうじゃった。おまえがしょっちゅう投げていたあの蚊が止まるような遅い球があったじゃろ」

「ああ、スローボールのことだね」

「そうじゃ、そのスローボールを見て、わしはつくづくおまえのことを見直した。力で押してくる白人に対抗して、こちらも力で押し返すなんざ、頭を使ったことのない間抜けのすることじゃ。

そこへいくと、おまえのスローボールは柔よく剛を制すの精神を見事に体現していた。わしはな、わしよりも何倍も体の大きい白人を柔術で投げ飛ばしたことがあるが、昨日のおまえは、まるでその若い頃のわしのようじゃったぞ」

そう言うと、鏑木老人は目の前に置いてあった湯飲みの酒をうまそうにグビリと飲んだ。テディの前に置かれた湯飲みにも鏑木老人のとっておきの日本酒が注がれているが、テディは先ほどから一口も口をつけていない。だが、そんなことは気にかけず、鏑木老人は上機嫌で話を続けた。

「それにおまえは強くなった。昨日の試合で、一度、乱闘になりかけたじゃろ」

「ああ、四回の裏の攻撃の時のことか」

昨日の試合は四回の裏の時点で朝日が一対〇でカナダ・パシフィック鉄道に勝っていた。白人チームとしては、このままズルズルと負けるわけにはいかないという焦りがあったのだろう。ポテンヒットで一塁に出た走者が、見え見えの盗塁を仕掛けてきた。

それを見逃すテディとヨーのバッテリーではない。ヨーが捕球した瞬間すかさず二塁に投げたボールは、走者が二塁ベースに着くよりも早く、二塁のカバーに入ったジョー里中のグローブの中に入った。

完全なアウトである。それなのに、走者はわざとジョーの体にぶつかってきた。それでボールを落とせば、審判の判定がセーフに変わるとでも思ったのだろう。

その時マウンドにいたテディはすぐさま二塁に駆け寄った。以前も一度似たような乱闘が起きている。

だから、この時も同じことが繰り返される、パウエル球場にいたほとんどの者がそう思ったが、テディは倒れたジョーが立ち上がるのに手を貸し、「大丈夫か？」と尋ねただけだった。そして、ジョーの「大丈夫だよ」という声を聞くと、ラフプレーをした選手には一瞥もくれずにふたたびマウンドへ戻っていった。

「以前のおまえからは考えられんことじゃ」

鏑木老人は、いかにも乱闘にならなかったことが残念であるかのように言った。

「じゃが、おまえはそれをしなかった。我慢というのじゃない。何か、こう、気高い感じがしたぞ。あれが本当の強さというものじゃろう」

「ああ、それはね、僕じゃない。ハリーがそうしろっていつも言ってるんだ」

「ハリーというのは、馬車松を追い出して監督になった奴じゃな？」

そう言うなり鏑木老人はガッハッハと笑った。

「嘘じゃよ、冗談じゃ。馬車松は追い出されたくらいで朝日から出て行くような奴じゃない。あいつは自分の意思で朝日を辞めて、日本に帰って行ったんじゃ。そして、わしは馬車松のその選択は正しかったと思っている。あれはあいつにとってはちょうど日本に帰るべき時だったんじゃ。

じゃが、そうか、あのハリーという男、なかなか見所があると思っていたが、おまえに乱闘するなと言っておったのか」

「うん。それが最大の復讐だとハリーは言ってた」

「復讐？　白人にやられても、やり返さないのが復讐なのか？」

「うん、そうだよ。ハリーはこう言うんだ。排日暴動の時、自分はその場にいなかったが、あの時の話は聞いている。白人たちはあの時、日本人に対して卑怯なことをした。だからこそ僕たちは卑怯なことはしてはいけない。卑怯な真似をすれば、その時点で、君たちも卑怯な白人たちと同じ人間になってしまう。それでも君たちがどうしても復讐したいのであれば、ラフプレーに対してフェアプレーで応じるんだ。それこそが最大の復讐になるんだって」

「なるほど」

鏑木老人は膝を打った。

「武士道じゃな。それこそ日本人の心じゃ」

「だけど、昨日勝てたのはジュンのおかげだよ」

「ああ、あいつは試合前に、白人を小馬鹿にしたようなことをグラウンドで言いおったな。あれか？」

「うん、ジュンがあんなことを言ってくれたおかげで僕たちはリラックスできたし、敵のチームはこれで負けたら大恥をかくと思って、動きが鈍くなった。そこへ僕がわざとスローボールを連発したから、打ち気にはやった彼らは、ほとんど打つことができなかった」

「そうかそうか。テディ」

「ん？」

「おまえ、大人になったな」

「来年の正月が来れば数え年で二十三だからね」

そう言ってニヤリと笑うと、テディは立ち上がった。

「何じゃ、もう行くのか？」

「うん、試合の次の日でも練習を欠かすわけにはいかないから」

「毎日ご苦労なことじゃな。まだ毎日十キロ走っているのか？」

「ううん、二十キロだよ」

そう言って、テディは鏑木老人の家から出て行った。鏑木老人はその後ろ姿を見送ると、テディが手つかずで置いていった湯飲みの酒を飲んだ。テディが時々顔を出してくれるのは嬉しいが、いつも練習前なので、酒を出してやっても一口も口をつけようとしない。それが鏑木老人には少しだけ寂しかった。今はもう酒の相手をしてくれる者は一人もいない。鏑木老人が日本に帰国してしまった馬車松のことを思い出すのはそんな時だ。

テディの調子はどんどん上がっていった。

速球を投げるには全身の筋力が必要だが、スローボールを投げるにもそれと同じか、あるいはそれ以上の筋力を必要とする。しかもスローボールの場合は、わずかでも甘いコースに入ってしまえばたちまち絶好球になってしまうので、針の穴に糸を通すような正確な制球力がなければならない。

筋力と制球力、スローボールに必要なこの二つを徐々に獲得していくことによって、テディはそれまでよりもさらにコントロールがよくなり、速球も以前よりも五キロは速く投げられるようになっていた。優れたスローボール投手になることは、優れた速球投手になることでもあったのだ。

気がついた時には、テディはバンクーバーの日本人選手の中では群を抜いた速球派の投手になっていた。そこへさらにミッキー譲りの変化球が加わる。才能のある投手でも三年はかかる成長を、テディはたったの半年で成し遂げたのだ。

しかし実際の試合では、それだけの投手を擁しながらも、朝日はしばしばターミナル・リーグで負けた。ピッチャーの実力ではない。ピッチャーの数が少なすぎたのだ。

朝日がインターナショナル・リーグに所属していた頃は、テディとミッキーの二枚看板を交互に登板させていれば、試合を消化していくことができた。インターナショナル・リーグはセミプロとは言いながらアマチュア色の強いリーグで、それほど多くの試合をしているわけではない。ところが、今朝日が所属しているターミナル・リーグは野球の試合を興行と考え、そこから利益を得ることも考慮に入れている。試合数もインターナショナル・リーグに比べて圧倒的に多い。

そこへ追い打ちをかけるように、ミッキーの肩と肘のさらなる不調という問題が加わった。

そのミッキーは自分から苦痛を訴えるどころか、今でも先発完投を望んではいる。だが、監督のハリーにしてみれば、いつまでもミッキーの力を当てにしているわけにはいかなかった。どれほどミッキーがタフな精神力を持っていても、苦痛を抱えながらのピッチングはちょっとした時にミスが出る。そして、インターナショナル・リーグの球団ならいざしらず、それよりはるか格上のターミナル・リーグのバッターたちは、ミッキーの失投を見逃すほど甘くはなかった。

しかし、だからといってテディに連投させるわけにもいかない。もしもテディ一人に頼り切ってしまえば、早晩テディもミッキーのように肩や肘を壊してしまうだろう。対戦相手のバッターよりも、酷使による体の疲労がテディにとって最大の敵となりつつあった。

そんな時に最悪の事件が起きた。

ジョー里中が仕事中に怪我をしたのだ。

左手が製材の機械に巻き込まれ、手首から先を切断するという大怪我だった。

もちろん朝日の選手たちは病院に駆けつけた。だが、ジョーの両親はジョーに会わせてくれなかった。大怪我を負った息子の姿を息子のチームメイトたちに見せたくなかったのだ。

「それで、どうなんじゃ、ジョーの具合は？」

鏑木老人がテディに尋ねたのが、それから一ヶ月後のことだった。だが、テディは怒ったような顔で畳敷きの床を見つめるだけで、一言も言葉を発しようとしなかった。

事故が起きてから、ジョーが働いていた工場主との話し合いに奔走したのは監督のハリー宮本だった。ハリーはジョーが働いていた工場の環境や、就労条件、事故当時の状況などを詳しく調べあげ、「これは人災だった」という結論を出した。

日系人に対する差別が高まる中、バンクーバーに住む日系人たちの就労条件はどんどん厳しくなっていく。労働条件は過酷になっていくというのに、それに反比例して給与はどんどん下がっていく。以前と同じ賃金を得たいのであれば、以前よりも労働時間を長くするしかない。こういう時頼りになるのは労働組合だが、日系人はカナダの法律によって組合を作ることを禁じられていた。

過酷な労働条件と過酷な作業、それに低賃金が加わり、さらに、

「ジョーはその合間を縫って朝日の猛練習にも参加していたんだ」

とハリーは選手たちに言った。疲労が重なったため起きた不注意、それがジョーの事故の原因だった。

ハリーは白人の工場主にだけ罪をなすりつけているのではない。ジョーの怪我については、自分たちにもその責任の一半はあると言っているのだ。だからこそ、ハリーは『人災』という厳しい言葉を使ったのである。

そう言われて、一番動揺したのはテディだった。テディは日本人街の中では老舗の部類に入る旅館の一人息子である。幸い繁盛していたし、息子に甘い両親のおかげでテディはろくに家業を手伝わず、ほとんど野球三昧の生活を送っている。

ジョーが怪我をする一ヶ月ほど前だったか、練習中に辛そうにしているジョーに向かって「もっとしゃんとしろよ」と言ってしまったことがあった。

ジョーを非難したつもりはなかったが、その時申し訳なさそうに「ごめん」と言ったジョーの顔がテディは忘れられない。ジョーがどんな仕事をしていたのか、そんなことすらろくすっぽ知らなかった自分に、テディは腹が立った。

そして、ジョーの怪我から一ヶ月経った今でもテディは自分に腹を立てている。

あれ以来、何か助けを求めるように、ほぼ毎日鏑木老人の家に来ているが、テディはいつも畳を見つめて無言のままだ。鏑木老人もおおよその事情を知っているだけに、テディに何と言って声をかけてよいのか分からない。

ところが、その日に限ってテディは珍しくモゴモゴと何事かつぶやいた。

「何じゃ？」

鏑木老人が一言も聞き漏らすまいとして、身を乗り出してテディに尋ねた。

「ジョーは――」

テディは声を振り絞るようにして言った。

「うん」

鏑木老人はただうなずく。

「うん」

「ジョーはもう」

「うん」

「野球はできないんだろうか」

ジョーのポジションはレフトもしくはショートだった。どちらにしても左手がなければできない。

その時、鏑木の家の戸を開けて、勝手に入ってきた者がいた。

トニー児島だった。

「やっぱり、ここにいたのか」

だが、テディは虚ろにチームメイトの顔を見るだけで、返事をしようともしない。

トニーはそんなテディの様子にかまわず言葉を続けた。

「ジョーがグラウンドに戻ってきたんだ。監督がテディにすぐ来るようにって言ってる。テディに頼みたいことがあるって」

トニーがそこまで言い終わらないうちに、テディは鏑木老人の家を飛び出していた。


それからの一年はあっという間だった。そして、そのシーズンの朝日の戦績はさんざんだった。投手不足もさることながら、ジョーが抜けた穴が想像以上に大きかったのだ。


ジョーのポジションはレフトもしくはショート、そして打順は九番だった。九番打者は軽く見られがちだが、そうではない。

「一番打者には必ず塁に出なければならないという責任がある。だが、九番打者はその一番打者に確実に繋がなければならないという責任があるんだ」

そう力説したのはハリー宮本で、その隣で大きくうなずいたのが一番打者のケン鈴鹿だった。2アウトでも九番打者がアウトにならずに一番打者に繋ぎさえしてくれたら、朝日一の出塁率を誇るケン鈴鹿が、そこから攻撃のきっかけを作り出せる。だが、九番打者が一番打者に繋げなければ、攻撃はあっさりそこで終わってしまう。九番打者はある意味八番打者よりも重要な選手なのだ。

そして、朝日の選手たちはジョーがどれほど優れた九番打者であったかを、彼がいなくなってから思い知らされた。一点差で負けた試合のほとんどは、ジョーがいれば勝てていたかもしれない試合だったのだ。

だが、その年の成績が下位に終わっても、朝日の選手たちはさほど気にはしていなかった。負けん気の強い彼らにしては珍しいことだが、だからこそ来年は確実に勝てる、この年はそのための準備期間だという意識が彼らにあったからである。

*

そして、その準備期間の一年が終わり、また新しいシーズンが始まった。それはテディが早くも二十四歳になる年でもあった。

例年どおり、ターミナル・リーグの第一試合は朝日と昨年の優勝チームの組み合わせで行われた。この年の対戦相手はブリティッシュ・コロンビア電力（BC電力）、試合はBC電力の先攻で始まった。

だが、この昨年の優勝チームの一番打者は、バッターボックスに入るなり明らかに戸惑っている様子だった。マウンド上にいるピッチャーは右利きなのに、左手にグローブをはめていない。いや、グローブどころか、手首から先がないのだ。

「冗談だろ。ピッチャーゴロを打たれたら、どうやって捕球するんだ」

この一番打者が思わず英語でつぶやくと、

「それはあんたがバットにボールを当ててから考えることだな」

朝日のキャッチャーが、日系人とは思えぬほど流暢な英語で言った。そして、立ち上がると今度は日本語で、

「ジョーの記念すべき初マウンドだ。皆、頼むぞ」

そう言いながらキャッチャーマスクを取って、内野を見回した。マスクの下から現れたのはテディの顔だった。

ターミナル・リーグのバッターでテディの顔を知らない者はいない。全てのバッターはテディの投げるボールで何度も苦い思いをしたことがあるのだ。BC電力の一番打者はキャッチャーがテディだと知って驚いた。

「なぜおまえがキャッチャーをやっているんだ？」

「俺よりもいいピッチャーがいるからだよ」

テディはそう答えたのだが、あいにくその声は主審の「プレイボール！」と言う声にかき消されてしまった。

テディがジョーのことを「俺よりもいいピッチャー」と言ったのは冗談でもはったりでもなかった。テディは半ば本気でそう言ったのだ。

左手首を失ったジョーがグラウンドに戻って来た時、ハリーは思いがけないことを言った。

「ジョーは来年からピッチャーになってもらう」

テディはそれをハリーの温情だと考えた。左手がなければ野手は務まらないが、ピッチャーならできないでもない。だが、ジョーにピッチングを学ばせるのはあくまでも気休めで、かつてのチームメイトが事故のあとも野球に触れるチャンスを作ってやる、ただそれだけのことだとテディは思い、そして、それでもハリーの優しさに密かに感謝した。

ところが、それはテディの勘違いだった。ハリーは本気でジョーをピッチャーにするつもりだったのだ。

ジョーは過去に一度だけ、インターナショナル・リーグの優勝決定戦で、テディとミッキーが退場したあとにマウンドに立ったことがある。その時、キャッチャーを務めたのがハリーだった。ハリーはその頃から、ジョーの中にピッチャーの適性があることを見抜いていたらしい。

ジョーはゆっくりと振りかぶって、綺麗なオーバースローで一球目を投げた。時速百三十キロに満たない平凡なストレートボールがストライクゾーンのほとんど真ん中にやって来る。

「ホームランを打ってくれと言ってるようなもんだぜ」

そう思いながらバッターがバットを振ろうとした瞬間、ボールが微妙に揺れ出し、バッターがバットを振ったのと、ボールがホームベース上でほとんど直角に見えるほど真下に落ちたのが同時だった。キャッチャーのテディはもう少しでワンバウンドしそうになったボールをかろうじて捕球した。ずっと一緒にジョーと練習してきたにもかかわらず、ジョーの投げるこのボールはキャッチャーですら捕球するのが難しい。であれば、バッターはバットに当てることすらそう簡単にはできない。

ジョーの投げた球はナックルだった。

もっとも複雑な軌跡を描く変化球である。打つにはもっとも難しい球だが、投げるにももっともテクニックが必要な変化球だ。

この習得の困難なナックルを、ジョーは一年足らずで完璧にマスターした。その練習に最初から最後まで付き合ったのがテディだった。必然的にジョーが投げる時だけは、テディがキャッチャーを務めることになったのである。

「ピッチャーを育てられるのはピッチャーだけだ」

そう言って、ハリーがテディにピッチングコーチをするよう命じたのだ。自然とテディはジョーの専属のキャッチャーにもなった。そうすればキャッチャーをやっているヨーをかつてジョーが守っていたレフトにコンバートできる。九人しか選手がいないところからスタートした朝日としては元のやり方に戻ったわけだ。

二球目、三球目とほぼど真ん中に来たナックルを、ＢＣ電力の一番打者のバットはかすることすらできずに三振に打ち取られた。

三球目のストライクボールをキャッチしながらテディは、「ジョーはピッチャーに向いている」と心の底から思った。

ピッチャーにとって一番必要なのは体力や技術ではない。たった一人で敵に立ち向かって動じることのない精神力だ。そして、その精神力があったからこそ、ジョーは不屈の努力で精進を重ね、とうとうこの魔球とも言えるナックルを自在に操れるまでになったのだ。

「以前のジョーはここまで逞しくなかった」

テディはジョーにボールを投げ返しながら思った。ジョーが素手の右手でキャッチしやすいように、ワンバウンドさせて投げてやる。

「あれだけの大怪我を克服していくことで、ジョーはこれだけの精神力を身につけたんだ」

二番打者も三球三振。そして三番打者もたったの二球でツーナッシング。ところが三球目は、三番打者がヤケクソで振ったバットに偶然当たり、鋭いピッチャーゴロになった。

　だが、ジョーは少しも動じない。勢いのあるゴロに微塵の躊躇もなく飛びつき、素手の右手でキャッチすると、その手でファーストめがけて送球した。左手で捕球したボールを右手に移し替えて投げる手間がかからない分だけ、そのフィールディングは普通の野手よりも素早かった。

　ピッチャーゴロを打った打者は驚いて、走ることも忘れているようだった。アウトが宣告されると、呆然とした顔で、

「おまえは手が痛くないのか？」

　英語でジョーに聞いた。

「子どもの頃は、日本人は皆、素手で野球をやってたからね」

　笑顔でジョーは答えた。そのジョーの言葉を聞いて、テディは一瞬昔のことを思い出した。

　昔、テディやジョーが子どもだった頃、貧しくてグローブも買えなかった二人は素手でキャッチボールをし、素手で試合をしていたのだ。あの頃、「おまえにピッチャーなんかできるもんか」とジョーに言ったことを思い出し、テディはキャッチャーマスクの下でペロリと舌を出した。

イニング7

〜一九二六年〜

二十世紀初頭の野球界では、ピッチャーは基本的に先発完投、つまり一人のピッチャーが一回から九回まで投げきるというのがスタンダードなスタイルであった。また、セミプロやアマチュアの球団では、一人のエースピッチャーが何試合も連続でマウンドに立つことも当たり前のように行われていた。ピッチャーの負担は大きかっただろうが、チーム運営の面から見れば、現代よりも投手の数は少なくてもやっていけたとも言える。

そんな時代の中でも、主軸投手がミッキーとテディの二人しかいなかった朝日は、圧倒的にピッチャーの数の少ない球団だった。そこへようやくジョー里中という新しい投手が加わったのである。それでも長いリーグ戦を戦うには数としてはまだ少なかったが、この三人のローテーションをうまく使い回すことによって、朝日は徐々にターミナル・リーグ内での順位を上げていった。そして、ジョーが投手になった次の年、一九二六年シーズンにはリーグ優勝に絡むチームにまでなった。

その頃には、隻腕の投手ジョーに対する偏見はとうになくなっていた。腕がどうであろうが、現実には多くのバッターがジョーのピッチングにねじ伏せられているのだ。バッターはジョーの左手首のことよりも、彼の右手が投げてくるナックルボールのことをまず考えねばならない。

次第に敵チームの選手たちは、ジョー里中をリスペクトするようになっていった。バンクーバーの野球界の中で、一番最初に白人たちから尊敬の念を受けた日本人選手はジョーだった。白人選手から尊敬を受けるジョーには、白人のファンもつくようになってきた。彼らはジョーのことを『ワン・アームド・アーティスト』と呼んだ。ジョーの投げるナックルは『芸術』だと言うのである。

そのジョーに続いて、白人たちから一目置かれるようになったのがトム的川だった。きっかけは、ある試合で白人の投手がトムに投げたビーンボールまがいの球であった。いや、〝まがい〟ではなく、もしかするとその球は本当にトムを狙っていたのかもしれない。それほど危険なコースに投げられた球であったし、またトムには狙われるだけの理由があった。守備力に比べると攻撃力の劣る朝日では、トム的川は唯一のパワーヒッターだったのだ。そこでその時マウンドに上がっていたピッチャーは、トムを潰せば朝日に勝てる、という愚か極まる計算をしたのだろう。

ボールはトムの頭を狙うかのように投げられた。ほんのわずかのところで、後ろにひっくり返り、トムはかろうじてそのボールをよけた。これが白人の打者であれば、ピッチャーに殴りかかっている場面だった。ところが、トムは不満げな顔すら見せず、倒れた拍子にユニフォームに付いた土埃を手で払うと、何事もなかったかのように黙然とバッターボックスについた。

この時、トムを「仕返しすらできない臆病者」と勘違いしたのは、ビーンボールまがいの球を投げたピッチャーだけだった。今度こそと、ふたたびビーンボールすれすれの球を投げ、ふたたびトムがそのボールをよけた時、観客からブーイングが起きた。トムの「臆病な振る舞い」を馬鹿にしたのではない。ピッチャーの卑怯なやり方に対して、ピッチャーと同じ白人の客が怒り出したのだ。

トムは二球続けて頭を狙われたにもかかわらず、三球目の打席でも怖じることなくホームベースギリギリのところに立ち、静かな表情でピッチャーを見た。さすがにこの愚かなピッチャーも自分が犯した過ちに気がついたのだろう。動揺しながら投げたボールは甘いコースに入り、トムはそのボールを見事にセンター越しに打ち返した。そのシーズンが始まって、朝日が打った初めてのホームランだった。

朝日の試合ならば欠かさず見に行く鏑木老人は、この時の試合ももちろん観客席で見ていたが、その日はたまたま鏑木には連れがいた。バンクーバー一の購読者を持つグローブ紙の記者である。本名のトミー・オットーを訛って『富夫』という日本人名で鏑木老人から呼ばれていたこの記者は、鏑木老人の剣道の弟子でもあった。その日は、鏑木老人に連れられ、師匠の贔屓のチームの応援に来ていたのだ。

富夫はホームランを打ったあとも表情を崩さず淡々とグラウンドを回っていくトムを指さし、

「どうして日本人はビーンボールを投げられても怒ったりしないのですか？」

と鏑木老人にも分かる簡単な英語で尋ねた。

「ソレガ・ブシドーノ・セーシン・ダカラダ」

鏑木老人は拙い英語で答えた。

「グランドマスター、『武士道』とは何ですか？」

さらに富夫は我が師に尋ねたが、日本語でも一言では言いにくい言葉を鏑木の語学力では英語でスラスラと説明することができない。ボソボソと言葉を選びながら説明する鏑木に、なおも富夫は英語で質問を重ねる。鏑木老人は観戦に集中できず閉口した。

次の日、その富夫が書いた記事がグローブ紙に掲載された。内容は昨日の試合でのトム的川の態度を絶賛し、それは武士道の精神に基づくものだと鏑木老人からの受け売りを述べたあとで、武士道の解説が書き加えてあった。

『武士道とは何か？　それはフェアプレーの精神であり、スポーツマンシップであり、ジェントルマンシップのことであり、かつまたそれ以上のものである。フェアプレーの精神は卑怯な振る舞いをしないということだが、武士道は大きな包容力で敵の卑怯な振る舞いすら許す。スポーツマンシップは運動選手にのみ限られたものだが、武士道はあまねく人に共通の理念である。ジェントルマンシップは富める者の寛容な精神を表しているが、武士道は貧しくとも卑屈にならぬ気高さを教えている。そして、その武士道の精神をもっともよく表していたのが、昨日のトム的川選手の打席であった』

この記事のおかげでトムはたちまちバンクーバー中の人気者となり、白人の野球ファンの間で、ジョー里中に続いてリスペクトを受ける日本人選手となった。

ミッキーはこの記事を読んでトムをさんざん冷やかし、トニー児島はこの記者はトムのことをよく理解していると誉め、ジュン伊藤は「人気者になれて羨ましいわ」と言い、テディは「ふん、僕だって頑張っているのに」とわざとすねて見せた。

こうして朝日はターミナル・リーグのマネージャーたちが当初もくろんだ「悪役」というイメージを脱し、どの白人チームよりもクリーンな試合をするチームとして白人たちからも人気を集めるようになっていく。

テディが参加していた頃の朝日としては、この頃がもっとも華やかな時期であった。というのも、これからふたたび、テディたち朝日にとって苦難の時期が始まったからだ。

最初の苦難は、以前から案じられていたミッキーの肩と肘の問題から始まった。

その日はバンクーバーには珍しく湿度の高い日だった。北山三兄弟の末弟のエディから聞いた話では、朝からミッキーの様子がおかしかったという。日本人なら「古傷が痛むので、そろそろ雨が降るかもしれない」などと言うところだが、日本から遠く離れたバンクーバーで育ったミッキーは過度の湿度が傷に障るという知識がなかった。また、たとえ知っていたとしても、その程度のことでミッキーが試合を休むはずがない。

その日の試合はテディの先発で、ミッキーはショートを守っていた。ジョーがピッチャーにコンバートしたのは投手不足を解消する上では役に立ったが、野手としてのジョーの穴は、まだ完全には埋めきれていなかったのだ。もしも他の選手がショートを守っていれば、ミッキーはその試合ではベンチにいたはずだった。後にハリーはそう後悔することになる。

四回表の一番打者にテディの投げた球が打ち返され、三遊間に飛んだ。そのままではレフト前まで抜けそうなゴロを、ショートを守っていたミッキーが横っ飛びでキャッチし、無理な姿勢からファーストへ送球した。幸い、打者はアウトになったが、二回転横に転がりながら送球したミッキーは、その姿勢のままグラウンドから立ち上がろうとしない。

テディは思わず駆け寄った。

「ミッキー！」

テディが大声で呼びかけても、ミッキーは倒れたまま肩を押さえて痛そうに呻いているだけだ。

「ミッキー、痛いの？」

テディが恐る恐る聞くと、ミッキーが驚くべきことを言った。

「ああ、少しだけな」

その瞬間、テディは今ミッキーの体にとてつもないことが起きていることを知った。

ミッキーは十代の頃、二度とボールが投げられなくなるのではないかと案じられるほどの大怪我を負った時でも、一度も自分から痛みを訴えなかった。痛みだけではない。

ミッキーはどれほど苦しいことや辛いことがあっても、苦しいとか辛いと言ったことはない。それがミッキーのダンディズムであり、強さであり、優しさでもある。

そのミッキーがわずかにしろ、自分の口から初めて痛みを認める言葉を吐いたのだ。

ミッキーが「少しだけ」痛いと言うのであれば、それは激痛に違いない。

テディは監督のハリーの指示を仰ぐのを待たず、強引にタイムをとると、ミッキーをすぐに病院へ連れて行くようハリーにお願いした。

結局、その日テディは嘘のように打たれまくり、朝日はぼろ負けした。ミッキーのことが気になって、ピッチングに集中できなかったのだ。テディは情けなかった。

「ミッキーならこんな時こそ負けるようなピッチングはしない」

そうは思ってもどうしても球に力が入らない。自分がこんなざまでは、もしもミッキーが戦線を離脱したら、朝日は、そして自分はどうなるのだ？　けれども、結局テディは最後まで自分のペースを取り戻せなかった。何とかしたいと思いながら、自分の体が思うように動かない。それなのに、テディの危惧だけは的中してしまった。


人間の体はある意味とても頑丈だが、それと同時にとても脆くもできている。子どもの頃、白人に石をぶつけられて骨折寸前の怪我を負った時でも、何とかピッチングができるようになるまでに回復したミッキーの肩は、それからおよそ十年後、たった一度の無理な送球のせいで、選手生命が危ぶまれるほどのダメージを受けてしまった。

あの送球がそれほど体に負担がかかるものだったのではない。あれは単なるきっかけに過ぎなかった。ミッキーの肩はどんな些細なことがきっかけでも、いつ爆発してもおかしくないほど危うい状態だったのだ。

ジョーの怪我を人災だと言い、その責任の一半は朝日にもあると言ったハリー宮本の言葉が正しいとすれば、今度のミッキーの件もまた人災だった。

ミッキーの肩を壊した最初の原因は、排日暴動の時に白人の暴徒によって負わされた怪我だったが、その怪我をここまで悪化させてしまったのはやはり朝日だったのだ。朝日はターミナル・リーグに参加する唯一の日本人チームとして活躍していながら、相変わらず選手層の薄さに悩まされていた。

理由ははっきりしている。朝日の純血主義のためだった。

朝日の選手たちに限らず、バンクーバー在住の日系人たちは、常に白人の純血主義、白人至上主義に悩まされ続けてきた。朝日はある意味、そうした白人たちに対抗するために生まれた球団だった。その朝日が白人至上主義を打ち破るために日本人純血主義をとることになったのは仕方のないことではあった。

だが、バンクーバーの総人口の中で日系人が占める割合は一割にも満たない。もともと少ない人口の中から能力のある野球選手を探し出すのは至難の業、というか、ほとんど不可能である。

馬車松の跡を継いだ監督・ハリー宮本は、初代監督の馬車松のやり方に批判的な部分もあったが、そのハリーですらこの時期はまだ、馬車松から引き継いだ日本人純血主義から逃れることができていなかったのだ。

後年、ハリー宮本は様々な事情からアングラーの収容所に強制収容されることになる。そこで英訳のニーチェを手に入れて、暇潰しに読んだ。パラパラとページをめくる中、ハリーは思わず目を見開いた。そこにはこう書いてあったのだ。

『敵を選ぶ時は気をつけねばならない。なぜならこちらも敵に似てくるから』

だが、ミッキーが再起不能になった頃のハリー宮本は、まだ朝日の抱える最大の問題点に気づいていなかった。そのハリー宮本が率いる朝日は、それまで薄かった選手層からさらに重要な一人を欠いた状態で、リーグ戦に挑み続けることになったのである。


ミッキーが入院してから数日後、テディは練習の最中にハリー宮本にくってかかった。

「ハリー、あれはどういう意味なんだ?」

テディが怒りながら指さすほうには、三組のバッテリーがピッチングの練習をしていた。朝日の二軍とも言える若手少年チームから抜擢された三人を相手に、それぞれヨー梶、ジュン伊藤、ケン鈴鹿の三人がキャッチャーの役を務めている。

「見れば分かるだろう。ピッチングの練習だ」

テディの怒りがすさまじかった。

「ピッチャーなら僕がいる。それにジョーも！」

テディが声を荒らげた。

「それじゃあピッチャーの数が少なすぎる。それでミッキーがあんなことになってしまったんだ。もう二度とあんなことにならないためにも、まず一からピッチャーを育てて……」

ハリーの反論が終わる前にテディが叫んだ。

「あんな球を投げる選手をマウンドに立たせるつもりなの？　そんなことをしたら、打たれるに決まってる。そうしたら朝日は勝てない」

「確かにあのピッチャーでは朝日は勝てないだろう。だけど、今年は彼らを育てる年だと思えばいい。ジョーが一人前のピッチャーになるまでにだって、僕たちは一年間待てたじゃないか」

「あの時と今とでは事情が違う」

テディが怒鳴るようにして言った。

「来年じゃ遅すぎるんだよ、ハリー」

「どうして？」

「ミッキーがいるチームで優勝したいんだ」

そう言われて、ハリーは息を呑んだ。テディはそんなハリーを見据えるようにして言葉を続ける。

「ミッキーはもうグラウンドに出られないかもしれない。だけど、今年のうちはまだ朝日の選手の一人として登録されているはずだ。だから、今年なんだ。今年、絶対に優勝しないといけないんだよ。今年が最後のチャンスなんだ。のんびりピッチャーなんか育ててる場合じゃないんだよ、ハリー」

「だったら、どうしろって言うんだ？」

「僕がこれまでの倍、投げる」

「それでは君の負担が大きくなりすぎる」

「ミッキーの負担はそんなものじゃなかったはずだ」

テディはあくまで一歩も引こうとしない。

「僕はミッキーに憧れて野球を始めたんだ。今でもミッキーのようになりたいと思っている。ミッキーが耐えた負担であれば、僕にだって耐えられるはずだ」

「だけど、それじゃあ、君のピッチャーとしての選手生命が……」

「ハリー！」

テディはハリーの目を見据えるようにして言った。

「選手生命よりももっと大事なことがあるんだよ。僕にとってそれは、ミッキーと一緒に優勝することなんだ」

それから朝日の試合ぶりが変わっていった。

その変化がもっとも分かりやすい形で出たのが、ミッキーが欠場してから三試合目の対カナダ・パシフィック鉄道会社戦だった。ターミナル・リーグで常に優勝を争っている強豪チームである。

朝日はこれまでにも何度もこのチームと対戦してきたが、なかなか勝つことができなかった。投手戦としてはほぼ五分五分なのだが、打撃の面での実力に雲泥の差があったのだ。どれだけ朝日のピッチャーが頑張って相手の打線を抑えても、朝日の打線が相手のピッチャーにパワー負けしてしまって点が取れない。一方、カナダ・パシフィックはパワーヒッター揃いだったので、一球でも甘い球を投げると、それが即、点に繋がってしまう。

ところがこの試合の朝日は、これまでの試合ぶりをさらに徹底させるような戦法に出た。

先頭打者のケン鈴鹿が三塁線への絶妙なバントヒットで塁に出ると、続いてバッターボックスに立ったヨー梶はヒッティングの構えから、素早くプッシュバントをした。ランエンドバントだ。

白人投手は総じてモーションが大きい。この時のピッチャーも例外ではなかった。

ヨーがバントの構えに移る前、ピッチャーの足が上がると同時に走り出していたトムにつられて、二塁手がベースカバーに入る。そうして大きく空いた一、二塁間を、バントの打球が転がって走者は一、二塁になった。

三人目の打者、北山三兄弟の末弟エディ北山もバントをした。ここは犠牲バントをしてもおかしくない場面ではある。エディは手堅くバントを決め、その結果として当たり前のようにアウトになった。ところが、エディはアウトになったことを異様に悔しがった。まるで2アウト満塁という微妙な場面で三振してしまったかのように。バントをしたあとのエディの走りぶりを見ていると、どうやらあわよくばバントヒットを狙っていたようだった。だが、悔しがるほうがおかしいのだ。実際には場面は1アウト二、三塁という絶好のチャンスなのだから。

こういうところが、ハリー宮本の新しい戦法の萌芽であったのだが、この時点ではまだ敵チームは朝日が何をしようとしているのか気づいてもいなかった。もちろんこの試合を見ている観客たちも。

ここで登場したのが四番打者のトム的川だった。朝日の中では唯一のパワーヒッターである。ヒットエンドランの可能性も大いにあった。スクイズなら成功しても一点しか取れないが、ヒットならば二点取れる場面だ。白人なら迷うことなく、そして三振を恐れずバットを振ってくる。

だが、トムはスクイズバントをしてきた。その時点ではすでに三塁走者と二塁走者は走り出している。ボールの勢いをうまく殺したゴロが三遊間に転がっていった。

ボールを拾った三塁手のトスをキャッチャーが受けた時には、スライディングした三塁走者のケンの足がホームベースを撫でるように通過していた。そのケンと接触してややバランスを崩したキャッチャーが、慌てて一塁へ送球しようとする。しかしその時、二塁走者のヨーがためらいなく三塁を蹴って、ホームベースへ突進していたことには気づかなかった。

ハリーの作戦は一点を取るためのスクイズではなかった。はじめから三塁で止まるつもりのなかったヨーは、加速度に乗りトップスピードでホームベース上を駆け抜けた。球を投げるか投げないかの時に、この異変に気づいたキャッチャーは動揺したため送球が逸れ、ボールは一塁手のグローブをはじき、ファールグラウンドへと転がっていった。

結果として、バントだけの攻撃で二点を取り、しかもまだ1アウト一塁。これほど徹底したバント攻撃はこれまでの朝日ですらしたことがなかった。ましてや、パワーだけで押してくるターミナル・リーグの選手たちには思いつくことすらなかった攻撃法だった。

現在もそうだが、北米の野球選手たちはバントを好まない。ショーマンシップが強い彼らは、ただ点を取るだけではなく『魅せる野球』をも目指している。バントでは観客の喝采を得られないと思っているのだ。

ところが、それは白人選手の誤解だったようだ。一本のバントを合図のようにして、打者走者を含めた三人の走者が一斉にダイヤモンドを疾走する、そのスピード感溢れる朝日のプレーに観客は興奮し、拍手を惜しまなかった。

これまでにも朝日の攻撃にバントはつきものだった。しかし、四打席連続バントというような極端な戦法は初めてである。だからこそ、それが相手の意表をつき、効果的な攻撃となったのだ。

しかも、朝日の攻撃はこれで終わらなかった。

送球エラーで一塁に残ったトムは、すかさず盗塁を決める。敵チームが完全に浮き足立ったところへ、五番打者のジュン伊藤までバントの構えをした。ところが一球投げるたびにピッチャーがダッシュしてくると、すぐにジュンはバットを引いてしまう。一球目だけはストライクを取ったものの、そのあとは全てボールで、たちまちカウントは3ボール1ストライクになった。

「ピッチャーは甘い球でも確実にストライクを取ってくる」

そう判断したジュンは、事前にハリーから指示を受けていたとおり、バントの構えでピッチャーを前におびき出した上で、バットを持ち直して鋭くスイングした。するとボールはピッチャーの頭上を越え、ボールはそのまま二塁ベースを通り越して、センター前のヒットとなった。

エンドランのサインが出ていたので、一塁走者のトムはあっという間に二塁どころか三塁にまで足を進める。

この時点でまだ1アウト。しかもランナーは一、三塁とチャンスはまだ続いている。さらにここに追い打ちをかけるように六番打者までバントの構えをした時、ピッチャーは朝日の執拗さに恐怖を感じた。そして、ピッチャーがバッターを恐ろしいと感じた時点で、その試合は決まったも同然なのだ。


「ミッキーが選手として登録されている今年のうちに優勝したい」

テディがそう言った時、監督のハリー宮本はしばらくの間、困ったような顔をしていた。しかし、どうしてもテディの決心を変えられないことを知ると、全てを吹っ切ったかのようにポツリと言った。

「君がどうしても今年、朝日を優勝させたいのであれば、一つだけだが方法がないこともない」

そして、ハリー宮本はすぐに選手を集めると、

「これから朝日は少しばかり戦い方を変える」

と宣言をした。

と言っても、ハリーは選手たちに小難しいプレーを求めたわけではない。彼が提案した戦い方は非常にシンプルだった。選手たちに要求したのは、たった一つ。

「意味もなくアウトになるな」

これだけだった。

野球は三回アウトになれば、その回の攻撃が終わってしまうゲームである。反対に3アウトにならない限り、攻撃は永遠に続く。

当たり前と言えばこれ以上当たり前のことはないが、攻撃が終わるというのはそれ以上点を取ることができないということであり、反対に攻撃が続いてさえいれば点を取る可能性が常にあるということを意味する。たった一つでもアウトをとられるというのは、得点のチャンスを一つ失うという重い意味を持っているのだ。

とはいえ、永遠にアウトにならないわけにはいかない。敵のチームはどんなことをしてでもこちらをアウトに打ち取ろうと、そのために全力を尽くしているのだ。

そこで重要になってくるのは、アウトのなり方である。たとえば、回の始まりは、常にノーアウト、ランナー無しの状態から攻撃が始まる。ここでアウトになるのはもっとも愚かなアウトだ。それは言い換えれば、その回の攻撃が1アウトから始まるということを意味するからだ。一番打者が打ち取られるのはとてつもないハンディを背負うことになるのだ。

反対に意味のあるアウトは、打者がアウトになる代わりに点をとるか、もしくは塁に出ているランナーを先の塁に進ませるためのアウトである。つまり犠打だ。

この考えをもとに試合を進めると、こういうことになる。

まずその回のトップバッターはどんなことをしてでも、たとえ死球を受けてでも出塁しなくてはならない。

また、長打を狙うのはよほど特殊な場合でない限り許されない。長打を狙うと空振りになる確率が高いし、外野に飛ばしたところで、その打球がヒットになるか、それとも外野フライになるのかは、ほとんど運でしかないからだ。そして、アウトか出塁かの二者択一の視点から見れば、外野フライと三振はどちらも同じアウトでしかない。

もちろん外野フライには犠打になり得るという利点がある。だが、それならば外野フライよりももっと確実な犠打がある。それがボールの勢いを殺したゴロだ。であれば、意味のないアウトを避けるためには、全ての打者はバットを短く持ってボールに当てることだけに専念しなくてはならない。

そこから出てくる結論は一つだけだ。バントを基本とした攻撃である。

コツコツとバントを繰り返していけば、いつか必ず点は取れる。だが、この方法では走者一掃のホームランのような大量得点はまず期待できない。

「つまり、このやり方で一番大事なのは、本当のことを言うと打撃ではないんだ」

とハリーは選手たちに説明した。

「味方が取った一点か二点の得点を、ピッチャーが守りきれるかどうか、それがこの攻め方で一番重要なことだ。だからこそ、この戦法はもっともピッチャーに負担の大きい攻め方でもあるんだ」

朝日はこの戦法で対カナダ・パシフィック鉄道会社戦に挑んだのである。そして、結果は五対〇で朝日の勝ちだった。ピッチャーはもちろんテディで、久しぶりの先発完投だった。


それ以来、朝日は快進撃を続けることになる。

ハリー宮本が考え出した戦法は、今で言うところの『スモール・ベースボール』だった。ホームランを代表とする長打に依存せず、塁に出た選手をバントや盗塁、ヒットエンドランなどで少しずつ得点圏にまで送り出し、確実に一点をもぎ取る。ホームラン合戦を見慣れた観客からすれば、とても地味に見える戦法だ。

ハリー宮本は、今や朝日のマネージャー的存在となった児島から、〝人気〟の重要性についてさんざん聞かされてきた。

「朝日は白人に勝つために生まれたチームです。でも、それは白人に嫌われてもいいということではありません。白人に勝つことで日本人の素晴らしさを白人に教える。そして、今まで日本人を迫害してきた白人からリスペクトを受ける。私は朝日にそういうチームになってほしい。そのためには朝日の〝人気〟は重要なバロメーターになります。ハリーさん、朝日を白人が応援するような、人気のあるチームにして下さい」

けれども、朝日のこの戦法は地味すぎて、派手なプレーが好きな白人の観客たちは決して喜ばないだろう、とハリー宮本は考えた。白人たちはバントなどの地味な攻撃の積み重ねより、一発で戦局を変えてしまう満塁ホームランのほうが圧倒的に好きなはずだ、と。

ところが、ハリーの想像は嬉しい形で外れた。

白人の観客たちは朝日のこの新しい戦いぶりに喝采したのである。それは彼らが初めて見る緻密な野球だったからだ。ホームランだけを狙う野球は、打者の肉体の強靱さを誇っているに過ぎない。それでは野球は力の強いほうが勝つという単純きわまりないゲームになってしまう。

十九世紀までなら、それでもよかっただろう。パワー対パワーの戦いを見て、観客はそれなりに興奮した。だが、二十世紀の野球ファンたちは肉体だけの試合に物足りないものを感じていたのだ。そこへ登場したのがハリー宮本の考案した戦法だった。この時、観客たちは野球には肉体の強靱さだけではなく、頭脳も必要だということを知ったのである。

いつしかハリーの考案した朝日の戦法は『ブレイン・ベースボール（頭脳的な野球）』と呼ばれるようになっていった。

観客たちはその頭脳的な野球を見るために球場に押しかけてくる。児島は驚喜してハリー宮本に言った。

「これで朝日の選手たちも一層張り合いが出て、戦いやすくなったでしょう」

ところが、朝日の状況はそう甘いものではなかったのである。


異変にまず気づいたのは鏑木老人だった。朝日の快進撃が始まり一ヶ月ほど経った時のことである。

「テディ、おまえ、ちょっと裸になってみろ」

いつものように遊びに来たテディに向かって鏑木老人はいつになく厳しい表情で言った。

「何を言ってんだよ。僕そんな趣味はないよ」

「ふざけて誤魔化そうったってそうはいかん。この鏑木甚蔵の目を節穴だと思っているのか。わしはな、長年武道の修業を積んできたんじゃ。戦う男の体のことなら、バンクーバーの誰よりもよく知っている」

そう言うなり鏑木老人はテディに襲いかかった。テディは抵抗したが、柔術の心得まである鏑木老人に敵うはずもない。テディはあっさり組み伏せられてしまった。

「たとえば、ここはどうじゃ」

鏑木老人がテディの腰を指で押すと、

「ぎゃあああ！」

テディが悲鳴を上げた。

「馬鹿者、大声を出すな。近所の人に聞かれたら何事かと思われるわ」

「だって、馬鹿力で押すから」

「わしは力なんぞ入れておらん。今おまえの腰を押したのは左手の小指じゃ。いかにわしが武道の達人じゃからといって、小指一本でどれほどの力が出せると言うのじゃ。だが、わしの指は見事におまえの経絡に入っておる。分かるか、テディ、お前はその経絡をこれほど軽く押されただけで……」

「痛い痛い痛い痛い」

「それほど痛みを感じるようになっておる。つまり、それだけ体が傷んでいるということじゃ。そら、これはどうじゃ」

「痛い痛い痛い……って。僕の体で遊んでない？」

「わしは真面目にやっておる。ほら、これ、このとおり」

「ぎゃあああ」

しばらくの間、鏑木老人はテディをもてあそぶかのように、テディの体のあちこちを揉んだ。そのたびにテディは激痛のあまり逃げだそうとするのだが、自称柔術八段の鏑木老人の手から逃れることはできない。

一時間ほどさんざん揉まれた挙句、ようやく解放されると、それまで体に溜まっていた疲労や痛みが嘘のように消えていたことにテディは気がついた。

「驚いた。体が楽になったよ」

「うむ、じゃが、それは一時的なものじゃ。おまえも分かっておるだろうが、おまえの体は今とんでもないことになっておるぞ」

「……分かるの？」

「分かる」

鏑木老人はどっかと座り直し、腕を組んでテディを睨みつけるようにして見つめた。

「テディ、一度だけ言うぞ。おまえ、しばらく野球はやめろ。ピッチャー不足で無理しすぎなんだ。でなけりゃあ、おまえはミッキーの二の舞に……」

だが、テディは鏑木老人に最後まで言わせなかった。

「分かってるよ。それでもいいんだ。僕がそうしたくって、そうしてるんだから」

「ふん、そう言うと思ったわ」

と鏑木老人は少し不満げな声でそう言った。

「どうせミッキーに義理立てでもしておるんじゃろ。ああ、いい、おまえの言い訳なんぞ聞きたくもないわ。じゃがなあ、テディ」

「鏑木さん、さっきこんなことを言うのは一度だけだって言ったよ」

「いいから聞け、テディ。おまえはこれから毎日練習や試合が終わったら、必ずうちに来い。とりわけ試合のあとは絶対にだ。わしが揉み療治をしてやる。そうすればな、テディ」

鏑木はニヤリと笑ってつぶやいた。

「朝日が優勝するまでなら、わしが何とかおまえの肩と腰をもたせてやる」


朝日はジワジワと、だが確実に勝利を重ねていった。

そのためにハリー宮本はテディには過酷とも思えるローテーションを組んだ。ジョー里中が一度登板する間に、テディは三回登板するのだ。だが、テディはハリーの期待に応えて、登板した試合はほとんど無失点で抑え続けた。

練習と試合のあとの鏑木老人による入念なマッサージがなければ、テディの体はとっくに潰れていたかもしれない。だが、テディを支えていたのは鏑木老人だけではなかった。

その頃になるとテディは他の選手とは別メニューの練習をしていた。なるだけ疲労を溜めないように、だが筋力を落とさないように、ということで、他の選手が体を動かしている時も、テディ一人が休んでいることが多い。

ある時、テディがぼんやりとグラウンドを見ていると、ケン鈴鹿が他の選手たちに盗塁のコツを説明していた。

「いいか、盗塁っていうのは、足の速さはそれほど重要じゃないんだ。ベースとベースの間の距離は三十メートル足らずなんだよ。百メートルのスプリンターと競走しても、スタートから三十メートルまでの時点ではそれほど差がつかない。三十メートルというのはそういう距離なんだ」

チーム一足の速いケンが言った。

「盗塁で一番重要なことはピッチャーの癖を見抜くことだ。そのためにはまずピッチャーが投げようとしているのが牽制球か、それともバッターに投げる球か、その違いを見抜かなければならない。どうすれば見抜けるか分かるか?」

「千里眼か?」

そう言って皆を笑わせたのはジュン伊藤だった。十年ほど前に日本で千里眼が話題になったことが、口伝えでカナダにも伝わっていたのである。さすがにこれにはケンも苦笑するしかない。

「そうじゃない。千里眼よりももっと簡単な方法がある。リードをわざと大きくとって、ピッチャーに牽制球を投げさせるんだ。何度かそれを繰り返せば、誰でもピッチャーが牽制球を投げるか、それとも打者に向かって投げるのか、その違いが分かるようになる。そして、その違いが分かれば、盗塁は確実に成功する」

テディは少し離れたところでケンの話を聞きながら、意外な思いでいた。

テディが知っているケンは、普段から一人でコツコツと練習していて、自分から進んで人にものを教えるタイプではない。それに元来が無口な質《たち》だ。これほど喋るケンをテディは見たことがない。その彼が流暢に、しかも実に論理的、的確に話を進めることにテディは驚いた。

「ケンにもこんな面があったんだ」

ところが、それがテディのまったくの勘違いであることをあとでジュンから知らされた。

練習の合間にジュンと二人きりになった時、「ケンって意外とお喋りなんだね」とテディが言うと、いつもは剽軽なジュンが急に真面目な口調で言った。

「テディ、ほんまにそう思てるのか？」

驚いたテディは何と答えてよいか分からず、黙ってしまった。

「ええか、テディ。今年、朝日を優勝させたいと思てるのは、君だけやないんや。僕かて、ケンかて、いつも以上にそない思てるねん。けどなあ、勝ちたいとか、優勝したいという大きい望みを叶えるためには、小さいことを積み重ねていくしかないねん。盗塁を一つしたからって、それが即、点に繋がるわけやあらへん。けどなあ、塁に出たランナーが盗塁を成功させたら、その分だけホームベースに、つまり得点に塁一つ分だけ近づくねん。それはつまり、優勝にわずかやけど近づいたということなんや。そのために、ケンは他の連中も盗塁を成功させられるように、無口なあいつが、無理をしてあやって、皆に盗塁の仕方を教えてやってるんや」

ジュンはテディを非難しようとしてこんなことを言ったのではなかった。ただ、テディにも分かっていてもらいたかったから、こう言っただけだ。だからこそ、その口ぶりは淡々としていて、テディを責めるそぶりはまったくなかった。そして、だからこそ、この言葉はテディに応えた。

その日の夜、テディは久しぶりにミッキーたちの父親が持っている倉庫へ行き、一人で壁を相手にピッチングの練習をした。そして、ボールを投げながら考えた。

「僕はこれまで一人で戦っているつもりになっていた。僕さえ頑張れば、ミッキーに優勝を味わわせてあげられると思っていた。けれども、それは僕の傲慢だった」

そう思いながら、テディは大きく振りかぶった。

「野球は九人いなければできない。いや、その九人を鍛えてくれた馬車松監督やハリーたちがいなければ、今の朝日はなかった。それに」

テディは壁に向かってシュートを投げた。ボールは見事にスライスしながら落ちていく。決め球はあくまでストレートだが、勝つために磨き上げてきた変化球だった。

「このシュートだって、ミッキーが教えてくれたからこそ投げられるんだ。そして、僕がこのシュートで敵の打者を打ち取れるのも、僕に休養をとらせるために、僕に代わってジョーが投げていてくれるからだ」

最近は練習ではなるだけセーブして投げるようにしているテディだが、この夜だけはまるで試合に臨むかのように、力一杯壁に向かって投げ続けた。


次の日の朝、トニー児島が伯父の児島基治の事務所に行くと、離れの作業場でトム的川がいつものように荷物を運んでいた。汗まみれになって働いているチームメイトの姿を見ると、トニーは自分が悪いことをしているような気がしてドキドキしたが、伯父の児島はそんなことは気にもかけていない様子だった。トムが伯父の店で働いているのは毎日のことだから、伯父の児島の反応のほうが普通なのだと思っていても、トニーは何となく居心地が悪い。

甥っ子のトニーがそんなことを気にしていることも知らず、児島はトニーに紅茶を勧めた。カナダはイギリスを宗主国として仰ぐイギリス連邦構成国の一つだ。カナダ人の中でも上流階級、成功者たちはイギリスの風習を取り入れている。イギリス風の暮らしをすることがカナダでのステイタスであり、紅茶を飲む習慣はそのシンボルのようなものだった。そしてトニーの伯父の児島基治は日系人でありながらカナダで経済的に成功した例外的な人物だった。

「トニー、紅茶には牛乳を入れなさい」

児島がトニーに言った。

「どうして?」

「それがイギリス式の飲み方だからだ」

児島は甥っ子のトニーに対してだけはいつも威厳をもって接する。トニーは言われるままに紅茶に牛乳を入れた。

「ところでトニー、おまえはいつまで野球をやっているつもりだ?」

「伯父さんは野球が好きじゃないの?」

「むろん大好きさ。でなければ、大切な時間を使ってまで朝日のマネージメントなんて仕事はしたりしない。だけど、マネージメントと実際にプレーすることとはまるで別ものだ。人間はいつまでも野球をやり続けることはできないんだよ。それならいっそのこと、そろそろプレーをすることはやめて、伯父さんの跡を継ぐためにここで働かないか? そうすれば、仕事のかたわら、興行師として野球をプロデュースすることもできる。その仕事なら五十歳になっても現役でやり続けることができるんだ」

「つまり、それは野球の選手をやめろってこと？」

「そうだ」

児島はハリー宮本には見せたこともないような厳しい顔で言った。

「今、私の事務所では尻上がりに仕事の量が増えている。手助けしてくれる人間が必要なんだ。それも一日も早く」

「伯父さん」

トニーも伯父に負けない厳しい顔で言った。

「ミッキーが倒れる前だったら、僕も伯父さんの言うことに従ったかもしれない。だけどね、伯父さん、今朝日は選手が一人欠けてもダメな状況なんだ。たとえ僕のような二流の選手であっても」

「トニー、今、私のもう一人の甥、おまえからすれば従兄弟に当たる男が、私の仕事を手伝いたいと言ってきている。うちにだって、そう多くのポストがあるわけじゃない。マウンドに上がれるピッチャーは一人しかいないように、私の跡継ぎは一人で十分なんだ。もしもおまえが今、私の跡を継ぐと言ってくれなければ、おまえは」

と児島は外で働いているトム的川を指さした。

「彼のように、一生汗水たらして働かなければならなくなるんだぞ。それでもいいのか？」

　そう言われて逆にトニーは決心がついた。

「いいよ。トムと同じ仕事ができるのなら、そのほうがいい」

「トニー、おまえは私の気持ちが分からないんだな。おまえはそういう奴だ。そう言えば伊藤君が言ってたな、おまえは苦労知らずのボンボンだって。おまえには人の気持ちゃ思いやりや痛みがまったく分からないんだ」

　トニーは困ったような顔で立ち上がった。

「うん、そうかもしれない。僕はボンボンだから人の痛みは分からないんだ。だけど、その僕でも今のミッキーの痛みや、テディの気持ちは理解できるんだよ」

　そう言うなり児島の事務所を出ていった。大好きな伯父にはもう少し自分の気持ちを分かってほしかった。そのためにはもっと伯父と話をしなくてはならないが、トニーにはその時間がなかった。これから朝日の練習が始まるのだ。

　当たり前のことだが、どれほど選手たちが頑張ろうとも、朝日が常に連戦連勝を重ねていたわけではなかった。テディが奮闘しても調子の悪い時はあるし、ジョー里中の三試合に一試合は完投するというローテーションですら、普通のピッチャーからすれば大変な負担だった。

とりわけ隻腕で、グローブを使わずに試合をしているジョーの場合、使えるのが右手だけなので、その負担はさらに大きかった。試合を重ねた結果、とうとう右手がグローブのように腫れてしまったほどだ。どれほど鋭いピッチャーゴロやライナーでも、臆することなくグローブをはめていない右手でキャッチしたためだった。

しかし、それだけ右手を酷使すると、今度は繊細な指の動きを必要とするナックルの切れが悪くなってしまう。すると、どうしても失投が増え、ジョーも敵チームに打たれてしまうことになる。ジョー以上の負担を抱えるテディの場合はなおさらだった。だが、投手の少なさ以上に朝日を追い詰めたものがあった。それは意外なことに朝日の人気である。

バンクーバーの野球界は実に騒々しい。審判の判定に選手が喰ってかかることなど日常茶飯事だし、乱闘騒ぎもしばしば起こる。ところが、朝日の選手だけは審判の明らかなミスジャッジであっても文句一つ言わないし、対戦チームのラフプレーにも挑発されたりしない。

最初のうちは観客も東洋人特有の特異なメンタリティだと考えていたが、これこそが真のジェントルマンの態度、正しいスポーツマンのあり方だと気づくのにそれほど時間はかからなかった。白人たちが常に口にしている『ジェントルマンたれ（紳士的に振る舞え）』の精神をグラウンドで体現していたのは、当の白人選手ではなく日本人の選手たちだったのだ。

このグラウンドでの紳士的な振る舞いに、ハリー宮本が主導するブレイン・ベースボールが加わったのが朝日だった。クリーンでクレバーな野球で、自分たちよりも体格の勝る白人たちに立ち向かう選手たちに、その頃、バンクーバーの野球ファンは人種の壁を越えて徐々に熱狂していった。

だが、それで収まらないのが、朝日の対戦チームである。本来であれば、自分たちを応援してくれるはずの白人の観客が朝日を応援している。彼らにとってこれ以上腹立たしいことはなかったし、またその朝日に負けることは屈辱以外のなにものでもない。

彼らは他のチームとの対戦では手を抜くことがあったとしても、朝日との試合だけは全力で立ち向かってくるようになった。そして、その彼らはバンクーバー野球界でもトップクラスに位置するターミナル・リーグの猛者たちなのだ。朝日は白人を含めたファンから人気を得れば得るほど、対戦チームからは敵対視されるようになった。どれほどテディが奮闘しても、全ての試合に勝ち続けるのは不可能だった。

テディが優勝を賭けて挑んだ一九二六年シーズンの最終盤、朝日は一位と〇・五ゲームという僅差の二位に勝ち上がるだけで精一杯だった。このままでは、朝日は優勝はできない。

ところが、リーグ戦の組み合わせの偶然の結果、朝日はリーグの最終戦を一位のブリティッシュ・コロンビア電力と対戦することになった。この一戦に勝てば、〇・五ゲーム差がちょうどひっくり返り、朝日はターミナル・リーグに参加して以来、初めての優勝を勝ち取ることになる。そのことを知って選手たちは驚喜した。

「この一戦に勝てば優勝、負ければこれまでの努力は全てなくなるんだ」

ハリーが真剣な面持ちで言う。

「分かりやすくていいね」

テディがにっこりと笑った。ミッキーならおそらくそう言うだろうと思って真似をしてみたのだが、それはテディの本心でもあった。

優勝を決める試合の前日、朝日の選手たちはそれぞれ思い思いのやり方でその夜を過ごした。

ケン鈴鹿は暗闇に覆われたグラウンドで、盗塁の練習に余念がなかった。このシーズンの過酷な戦いで疲れているのはテディだけではない。全試合に出場し、チーム一の出塁率と盗塁成功率を誇るケンは、チームの中で一番走った選手でもあり、体に重しのようにのしかかる疲労の量もチームの中で飛び抜けていた。ケン自身にも疲れているという自覚はあったし、明日は優勝を決める試合なのだから少しでも体を休めておいたほうがいいということもよく分かっていた。

けれども、ケンは優勝決定戦を明日に控え、興奮して眠れなかった。そして、どうせ眠れないのであれば、と夜中に起き出してグラウンドで一人黙々と一塁から二塁へのダッシュを繰り返していたのだ。

ジュン伊藤はその日は早寝をした。もちろん明日の試合に備えるためだ。これまで誰にも言ったことはないが、ジュンは子どもの頃、自分の長すぎる手足が大嫌いだった。だから、その手足が武器になる野球に出会った時、神様に救ってもらったと本気で思った。

それ以来、どれほど精神が高ぶっている時でも、野球の神様を頭に思い描くとリラックスしてすぐに眠りに落ちることができるようになった。もちろんその夜もそうやってすぐ眠りに落ちたのである。

ヨー梶は梶家の自分の部屋にいて、久しぶりに実家の北山家のことを思い出していた。

北山家から梶家へ養子に来てすでに十年以上経つ。子どものいない梶家ではヨーをとても大事にしてくれたし、ヨー北山からヨー梶になってからも、兄のミッキー、弟のエディとは一緒に野球を続けてきた。だから、実家のことをことさら思い出すことなどこれまで一度もなかった。

それがその夜に限って、北山家に住んでいた頃のことがふと懐かしくなったのだ。もう一度あの頃に戻りたいと思ったわけではない。十年前よりも、明日のほうがヨーにとってはるかに大事なのだ。

ヨーの弟のエディは夜中に家を抜け出し、グラウンドへ行った。

するとそこにはすでに先客がいて、ダッシュの練習を繰り返していた。自分と同じことを考えついたのは一体誰なんだと目をこらすと、ケン鈴鹿だった。一瞬、声をかけようかと思ったが、練習の邪魔をしてはいけないと、遠くからそっと見るだけにした。暗闇の中で見ても、ケンの走るフォームはとても綺麗だとエディは思った。

トム的川にはその日いいことがあった。ずっと無職だった父親に仕事が見つかったのだ。

「これからおまえはもう働かなくていい」と笑顔で言う父親に、「いいよ、父さん」とトムは言った。

「今度のシーズンが終わったら、僕は正式に児島さんの事務所で働かせてもらおうと思っているんだ」

トムもまた明日の試合で自分の野球人生を燃やし尽くそうと考えていた。

トニー児島は伯父の児島基治に言われたことをまだ気にしていた。

「僕はボンボンで、人の痛みが分からない人間なのだろうか？」と自問自答したが、結論は出ない。いつまでもクヨクヨ悩んでいたら明日の試合に障ると思ったので、無理矢理気持ちを入れ替えて寝ることにした。そんなことは優勝してから考えればいいのだから。

ジョー里中は二個のクルミの実を右手で握りしめていた。こうすると握力がついて、しかも右手の血行がよくなると鏑木老人から教わったのだ。

明日は間違いなくテディが先発し、完投するだろう。左手にグローブをはめられない自分は、投手以外ではグラウンドに出られない。だから、明日は自分はずっとベンチにいるだろう。そのことをジョーは悔しいと思い、またその一方でそのテディと一緒に野球をやってこられたことを誇らしくも思っていた。

そして、ミッキー北山はその夜、鏑木老人の家にいた。鏑木老人が勧めると、ミッキーは珍しく酒を飲んだ。酔っ払った鏑木老人はミッキーを相手に一方的に喋った。ミッキーの体調や明日の試合のことには一切触れず、自分が若かった頃の日本の話ばかりした。ひとしきり話を聞き終えると、

「いい国だね、日本は」

とミッキーは言った。

「明日の試合が終わったら、俺ももう一度日本に行ってみたいな」

その翌朝、朝日が優勝を賭けて戦う決定戦が行われた。

一九二六年八月二十二日のことである。

白人チームと戦いはじめて六年目のシーズンに、朝日はとうとう白人強豪チームがひしめくリーグ戦でチャンピオンシップを争うところまでこぎつけたのだ。

対戦相手は今のところ朝日に〇・五ゲーム差で単独一位の座にいるブリティッシュ・コロンビア（ＢＣ）電力。過去に数度のリーグ優勝を果たした実績があり、これまでに何度も優勝決定戦の経験がある。ところが、それだけのキャリアを持つＢＣの選手たちが、今回の優勝決定戦の雰囲気に戸惑っていた。観客席の様子がいつもと違うのだ。

まず観客席の半分近くを日系人が占めている。ＢＣの選手はこれほど大勢の日系人が一度に集まっているところを見たことがなかった。いや、当の日系人たちですら、バンクーバーでこれほどたくさんの同胞が集まった経験など一度もなかっただろう。

さらにその日系人の盛り上がりに輪をかけたのが、ＢＣを応援する白人たちの多さだった。ＢＣはターミナル・リーグ屈指の強豪だ。当然ファンも多い。歴史ある古豪というのは得てして新参チームに厳しいものだ。それはファンも同様で、特に日系人チームには激しい敵対意識を燃やしていた。

絶対に日本人なんかにタイトルは渡せない。

そんな思いからスタンドでは日本人に野次が飛ぶ。試合前から会場はヒートアップし、異様な雰囲気に包まれていた。

試合はBCの先攻で始まった。BCにとって意外なことに、いや、観客にとっても、それどころか朝日の選手たちにとっても意外だったことに、先発のピッチャーはテディではなくジョー里中だった。

これは優勝を決めるもっとも重要な試合である。そして、テディは今や名実ともに朝日のエースだ。誰がどう考えても、これはテディに先発させて、最後まで投げさせる試合だった。

この意外なジョー先発に誰よりも驚いたのは、当のジョーと、それから自分がマウンドに上がるものと思い込んでいたテディだった。

もちろんテディは監督のハリーに喰ってかかった。

「どうして僕じゃないんだ?」

「テディ、おまえは前の試合でも投げている」

「連投なんて、これまで何度もやってきた。それなのにどうして肝心の今日の試合で僕が出られないんだ?」

「勝つためだ」

ハリーがテディを見た。

「テディ、君は何のために投げたいんだ？　自分が先発で完投したという満足感を得るためか？　それなら、君が先発して、好きなだけ投げればいい。だが、それだと今日、うちは負ける。敵は必死だ。疲れが溜まったおまえ一人では抑えきれない。だけど、ジョーの力を借りれば、最後は君が抑えることができる。そうすれば朝日は勝てるんだ」

これまでのテディであれば、そう言われたら必ず反発していた。だが、この時のテディは違った。ハリーに自分の力不足を指摘されるようなことを言われたにもかかわらず、「分かった」とひと言だけ言って引き下がった。自分のメンツなどどうでもいい。テディはとにかくこの試合に勝ちたい、勝たねばならない、その思いしかなかったのだ。

対するBCはいつも以上に本気だった。この一戦にリーグ優勝がかかっていることはもちろんだが、この試合に負ければ日系人に目の前で優勝をさらわれたという汚名を着せられる。こうしたことがプレッシャーとして彼らにのしかかっていた。だが、彼らとて百戦錬磨の選手たちである。そのプレッシャーを逆にバネにして朝日に挑んできた。

そして、そのBCに対するジョーは突然の登板を言い渡されても、少しも動じる気配はなかった。この性格こそが、かつてハリーやテディがピッチャーとしてのジョーに期待していたものだった。

「自分のチームが守備の回に、ただ一人で戦っているのがピッチャーなんだ」

テディにそう教えてくれたのはミッキーだったか、それとも馬車松だったか、いや、もしかすると自力でそのことを発見したのかもしれない。ともあれ、たった一人で戦うという重圧に負けないという性格をテディやミッキー以外にも持っていたのがジョーだった。

ミッキーはクールに、テディは熱く、そしてジョーは静かに、だが三人とも胸に秘めた闘争心だけは誰にも負けないほど強い。情熱を炎の色にたとえるなら、ミッキーは青、テディは赤、ジョーは白い炎なのだ。

そのジョーは一回の表を三人の打者で終わらせた。出だしとしてはこの上なく順調に見えたが、ハリーの目にはBCの底力の強さが垣間見える思いがした回だった。BCの打者は三人とも結果としてアウトになったものの、この一回だけでジョーに三十球近く投げさせたのだ。彼らは最初からこの回は捨てる気だった。だが、実に巧みに、効果的に捨てたのだ。

一方、朝日の攻撃はいつものように一番打者ケン鈴鹿のバントから始まった。だが、BCも朝日のこの戦法は熟知している。極端なバントシフトを敷いて、ケンに対してきた。

ケンは正確なバントと足の速さではバンクーバーの球界でも一、二を争うほどの運動能力の持ち主だが、体が小さいため長打力がない。ガチガチに固めたバントシフトは、ケンの長所を全て奪う布陣であった。結局、徹底的に朝日の打線を研究してきたＢＣによって、ケンはあえなく凡退。続く打者も同じように打ち取られてしまう。

二回、三回と試合は同じリズムで流れていった。ＢＣはジョーのナックルによって、朝日はバントシフトによって、どちらのチームもヒットによる出塁はゼロであった。

その均衡を破ったのが四回表のＢＣの攻撃だった。

ジョーに一球でも多く投げさせるＢＣの作戦が功を奏して、四回表のＢＣの攻撃の時にはジョーのナックルの切れはかなり落ちていた。先頭の一番打者はかろうじてレフトフライに打ち取ったものの、二番打者が、左中間を鋭く破って二塁に達した。続く三番打者が今度はセンターオーバーの二塁打を打ち、とうとう一点先取されてしまう。

この一点でピッチャーのジョーはいつになく心が乱れてきた。敵の打線の猛攻もさることながら、テディに対する責任感が逆にプレッシャーとなってジョーの心に重くのしかかっていたのだ。

ジョーの役割ははっきりしている。テディの体を少しでも休めるために、なるだけ多くの回を投げ、無失点の状態でマウンドをテディに渡す。そうすれば、あとはテディが敵の打線を封じてくれるはずだ。それなのにそのジョーが点を取られてしまったのでは、かえってテディの負担を増すことになってしまう。

「テディ、ごめん」

迷いながら投げた球はほとんど力が入っていなかった。決め球のはずのナックルはほとんど変化もせず、ただの棒球になってストライクゾーンに入っていく。それを見逃すBC打線ではない。バットの芯に当たったボールはセンターをはるかに越え、バックネットのないパウエル球場のはるか果てまで飛んでいった。

文句なしのホームランである。

白人の観客たちはこの一発に興奮し、熱狂的なBCコールが始まった。

これで三対〇である。朝日は先に一点か二点を奪い、そのわずかな点を死守して逃げ切る戦法をとってきた。逆に敵チームに三点も先取点をとられるのは、朝日の典型的な負けパターンである。しかも、乗りに乗ってきたBCの攻撃はまだ続いていた。

コントロールまで定まらなくなってきたジョーは次の打者をフォアボールで出塁させてしまう。さらにその次の打者は2ボール2ストライクまで追い込んだというのに、またしても失投をジャストミートされた。

ボールは三遊間を抜けるヒットだった。いや、ヒットになると誰もが思った。と、その時、ショートを守っていたテディが横っ飛びに飛んで、そのボールをキャッチするや横に転がりながら二塁へ送球。ボールを受け取ったケンがセカンドベースを踏み、見事なダイビングスローで一塁へ投げたのと、ファーストベースに左足を置いていたジュン伊藤の背がグンッと伸びたように見えたのが同時だった。ジュンの両足が開き、バレリーナのようにペタリと地面に着く。その足よりもさらに遠くへ伸びたファーストミットにケンからの送球が入ったのは、打者がファーストベースを踏むよりも一瞬早かった。

見事なゲッツー。

これで朝日はようやく危機を脱した。テディのファインプレーのおかげだった。ところが、当のテディは送球のあと、グラウンドにうずくまったまま立ち上がろうとしない。

「テディ」

そう叫びながらジョーがテディに駆け寄った。テディは痛みを堪えながら、あの時と同じじゃないかと考えていた。ミッキーもこうやって再起できないほどのダメージを負ったのだ。

「テディ、大丈夫か？　痛い？」

テディに駆け寄ってきたジョーが聞いた。

そうだ、あの時は僕が同じことをミッキーに聞いたんだ。そして、あの時、ミッキーは「少しだけ」と珍しく弱音を吐いた。ミッキーが弱音を吐いたくらいだから、僕が弱音を吐いても許されるだろう。

テディがそう思った時、ジョーの左手が目に入った。手首から先がないジョーの左手が。ジョーはこれだけの大怪我を克服してマウンドに立っているのだ。それなのに僕は……。

「どこも痛くなんかないよ」

テディは痛みを悟られないよう、そう言いながらゆっくりと立ち上がった。

「ちょっと転んだだけだ。こんなのは痛いうちに入らない」

君やミッキーの痛みに比べたら。そう思ったが、その言葉は口には出さなかった。

四回の裏、何とか点を取りたい朝日は、フォアボールで出たランナーをバントと盗塁を駆使して三塁にまで進めながら、結局得点にまで繋ぐことはできなかった。

そして、五回の表のBCの攻撃の時には、誰の目にもジョーはすでに限界にきていた。ジョーに一球でも多く投げさせてスタミナを奪うBCの作戦が功を奏し、そこへ得点を許してしまったという精神的なダメージが加わったのである。

ところが、ジョーの代わりになるはずのテディは、前の回のプレーで体のどこかを傷めてしまったらしい。そのことを見逃す監督のハリー宮本ではなかった。どうすべきか？　ジョーに投げ続けさせて優勝は諦めるのか？　それとも、体が潰れるのを分かった上で、テディをマウンドに上がらせるのか？

悩んでいるハリーにテディのほうから声をかけた。

「ハリー、そろそろ僕を出してくれよ」

体の具合は大丈夫なのか？　と聞きかけて、その問いがあまりにも意味がないことにハリーは気がついた。具合はよくないのだ。それはハリーも分かっているし、当人のテディはもっとよく分かっている。

すると、その時ベンチの奥から立ち上がった者がいた。ミッキーだった。

ミッキーの体調では試合に出ることは不可能だったが、ミッキーのいるチームで優勝したいというテディの要望から、ベンチ入りだけはしていたのである。ところが、どれほど戦局がピンチになっても、ミッキーはひと言も口を利かなかった。まるで戦線に立っていない自分には発言する資格はないとでもいうように。

そのミッキーがこの時、試合が始まって以来初めて口を開いた。

「俺に投げさせてくれないか？」

本気で言っているのがその口調で分かった。誰の目から見てももう一球たりとも投げられないミッキーが投げる、と言い出したのだ。

「ミッキー、何を言ってるんだ」

テディが言ったのと、

「分かったよ、ミッキー」

ハリーが言ったのが同時だった。

「だけど、君が出るまでもない」

ハリーはテディを目で黙らせながら言った。

「うちには頼りになるエースがいるからね。君の背中を追い続けてきた最高のピッチャーが」

ミッキーが「投げる」と言ったのは本気だった。だが、だからこそ、その一言がハリーの迷いを吹き飛ばしたのだ。ハリーは審判に投手交代を告げた。


「どんなもんじゃ」

ベンチの中で鼻息を荒くしたのは鏑木老人だった。

「あれを見ろ」

指さすほうにはマウンドがあり、そこではテディがいつもと同じように、いや、いつも以上のピッチングを見せている。

「大したもんだ」

鏑木老人の横にいるハリーが言った。

「あなたがいきなりベンチにやって来て、テディの応急処置をやらせろと言い出した時はどうなるかと思ったけど」

「テディに約束したんじゃ」

と鏑木老人は言った。

「優勝が決まるまでは、おまえに投げさせてやると」

マウンド上のテディの体は患部をサラシで巻かれていた。今で言うところのテーピングである。日本古来の武道は戦う技術だけではなく、戦って傷ついた体を治療するノウハウまで兼ね備えているのだ。

「これで痛みはごまかせる。じゃがなあ、いかにわしが武道の達人でも、テディの体に溜まった疲れまではどうすることもできんぞ」

こうして試合が進んでいった。テディはその回のBC打線をあっさりと三人で抑えると、ベンチでふたたび鏑木老人の揉み療治を受け、サラシを巻き直してもらった。いつもなら揉まれるたびに大声を上げるテディが、ひと言も苦痛の声を漏らさない。

その姿を見て朝日の選手たちは焦った。

テディには申し訳ないが、こうやって苦痛に耐えていてくれる限り、テディはおそらくBCの攻撃をゼロ点で抑えてくれるだろう。だが、これから一点も取られないとしても、朝日はすでに三点を先取されているのだ。テディのがんばりに応えるためには、何としても点を、それも逆転して勝つためにはこれからあと四点取らなくてはならない。

これまで一点か二点の先制点で逃げ切る勝ち方をしてきた朝日にとって、四点は果てしなく遠い数字であった。しかも、相手はターミナル・リーグ一のチームなのだ。

朝日の選手の焦りと、BCの完璧な布陣のため、朝日の打者はBCを攻めあぐねたまま六回、七回と回を重ねていった。

だが、八回の裏、ようやく突破口が開いた。その堅牢な扉を開いたのはトニー児島、朝日の九番打者だった。

トニーはその時、自分の重責に押し潰されそうになっていた。もしも八回九回の攻撃が全て三人でアウトになれば、この試合での自分の打席はこれが最後ということになる。逆に言えば、これを最後の打席にしないためには、まず自分が塁に出なければならない。

ジョーが怪我で戦線を離れた時、トニーはジョーに代わって九番打者にコンバートされた。九番打者は一番打者に繋ぐとても重要な打順であり、ジョーはその期待に応えてきた。「それなのに僕は」とトニーは思う。一番打者に繋ぐどころか、この試合ではずっと凡退を繰り返してきた。

「僕は打席に立つ資格すらないんじゃないか」

そう思ううちにもカウントは１ボール２ストライクにまで追い込まれた。そして、四球目、さすがに八回まで投げ続けて集中力が切れたのか、それとも簡単にしとめられるバッターだと油断したのか、ＢＣの投手のコントロールが乱れ、投げたボールは内角高めから内側に大きく逸れた。

どんなバッターでものけぞるか、後ろに倒れるかして、ボールを避ける場面だ。ところが、トニーはまるで逆の動きをした。ボールに向かっていくかのように前のめりになったのだ。そしてその次の瞬間には、トニーは後ろに吹き飛ばされるかのように倒れこんだ。右の肩にまともにボールが当たったのだ。わざと避けなかったのである。

今の球が打者を狙ったものだったのか、それともただのコントロールミスだったのか、観客には判断のしようがない。彼らの目に映るのは、死球を受けても文句一つ言わず一塁に向かうトニーと、そのトニーを指さして罵っている投手の姿だけだ。

途端に観客席が大騒ぎになった。以前、白人投手がトム的川に投げたビーンボールを思い出したのだろう。トニーに対する拍手と、死球を投げた投手に向かってのブーイングが一斉に起きた。

当初、ＢＣを応援していた白人ファンも、このプレーをきっかけに、驚くことに雰囲気が変わってきた。

白人に絶大な人気を誇るＢＣではなく、『Ａｓａｈｉ』を叫ぶ声があちこちから聞こえてきたのだ。

これまでにも、白人が応援してくれたことはある。

しかし優勝のかかった試合で、しかも人気実力ともに最高のＢＣ相手に、観客席から朝日を応援する声が聞こえてきたのには驚いた。

対して、アンフェアなプレーをしたＢＣのピッチャーに、容赦ないブーイングが浴びせられる。

自分と同じ肌の色の白人たちから罵声を浴びせられ、ＢＣの投手は動揺した。そこへ登場したのが朝日一の出塁率を誇るケン鈴鹿である。そのケンが、これまでと違って、ストライクゾーンに体をかぶせるかのように前のめりに構えた。ボールを当てるものなら当ててみろ、という挑発的な構えである。しかも、これまでずっとバントは封じ込められてきたというのに、この打席では最初からバントの構えをしている。

投手は頭に血が上り、ほとんどやけくそのようになってボールを投げた。とその時、さっきまで立っているのもやっとに見えた一塁走者のトニーがいきなり走った。その動きがピッチャーにも見えたため、投げたボールはさらに甘くなる。バントエンドランを警戒したピッチャーが投げたと同時に前に走ると、それを見透かしたかのようにケンはバットを持ち替えるや、ピッチャーの頭上を越えるフライを打った。ボールは転々とセンターにまで転がっていく。その隙にトニーは三塁にまで進んだ。

「ケン！」

三塁のベース上でトニーは一塁にいるケンに声をかけた。

「ありがとう」

僕なんかに盗塁のやり方を教えてくれて、という意味だった。

ノーアウト一、三塁という朝日のもっとも攻めやすいパターンになった。スクイズで一点取るのは、この場合当たり前のことで、朝日であればバントエンドランをかけて一点を取った上で、バントを内野安打にして、ノーアウト、ランナー一、二塁にするかもしれない。

観客もそれを期待していたのだろう、バッターボックスにジュン伊藤が入ると、途端に「落とせ、落とせ」というコールが日系人の観客たちから巻き起こった。

ボールを下に落とせ、すなわち、バントをしろ、という意味だ。対するBCの選手には日本語はまったく分からない。だが、分からないからこそ、その「落とせ！」という歓声は何やら恐ろしいもののように聞こえた。そして、たとえその意味が分からなくても、今の場面でバントをもっとも警戒しているのはこのピッチャーだった。

「だから、今回だけは思い切ってバットを振ってくれ」

ジュンがバッターボックスに立つ前にそう言ったのは監督のハリー宮本だった。

「どうせバントされると思っているから、切れのいい速球や変化球は絶対に投げてこない。おそらくコースも甘いだろう。この試合で唯一、ヒットを打つチャンスだ」

そして、ハリーが予想したとおりの球が来た。

ジュンの見事な二塁打。しかも走者一掃の。

これで三対二。朝日は一点差を追いかけることになった。


テディが肉体と精神力の限界で踏ん張っていた九回の表に、ちょっとした事件が起きた。

ミスジャッジである。

この頃になるとテディも制球力が落ち、ボールを連発するようになっていた。あれほどコントロールのよかったテディが、九回だけで二人もの打者に対してフォアボールを投げている。その前後に何とか二人の打者をアウトに打ち取ったものの、その回の五人目の打者をテディは2アウト、ランナー一、二塁の状態で迎えることになった。

テディの武器である速球とスローボールのコンビネーション、さらにはミッキー譲りの変化球は、驚くべきことにこの回でもまだ健在だったが、疲労によるコントロールの乱れだけはどうしようもできない。

その時のカウントが3ボール1ストライク。バッターにとって圧倒的に優位なカウントだった。ピッチャーはストライクを投げる他ない。それどころか、制球力とともに精神力まで弱まっている投手であれば、打たれるのを覚悟で見え見えのストライクボールを投げかねない場面だ。

だが、そんな時でも、いや、そんな時だからこそ、キャッチャーのヨーは内角ギリギリのシュートを投げるようサインを出した。球一つ分だけでも内側に逸れたらボールと判定される球である。

テディが強気なら、ヨーも負けないくらいに強気だった。そしてテディの強気を維持するためにはどうすればいいのか予想できるほど冷静でもあった。ここでテディに楽な球を投げさせたら、テディの集中力は切れてしまうとヨーは判断したのだ。そして、その判断は正しかった。

肉体的な疲労から挫けそうになっていたテディは、ヨーの厳しいサインのおかげで活が入り、自分でも最高と思えるシュートをベストのコースに投げることができた。バッターはその変化球の切れ味の鋭さに、バットを振ることさえできない。

ところが……判定はボールだった。

テディが、そしてボールを受けたヨーまでも凍り付くような宣告だった。

ヨーはテディの球を受け取ったキャッチャーミットの位置を一ミリも動かさないまま振り返り、思わずアンパイアに怒鳴りつけようとした。

「ヨー、やめろ！」

テディがヨーに叫んだほうが一瞬だけ早かった。

「折角ここまで審判に文句を言わずにやってきたんだ。最後まで文句をつけるのはよそう」

「だけど、テディ」

まだ不満が残るヨーが言い返した。今のは明らかにアンパイアのミスジャッジである。さらに勘ぐるなら、この白人のアンパイアはこの試合のもっとも重要なこの場面で、あえて同胞である白人のチームに有利な判定を下した。ヨーが怒るのも当然であった。しかも、テディは今や立っているのもやっとなほど疲れきっている。

それなのに、テディは微塵も動じていない。

「ヨー、僕たちは日本人なんだ」

落ち着いた声でそう言ってヨーをなだめた。

「敵がアンフェアでも、僕たちだけは最後までフェアにやるんだ」

けれども、場面は2アウト満塁という最大のピンチである。しかも、次のバッターはＢＣの四番打者だった。

そのバッターに対する一球目。ヨーが出したサインを無視して振りかぶったテディは、さっきボールと宣告されたのとまったく同じコースにまったく同じ球を投げた。これにはヨーも驚いたが、それ以上に驚いたのがアンパイアだったろう。

一瞬、判定を言い淀んだが、次の瞬間、声も高らかに「ストライク！」と宣告した。その後もテディは続けざまにストライクを取って、久しぶりに三球で打者を三振にしとめた。だが、テディの体力はこの投球で完全に限界を超えていた。


九回裏、朝日の選手たちはテディの魂が乗り移ったかのように果敢に攻めたが、一点差を死守しようとするＢＣはそう簡単に塁に出してはくれない。

朝日の武器は機動力である。一人でも塁に出せば、バッターはバントで、ランナーは盗塁で、二方向から投手に揺さぶりをかけてくる。野手もバントを警戒して前進守備をすれば、盗塁をされる可能性が高まり、盗塁を警戒してベース寄りに守れば、その隙にバントエンドランをかけられる。そのすばしこい朝日を封じる方法はたった一つ、一人も出塁させないことだ。そして、ＢＣの選手たちはそのことをよく知っていた。

白人のプライドと意地を賭けて、ＢＣの投手は渾身の力を込めたボールを投げた。

そのボールに朝日の打者は次々と打ち取られ、その回二人目の打者がベンチに戻ってきた時には2アウト、ランナー無しの状態になっていた。

あと一人アウトになれば試合は終わりである。

この時のバッターがミッキーの弟・ヨー梶だった。

自分が打ち取られれば、これでこの試合は終わり、朝日の優勝もなくなる。誰もが逃げ出したくなるような場面だ。ヨーは思わず助けを求めるかのようにベンチの奥に目をやった。言うまでもない、兄のミッキーを探したのである。

するとヨーと目が合ったミッキーはにっこり笑ってこう言った。

「こんな時に打席に立てるなんて、おまえが羨ましいよ」

いかにもミッキーらしい言葉だった。そして、そう言いながら笑っているミッキーの笑顔の下に、寂しげな表情が隠されていることにヨーは気づいた。その時、ヨーは知ったのだ。ギリギリの場面で打者として出場するプレッシャーよりも、出たい試合に出られない悲しみのほうが強いことを。

ミッキーにそう言われてヨーは悟った。

「この場面で打席に立てるのは幸せなんだ」

すると、途端にプレッシャーから解き放たれ、今から打席に立つ、立つことができるという幸福感だけが押し寄せてきた。もう迷いも恐れもなかった。自分ができることをすればいい。そのためには何をすればよいのか。そのことだけを考えてバッターボックスに入った。

　BCの内野手たちは全員かなり前に出て守備をしている。完全なバントシフトだ。九回裏2アウトランナー無しの状態で、まだバントを警戒しているところにBCの執拗さと優勝への執念、それに朝日のバント攻撃に対する警戒心が感じられた。そしてヨーは、九回になってもまだ球威の衰えないBCの投手の球を外野に飛ばすだけの力も技術も持っていない。だから、このシフトはまったく正しい上に鉄壁なのだ。ただし、ヨーがバットに当てたボールがコロコロと前に転がってくれれば、だが。

　ヨーは打席に入ると、バットを大きく真上に振りかぶった。剣道で言うところの上段の構えである。だが、バッティングにそんな構えは存在しない。

「何を無駄な悪あがきをしているんだ」

　その不思議なフォームを怪訝に思いながらピッチャーが一球目を投げると、ヨーはバットをほとんど真下に振り下ろした。けれども、バットはボールにかすりもせず、キャッチャーミットの中に入ってしまう。1ストライクだ。

「何だ、今のは？」

　キャッチャーがあざけるような調子でヨーに言ったが、ヨーは無言でホームベースをじっと見つめている。

二球目も同じだった。ヨーのバットが縦に振り下ろされると、今度はかろうじてボールに当たり、斜め下に飛んだボールはキャッチャーの目の前で大きくバウンドしてバックネットに当たった。

「馬鹿野郎。もうちょっとで俺の顔にボールが当たるところだったじゃねえか」

キャッチャーはヨーを口汚く罵ったが、ヨーはまったく相手にもしない。

そして、三球目、ふたたびボールがストライクゾーンに入り、ヨーがまたしてもバットを真下に振り下ろした時、バットがボールにジャストミートした。ホームベースの少し手前に叩き落とされたボールはそのまま高く、まるでピッチャーフライのように高く空に舞い上がった。だが、これはフライではない。キャッチして、打者の足よりも先にファーストに投げなければアウトにならないのだ。だが、この打球はすぐにキャッチするにはあまりにも高く上がりすぎている。

「これが狙いか……」

キャッチャーが気がついた時はもう遅かった。前進してきたピッチャーがその高々と上がったボールをようやく捕球した時、ヨーの足はすでに一塁ベースを踏んだあとだった。

「うちは走って点を取るチームだ」

ヨーが一塁に進んだのを見定めると、監督のハリー宮本がテディに言った。

「けれども君にはもう走る力は残っていない。そうだな？」

テディは首を横に振ろうと思ったが、そもそもそんなことをするのさえ面倒なくらい疲れていた。それにここまで来て、嘘をついてどうなるものでもない。

「うん」

テディはフラフラしながらうなずいた。

「だから、君がフォアボールを選んで出塁できて、次の打者がヒットを打ったとしても、君は二塁でアウトになりかねない」

「僕の代わりに誰かピンチヒッターを出すってこと？」

するとハリーは首を横に振った。

「ミッキーに優勝をプレゼントするんだろ？　ケリをつけるのは君しかいない。だけどね」

「だけど？」

「君は走れないし、体力も残っていない。バットも一度振るのがやっとだろう。だったら」

そう言ってハリーはテディに何やら耳打ちをした。すると、それまで疲れを隠そうとしなかったテディの顔に笑みが漏れた。

テディが何か言いかけると、

「君ならできる」

そう言ってハリーはテディをバッターボックスへ送り出した。


テディがバッターボックスに入るや、バントの構えをしたので、BCのキャッチャーはキャッチャーマスク越しにニヤリと笑った。

どうやらこいつは投げ疲れて冷静な判断力すら失っているらしい。今、アウトカウントは2アウトだ。あと一人アウトになれば、それでこの試合は終わり、つまりBCの優勝である。それなのに、ここへ来て、ヘロヘロに疲れ果てたこの男は、バントを狙っている。たとえどれほど絶妙なバントをしても、こいつなら確実にファーストでアウトにすることができる。つまりそこで試合終了だ。であれば、一刻も早くこいつにバントをやらせて、この試合を終わらせてしまおう。

キャッチャーがピッチャーに出したサインはど真ん中のボールだった。そして、それはハリーが予想したボールでもあった。

「いいか、テディ、チャンスは一度きりだ」

ハリーは打席に立つ前のテディに言った。

「敵はもういい加減、この試合を終わらせたいと思っている。幸いなことに今は2アウトで、バッターは立つのがやっとの君だ。その君がバントをすれば、君をアウトにしとめて試合を終わらせることができる。そのためには下手に空振りなんかされるより、一球でも早く君にバントを成功させてもらいたいと思うだろう。だから、君がバントの構えをすれば、彼らは間違いなくど真ん中の緩い球を投げてくる。君にバントをさせるために。だが、そこが狙い目だ」

そしてハリーの予感は的中した。

テディにはヒットを打ったところで、もう一塁へ全力疾走するだけの余力がない。万が一塁に出られたとしても、次の打者がヒットを打った時、テディは二塁へ走れるかどうかも分からない。であれば、この打席でテディができることはただ一つ。それ以外に朝日が勝つ方法はない。

それがホームランだ――。

テディは渾身の力、いや、残っている最後の力を振り絞ってバットをフルスイングした。そしてバットにボールが当たった瞬間、テディは確信した。

ハリーの言ったことは正しかった。ど真ん中に来たボールはバットにジャストミートし、バットを振り切った瞬間、テディにはこれがホームランになることが分かった。

なぜなら、テディは昔、これと同じ感触を自分の手で感じたことがあったからだ。

テディがまだ子どもの頃、そしてミッキーですらまだ少年で怪我をする前に、このパウエル球場で、ミッキーが投げた最高のストレートをテディはセンター越しに打ち返した。あの時とまったく同じ感触がテディの手に甦り、テディの目には今飛んでいく打球が、あの時の打球とオーバーラップして見えた。そして、あの時から始まった自分の野球が、今この時ゆっくり終わっていくのを体の底から感じた。

テディはボールの行く先を見届けないうちにバットを下に置いて、ゆっくりと一塁ベースに向かって歩き出した。走る力は残っていない。テディの余力はさっきのワンスイングで全て使い果たしてしまった。

スイングしてから、テディの耳に観客の声は届いていなかった。静寂の中、ゆっくりと放物線を描いて青空に吸い込まれてゆく白球を見つめる。

一塁を目指す自分の足音と鼓動、息遣いだけが、テディの身体の中にこだましていた。

ところがボールがバックネットに吸い込まれた瞬間、ふたたび音が戻ってくる。

しかも鼓膜を突き刺すような大音量で、日系人の観客から、さらにはBCを応援するためにやってきた白人のファンまでもが、声にならない声で叫んでいた。

ホームに戻ってくると、チームメイト全員がテディの帰りを待っている。ミッキーが、ジョーが、エディが、そしてハリーまでもが、顔をクシャクシャにして出迎えてくれた。

「テディ‼」

ホームベースを踏んだ瞬間、ミッキーが抱きついてきた。

それを見たアンパイアが右手を高々と挙げてコールする。

「ゲームセット！　バンクーバー朝日優勝‼」

ミッキーは人前を憚らずに涙を流していた。

「テディ、やったな！　優勝だ」

「うん。ミッキー。嬉しい。本当に嬉しいよ」

「ありがとう」

「ミッキー、僕こそありがとう。あの時僕をかばってくれて……」

ミッキーはそれ以上テディに言わせないように、テディをギュッと強く抱きしめた。

ホームベース上でバンクーバー朝日の選手たちがもみくちゃになっている。

日本人の誇りを取り戻すため、どん底から結成されたバンクーバー朝日は、結成から十二年で、カナダナンバー1のターミナル・リーグを制覇した。

エピローグ

〜二〇〇三年六月二十八日〜


　一九二六年は朝日が初めて白人たちの手からリーグ優勝を奪い取った年であり、またチームのエース・テディ古本とミッキー北山が引退した年でもあった。

　チーム優勝のため、体に酷使を重ねたテディにはそれ以上野球を続けるのは不可能だったのだ。早すぎる引退を惜しむ声は強かったが、当人はさばさばしたものだった。やりたいことは全てやり尽くしたという思いがあったのだろう、十歳になるやならずで野球を始めた少年は、栄光を手にすると、二十六歳であっさりとグローブを脱ぎ、二度とボールを手にすることはなかった。

　とはいえ、それで朝日がなくなったわけではない。ハリー宮本が主導する朝日のブレイン・ベースボールはその後も健在で、多くの野球ファンを魅了し続けた。一九三〇年には戦いの場をターミナル・リーグからパシフィック・ノースウエスト・リーグに移し、その新規加入のリーグでも優勝を重ねていく。

　勝因の一つは、朝日が純血主義を捨てたことにあった。白人の選手にも門戸を開いた朝日は選手層の薄さに悩まされることなく、朝日らしさを思うままに発揮できるようになったのだ。日本人による日本人のためのチームとして始まった朝日は、野球によってついに人種と国籍の枠を超えた。以後は、バンクーバーのみならず、カナダを代表する野球チームとして発展していく。

次第に朝日の名は海外にまで知られるようになり、一九三五年には、現在の読売ジャイアンツの前身である大日本東京野球倶楽部とカナダでの対戦が実現した。この試合にはあの沢村栄治も参加し、朝日を相手に投げている。

以後、朝日の活躍は頂点を極め、一九四一年にはパシフィック・ノースウエスト・リーグで通算八回目、五年連続の優勝というすさまじい記録を樹立した。

ほとんど無敵と言っていい。だが、その無敵だった朝日は、カナダ野球界で頂点に達したと思われる一九四一年に、突然その活動を中止させられることになる。

またしても戦争が始まったのだ。

カナダ時間の一九四一年十二月七日、日本が真珠湾攻撃を行い、アメリカに宣戦布告をした。太平洋戦争の始まりである。

アメリカ・イギリスが主導する連合国側についているカナダは、自動的に日本と敵対することになったのだが、ここでカナダ政府は重大な〝過ち〟を犯した。

カナダに住む日系人を敵国人と見なし、強制収容所に送ったのである。カナダに何十年住んでいようが、どれほどカナダ社会に貢献していようが、おかまいなしだった。日本人だというただそれだけの理由で、カナダ在住の日系人は全ての財産と地位を奪われ、強制的に山間部の道路キャンプや、ロッキー山脈以東にあるオンタリオ、マニトバ、アルバータの砂糖大根畑に送られたり、ロッキー山脈の山間のゴーストタウンやキャスロー、ニューデンバー、スローキャン、タシュメ等の収容所へ送られたりした。そして、それに従わない者や危険人物と思われた者は、アングラー戦時捕虜収容所へ送られた。戦時下にカナダにいる日本人は、カナダ軍の捕虜になったのである。

朝日の選手たちも例外ではなかった。昨日までのカナダのヒーローたちは、次の日にはカナダ国民の敵と見なされたのである。

ある日突然すべてを奪われた彼らが収容所へ送られる際、持って行くことを許されたのは、両手で持てるだけの荷物であった。そういう状況の中で、一体何人の選手たちがボールやグローブやバットを収容所へ持って行けたのか。そもそも、収容所に野球道具を持って行ったところで、そんなところで野球ができるのか。それより何より、収容所に送られたが最後、生きてそこから出られるかどうかの保証もその時はなかったのである。

これまで多くの野球チームが生まれ、そして消えていったチームがあった。だが、戦争をきっかけにある日突然、これほどあっさりとチームが消滅してしまったのは、おそらく朝日だけだろう。

一九四五年に戦争が終わっても、散りぢりになってしまった日系人が再び集い朝日が活動を再開することはなかった。

一九八八年、カナダ政府は、戦中に日系人を強制収容したことを正式に謝罪した。戦争が終わってから四十三年、カナダ在住の日系人の強制収容が行われてからは四十七年後のことであった。つまり朝日が解散してから四十七年経ったということでもある。収容所に入れられた時、二十歳だった若者もその時には六十七歳になっている。もしも彼が当時の朝日のエース・ピッチャーであったとしても、もうあの頃のようなボールは絶対に投げられない。四十七年とはそういう歳月だ。

しかし、それだけの歳月が経ったにもかかわらず、朝日の名前は忘れ去られることはなかった。

カナダ政府が日系人に謝罪してからさらに十四年後の二〇〇二年、トロントのスカイ・ドームでのオープニングゲームで、朝日のOBが始球式を行ったことはすでに述べた。さらにその翌年、朝日はカナダ野球界の殿堂入りを果たす。その式典にはかつての朝日のOB五人が出席し、千人を超える参列者から雷鳴のようなスタンディング・オベイションを受けたのである。

野球殿堂はアメリカや日本にもあり、とりわけ目覚ましい活躍をした選手や監督・コーチそして野球の発展に大きく寄与した人物を選出して、その功績を称える組織である。殿堂入りは野球関係者にとって、最高の名誉といってもいいだろう。

殿堂入りが決まって約四ヶ月後の六月二十八日。オンタリオ州セントメリーズにあるカナダ野球殿堂で、殿堂入りの式典が行われた。

その前夜祭のことである。

「バンクーバーアサヒ！」

司会者が朝日の名前を呼び上げると、会場は一斉に立ち上がった二百人ほどの参列者の、拍手と喝采に包みこまれてしまった。そこに出席していた朝日のOB、ミッキー・マエカワ、ケン・クツカケ、キヨシ・スガ、ケイ・カミニシの四人は、はじめ雷鳴のようなスタンディング・オベイションに戸惑っていたようだが、いつのまにか彼らの頬には涙が流れていたのだった。

翌日の殿堂入りの式典には、マイク・マルノを加えて、朝日のOB五人が出席した。

式典には千人を超える参列者が詰めかけた。殿堂の前庭にしつらえられた会場に入りきれない人が出るほどの盛況ぶりである。

朝日のほかに、元大リーグ選手であるジョー・カーターとカーク・マクキャスキル、そしてカナダ国内の球団やリーグの運営に尽くしたリチャード・ベレックが、殿堂入りのメンバーだった。なかでもカーターは、地元カナダのトロント・ブルージェイズで長らく活躍していただけに注目度は高い。式典の主役は当然彼になるだろうと思われていた。

ところがいざ式典がはじまり殿堂入りメンバーの紹介となった時、日系人の参列者は全体の一割ほどだったというのに、一番の拍手喝采で迎えられたのは朝日ＯＢだったのである。

壇上で晴れやかな表情を見せている、いずれも八十から九十歳代の朝日ＯＢ。彼らと並んで、カナダ野球殿堂のトム・バッケル理事長が朝日の殿堂入りを表彰する言葉を語りはじめた。

「我々には借りがある……」

日系人の誇りであるとともに白人をも魅了して敬意を払われた朝日。その活躍を称えて彼らをカナダの野球殿堂に迎え入れること。それはとりもなおさず、カナダ社会がかつて日系人に対して犯した不正の謝罪と償いでもあるのだという、すべての日系人、すべてのカナダ人に向けた表明だった。

日系カナダ人への謝罪と補償を求める〝リドレス運動〟の勝利、そして朝日ＯＢのスカイ・ドームでの始球式と朝日の野球殿堂入り。実はこれらはみな、切っても切れない一本の糸で繋がれているのである。

カナダ社会がもしリドレスを認めていなければ……。戦後、人々の記憶の彼方に消えようとしていた朝日の伝説が、このような形をとって甦ることはなかったに違いない。

拍手と歓声を浴びながら殿堂入りのメンバーに与えられる記念のジャケットを着せてもらったあと、朝日ＯＢの受賞スピーチになった。

ケン・クツカケは、

「いまは最高に誇らしい気持ちでいっぱいです。もう亡くなってしまった朝日の選手たちの皆が、今日はここにいる私たちを笑顔で見つめてくれているはずです」

と挨拶し最後にカナダ野球殿堂に謝意を表した。

結成から解散まで、朝日（一軍）に所属した選手の数は全部で七十名ほどになるという。そのうちこの式典が行われた時点で生存していたＯＢはわずか八名だった。

クツカケ以外のＯＢもまた、式典に出席できなかったメンバーや亡き先輩たちの名前を挙げ、「この名誉は、朝日のすべてのメンバーに与えられた」のだと強調する受賞挨拶を行った。

式典は朝日の表彰式をクライマックスに終了した。

翌日、野球殿堂があるオンタリオ州の新聞は、

「昨日はアサヒの勝利だった」

と式典の様子を伝えた。

また、戦前は排日、日系差別の論調が色濃かったバンクーバーの新聞も、異口同音に朝日の野球殿堂入りを祝福し称えたのだった。

悲劇の解散から六十二年。カナダ野球殿堂の一員に迎えられた朝日は、日系社会の伝説から、全カナダ社会の伝説になったのである。


朝日の名誉がようやく回復され、その正しい評価が下された瞬間だった。だが、一九一四年にデビュー戦を飾った朝日の初代のメンバーたちは、この時すでに全員物故していた。殿堂入りの式典に間に合ったのは、テディやミッキーたち初代メンバーから何世代も下の元選手たちであった。

だが、この元選手たちは朝日の初代メンバーのことをよく覚えていた。共にプレーをする幸運に恵まれた者もいたし、そうでなくとも初代メンバーのことは伝説として朝日の選手たちの間では脈々と伝えられてきたのだ。

ただ、残念なことに一九四一年の朝日解散以降の初代メンバーの動静については、はっきりしたことは伝わっていない。戦争は彼らから野球を奪っただけでなく、彼らの

その後の行方すら見えなくしてしまったのだ。

ただ一つ、こんな話が残っている。

朝日を初のターミナル・リーグ優勝に導いたテディ古本についてだ。

テディは一九二六年の突然の引退のあと、家業の旅館を継ぐかと思われていたが、三十歳を前にしてアメリカの名門・ミシガン大学へ入学し、さらに日本へと渡った。

テディにとって二度目の、そして最後の帰国である。

青春時代、バンクーバー朝日の選手として育んだ思いを胸に、単身日本に乗り込んだ。まさに太平洋戦争が始まり、朝日のメンバーたちを含めた日系人が強制収容所へ送られるわずか半年前のことだった。そのためテディは強制収容所に送られることはなかったが、テディは彼のチームメイトたちがカナダで苦しんでいる頃、遠く離れた日本から彼らに救いの手をさしのべようとする。

そこには誰もが予想もしなかった、テディの揺るぎない信念が込められていたのである。

それを語るには、もうひとつの物語が必要だった。

了

この物語は百年前の事実をもとにしたフィクションであり、登場人物の一部は仮名です。

また今日の人権意識に照らして不適切と思われる表現がありますが、物語の時代背景と作品の価値を鑑み使用いたしました。差別的な意図はなく、ご理解のほどよろしくお願い申し上げます。

参考文献

『二つのホームベース』佐山和夫　一九九五年　河出書房新社
『石をもて追わるるごとく』新保満　一九九六年　御茶の水書房
『「白人」支配のカナダ史』細川道久　二〇一二年　彩流社
『密航船水安丸』新田次郎　一九八二年　講談社文庫
『昭和十七年の夏　幻の甲子園』早坂隆　二〇一二年　文春文庫
『名古屋多文化研究会　第七回研究会　日系カナダ移民とスポーツ』後藤紀夫
ASAHI : A LEGEND IN BASEBALL　PAT ADACHI

文芸社文庫

バンクーバー朝日

日系人野球チームの奇跡

二〇一四年十月十五日　初版第一刷発行

著　者　テッド・Y・フルモト
発行者　瓜谷綱延
発行所　株式会社　文芸社
〒一六〇-〇〇二二
東京都新宿区新宿一-一〇-一
電話　〇三-五三六九-三〇六〇（編集）
〇三-五三六九-二二九九（販売）
印刷所　図書印刷株式会社
装幀者　三村　淳

ISBN978-4-286-15439-8